로크미디어가
유혹하는
재미있는 세상

ROK
MEDIA
로크미디어

南宮魔帝 남궁마제

남궁마제 7

2022년 5월 6일 초판 1쇄 인쇄
2022년 5월 11일 초판 1쇄 발행

지은이 문운도
발행인 김정수 강준규

기획 이기헌 왕소현 박경무 강민구
책임편집 백승미
마케팅지원 이원선

발행처 (주)로크미디어
출판등록 2003년 3월 24일
주소 서울시 마포구 성암로 330 DMC첨단산업센터 318호
Tel (02)3273-5135 **편집** 070-7863-8595 **Fax** (02)3273-5134
홈페이지 rokmedia.com **E-mail** rokmedia@empas.com

© 문운도, 2021

값 8,000원

ISBN 979-11-354-7207-7 (7권)
ISBN 979-11-354-7200-8 04810 (세트)

보배 진珍 꽃 화花 : 용이 잠드는 곳

불과 일 년 반 전.

정의맹이 있는 양청현에서 큰 전투가 있었다.

혼현마제는 간악한 술수로 모두를 속이고 정도 무림에 숨어 있다 발각이 되었고, 정의맹은 제갈세가의 기지와 남궁세가의 도움으로 정도 무림에 숨어든 혼현마제의 세력을 축출할 수 있었다.

그리고 이 과정에서 숨어 있던 광마전의 잔당을 알아낸 정의맹은, 이들마저 토벌하기에 이른다.

두 마제를 상대하며 정의맹 무인들 수십 명이 죽었다.

특히 광룡귀면대를 몰살시킨 전투는 사흘에 걸친 싸움 끝에 강물을 피로 물들이고, 바위산을 무너뜨리고서야 끝이 났다.

남궁세가의 새로운 용이 나타나 광룡귀면대 대주 흑면마 룡 무맥을 처단했고, 그 과정에서 혼현마제와 광마제가 목숨 만 겨우 부지한 채 달아났다.

……그것이 일 년 동안, 전 무림에 퍼진 소문이었다.

전투 희생자들을 기리는 위령탑이 세워진 곳.

그곳을 지키는 정의맹 비선당 무인들이 분주하게 드나드 는 사람들을 보며 불평했다.

희생자들의 위패에 향을 피우는 이들이 불만스러운 것이 아니라, 몇몇 위패에만 몰리는 사람들이 야속한 것이었다.

저들 모두가, 정도 무림을 위해 열심히 싸운 자들인데 말 이다.

비선당 무인들은 쓸쓸한 위패를 보며 동변상련을 느끼는 듯했다.

"참 나, 선우도 황보견의 위패가 있는 곳엔 사람이 줄을 서는군."

"세상이 흉흉하니까. 그 옆에 남궁세가 소공자의 화첩 파 는 건 못 봤나?"

"사람들도 참, 정도를 몰라!"

"뭐, 남궁세가의 어린 소공자는 목숨을 걸고 광마제를 탈 출시키는 흑면마룡 무맥을 죽인 영웅이 되었으니까. 어린 영 웅의 기를 받아서 자식들의 입신양명을 비는 부모들까지 있다더군."

"그러니까! 괜히 그런 사람들 때문에 화첩값이 더 올랐다고!"

"……."

비선당 무인은 그제야 대화의 맥락이 조금 이상하다는 걸 알아차렸다.

"망할 화공 놈들! 지들도 이 년 전 모습 말고는 보지도 못해 놓고, 희미하게 자태만 그려 놓은 걸로 엄청 받아 처먹는다니까! 그것도 남궁세가에서 엄히 단속해서, 이제 더 구할 수도 없다는구먼!"

"자네는…… 화첩을 못 사서 불만이었던 건가?"

아무래도 동병상련은 그 혼자만 느끼던 것이었나 보다.

"아아, 우리 공자님! 어째 그 이후로는 코빼기도 볼 수 없으니!"

"지랄도 염병!"

한탄까지 쏟는 동료의 모습에, 결국 비선당 무인은 욕지거리를 뱉었다.

"그 공자가 아무리 잘나 봤자 사내인 것을, 어찌 같은 사내에게 그 지랄인가?"

"어허! 같은 사내라니! 자네가 그 얼굴을 한 번이라도 봤다면 그런 말 못 할 걸세. 하늘에서 사는 선인 같았다니까. 그리고 자네는 정의맹 무인들 사이에 도는 소문도 못 들었나? 남궁 공자님의 그림을 가지고 있으면, 전투에서 아무리 다쳐도 목숨은 부지하게 해 주는 효험이 있다는데!"

"뭐? 무슨 말 같지도 않은 소리야! 그 공자가 진짜 선인이라도 된대?"

"아, 진짜라니까. 그게 아니면, 그 어린 공자가 어찌 흑면마룡 무맥을 죽였겠나? 다 하늘의 보살핌을 받아 그런 것이지!"

약관도 안 된 어린 공자가 화경의 경지를 밟았다는 것.

선인같이 생긴 공자가 하늘의 보살핌을 받았다는 것.

동료는 당당하게 좀 더 신빙성이 있는 '후자'를 믿는 것이라 말했다.

비선당 무인에겐 어느 쪽이든 기가 차긴 매한가지였다.

"허, 참! 소문만 무성하고 일 년이 넘도록 그 공자를 봤다는 사람이 없구먼. 자네도 정신 차리고 일이나 해!"

비선당 무인이 버럭 소리를 지르며 동료를 타박했다.

동료는 그런 정의맹 무인의 태도에 입을 삐죽거렸다.

양청현 저자의 한복판.

밝은 귀로 비선당 무인들의 대화를 들으며 웃음을 참지 못하는 이들이 있었으니.

"아직도 저 위패 모시는 곳에 사람이 붐비나 보군."

"광룡귀면대의 협공 속에 장렬하게 전사한 선우도 황보견이, 사실은 부대주 한 놈의 손에 작살 난 것이라곤 아무도 모르니까."

"본가에서 입을 다물라는 지침이 내려왔다."

"정의맹의 결정이라 했다."

"위패가 너무 많더군. 안타까운 일이야. 나무아미타불 관세음보살."

"만두 봉지 들고 불경을 외는 건 좀 아니지 않냐?"

"서, 선물일세!"

"……소림에 고기만두를?"

무명 천에 청색 무복.

남궁교명과 남궁구, 팽가 형제와 현오가 저자에 물건을 사러 나온 참이었다.

"진화의 화첩까지 팔리는군."

"무병장수, 입신양명부터 태교로 걸어 두고 보면 아이의 인물이 좋아진다는 소문까지 났어. 창궁무애단까지 나서서 단속을 하는데도 아직도 남아 있네. 뭐, 조만간 남궁조 지부장님이 싹 훑어 낼 거라니까."

"소문이 너무 과하군."

"팽수, 팽신 말 못 들었어? 전투에 참가했던 이들에게 다 함구령 떨어졌어. 하나씩 주고받은 것이지. 광마제가 살아 있어서 정도 무림 체면에 통칠하게 된 것을 덮어야 하니까. 제일 피해가 큰 곳이 제갈세가와 황보세가인데, 둘 다 약점이 잡혔지. 제갈세가는 혼현마제에 농락당해 제갈후현이 개털 된 것을 숨기고, 황보세가는 선우도 황보건이 광룡귀면대부대주에게 처참하게 죽은 걸 통 쳐야 하니까. 결국 다른 문파들도 사이좋게 공로를 나눠 가지는 것으로 마무리! 대신 우리 남궁세가에는 꽃용이가 승천했고. 흐흐흐흐!"

남궁구는 뭐가 그렇게 웃긴지, 일 년 내내 그것으로 진화를 놀리는 중이었다.

그 모습을 보며 남궁교명이 혀를 찼다.

"조만간 공자님 손에 저놈이 승천하지 싶다."

"하하하하!"

남궁교명의 말에 현오와 팽가 형제가 남궁구를 보며 웃었다.

팽수는 이쯤에서 남궁구의 목숨을 위협해야 할 진화가 보이지 않자, 진화에 대해 물었다.

"그나저나 진화는 이번에도 안 나왔나?"

"뭐, 공자님도 이렇게 되실 줄은 몰랐으니까."

"하긴."

모처럼 다 같이 외출하는데도, 진화는 빠지게 되었다.

하지만 일행 모두 진화의 사정을 이해하고 있었다.

"그래도 이제 끝이라니 다행이야. 양청현 밖으로는 그래도 소문이 덜하니까, 자유롭게 외출하고 다닐 수 있을 걸세."

"아아. 그러길 바라야지."

일 년 반 동안 외부에 두문불출했던 진화의 사정을 아는 일행은, 앞으로는 이런 불편이 없어지길 바랐다.

하지만 고개를 끄덕이는 모두의 표정이 그렇게 자신감이 있어 보이진 않았다.

🪷

지난 일 년 반 동안, 정의맹에서 퍼진 소문은 사람들의 입을 돌고 돌아서 아직도 맴도는 중이었다.

혼현마제와 광마제가 양청현에서 물러난 것은 분명했지만, 세상은 더 흉흉해졌다.

몇 군데에서 벌어지던 전투는 몇십 군데로 늘어났고, 곳곳에서 귀천성의 소행으로 보이는 납치와 실종, 살인이 일어났다.

그때 이후, 귀천성 팔현마제들이 다시 등장한 것도 아니고, 정의맹이 있는 양청현에 또 무슨 일이 것도 아니었다.

하지만 들려오는 소문만으로 정도 무림 전체의 분위기가 점점 삭막해졌다.

전운의 그림자가 짙어진 것을 모두가 느끼기 시작한 것이다.

그래서일까.

정의무학관 청의생들이 삼 년 만에 집으로 돌아가는 날.

다른 때였다면 집에 가져갈 선물을 사는 관도생들로 저자가 시끌벅적했을 것이었다.

하지만 올해는 이전과 달리, 분주하면서도 미묘하게 조용
했다.

그런 속에서, 남궁세가 장원 앞에도 평범한 마차가 대기
중이었다.

"짐은 다 실었다. 먹을 것과 백주, 운룡차도 챙겨 넣었다.
그런데 꼭 이렇게 빨리 갈 필요가 있느냐?"

남궁진휘가 마차의 창문 안으로 물었다.

남궁세가 소가주이자 정의맹 부군사.

나는 새도 떨어뜨린다는 정도 무림의 신예 권력자인 남궁
진휘가 마차에 매달려 아쉬운 소리를 하고 있을 줄 누가 상
상이나 했겠는가.

그래서인지 창궁무애단 무사들이 주변을 꼼꼼하게 에워싸
고 사람들의 눈길을 가리고 있었다.

"게다가 정말 이 마차로 되겠느냐?"

"그럼요, 형님. 전 이것으로 좋습니다."

"전의 그 마차가 요란하긴 해도, 안은 훨씬 안락할 텐
데……."

"형님……."

"하하하, 알았다."

걱정을 늘어놓던 남궁진휘가 곤란한 듯 팔자 눈썹을 하는

얼굴을 보며 웃음을 터뜨리고 말았다.

"조심, 또 조심하고."

"예."

"끼니 거르지 말고."

"예."

"누가 같이 가자고 하면 명치를 날려 버리고."

"예."

끈질기고 이상한 당부에도 창문 안의 인영은 순순하게 고개를 끄덕였다.

그 모습을 보다 못한 남궁조가 남궁진휘의 어깨를 잡았다.

"이제 그만해라! 해 떨어지고 출발시킬 셈이냐?"

"아쉬워서 그러죠. 이러고 바로 첫 임무지로 갈 텐데."

"그래도 어서 출발해야 안전하게 가지."

"하아, 진화야, 꼭 조심해서 가거라. 어른들께 안부 전하고."

"예, 꼭 그리하겠습니다, 형님. 숙부님도 강건하게 계십시오."

"그래. 이제 출발하거라."

남궁조 덕에 진화와 일행은 겨우 출발할 수 있게 되었다.

마부석에 앉은 남궁구는 혹시 또 잡힐까 봐 얼른 말을 출발시켰다.

남궁진휘와 남궁조는 진화를 태운 마차가 멀리 사라질 때까지 그들을 배웅했다.

"호위가 적구나."

"이번에 본가로 복귀하는 이들이 열다섯 명이고 남궁구와 남궁교명도 있으니, 그들로도 충분할 겁니다. 최대한 눈에 안 띄는 게 좋다 하니 어쩔 수 없지요."

"하긴. 그렇게 회수를 하고 단속을 했는데, 아직도 양청현에 진화의 그림이 나돌고 있다 하니. 조만간 싹 거둬서 불에 태워야지. 원."

"하루하루 몰라보게 쑥쑥 크기에 다 자라고 나면 괜찮아질 줄 알았는데 말입니다."

"그러니까! 설마 사내 녀석이 그렇게 곱게 클 줄 누가 알았느냐. 어째 어릴 때보다 더해! 쯧쯧쯧!"

남궁조의 말에 남궁진휘가 곤란한 듯 한숨을 쉬었다.

그랬다.

진화에 대한 찬양이 도를 넘으면서 진화가 저자에서 모습을 감췄을 때만 해도, 남궁진휘와 남궁조는 조금 시일이 지나면 괜찮아질 줄 알았다.

한창 성장기가 시작되었고, 목소리도 변해 갔으니까.

사내답게 자라고 나면 사람들이 알아보지 못할 수 있지 않겠는가.

하루가 다르게 키가 쑥쑥 크는 것을 보며, 적어도 '선녀처럼 고운 화동이 하늘의 보살핌을 받는다.'는 말은 없어질 줄 알았다.

그런데 웬걸.

키만 사내답게 자랐다.

삐걱.

마차 문이 열리고.

섬섬옥수 같은 하얀 손과 긴 다리에 사람들의 눈길이 모여들었다.

근방에서만 조금 유명할 뿐인 마을에 스무 명 가까이 되는 무인들이 나타났으니.

그 무인들이 호위하는 마차에 사람들의 관심이 모이는 건 당연지사였다.

시끄러운 객잔 안이 조용해진 가운데.

"조심해서 내리십시오."

"예."

무사의 말에 나지막하면서 순순한 목소리가 들리고, 안에 있던 사람이 마차에서 내렸다.

"와아."

"헉!"

"……허!"

청백색 비단 무복을 입은 사내가 모습을 드러내자, 객잔 안에서 탄성이 흘러나왔다.

매끄러운 옥처럼 하얗고 고운 얼굴에 까만 눈썹 사이에 깎은 듯 오똑한 코.

복사꽃처럼 발그레한 두 뺨 아래로 새빨간 입술이 촉촉하게 빛났다.

무엇보다 꽃잎이 팔랑이는 듯 속눈썹이 여닫힐 때마다, 반달같이 크고 맑은 눈동자가 반짝거리니.

천상 선녀의 얼굴이 그러할까.

팔 척에 가까운 큰 키는 그저 하늘이 내려 준 선인을 우러러볼 이유에 지나지 않았다.

"공자님, 먼저 안으로 드시지요!"

"아아."

사람들이 얼어붙은 듯 보고 있는 가운데, 날카롭게 생긴 귀공자가 그를 안으로 안내했다.

객잔은 여남현에서도 제일 유명한 곳이라.

마침 이 층의 주루에서 풍류를 즐기던 사내들 또한 그 광경을 보고 있었으니.

"여어, 보시오! 보아하니 외지에서 오신 분 같은데, 이 금모가 대접하겠소."

여남현에서 가장 유명한 금풍상회의 대공자 금호강이 모두를 대표해서 신비로운 사내를 붙잡았다.

"……."

삼 층으로 오르려던 사내가 자신을 붙잡는 목소리를 향해 고개를 돌렸다.

뒤를 따르던 무사들이 매서운 눈으로 금호강을 노려보았다.

사내는 무심한 눈으로 스윽- 한번 쳐다보았을 뿐, 그대로 가던 걸음을 옮겼다.

금호강의 일행이 고개를 돌리고 킬킬대고, 금호강은 망신을 당했다고 생각한 듯 얼굴이 붉게 달아올랐다.

"이봐, 감히 이 금호강의 말을 무시하는 건가!"

금호강이 자리에서 벌떡 일어서 소리쳤다.

"야! 거기 안 서?"

금호강이 씩씩거리며 걸어 나왔다.

"공자님……."

"아니, 소란 피울 것 없습니다."

무사들이 앞으로 나서려는데, 사내가 고개를 저었다.

사내와 마주선 금호강은, 사내의 얼굴을 정면에서 보고 얼굴을 붉혔다.

하지만 곧 주변의 눈을 의식한 듯 얼굴을 구겼다.

"이 금호강이 여남현에 온 객에게 모처럼 호의를 베풀었건만, 어디서 온 뉘길래, 이리 예의가 없나!"

"……금호강이 대체 누군데?"

"나, 날 몰라? 여남현에 오면서?"

"알아야 하나?"

태연한 사내의 말에 곳곳에서 키득대는 웃음소리가 들렸다.

금호강의 얼굴이 더 빨갛게 달아올랐다.

"허! 날 몰라? 이런 씨, 어디에 처박혀 있다 온 촌놈이야, 뭐야?"

"어디에 처박혀 있다 온 건 맞다. 정의무학관에서 삼 년 만에 여남현에 왔으니까."

"저, 정의무학관?"

정의무학관이라는 말에 금호강의 얼굴에 당황한 기색이 역력했다.

설마 이 고운 사내의 입에서 정의무학관이 나올 줄은 상상도 못 했던 것이다.

하지만 지금 누구보다 당황하고 있는 건, 일행을 안내하던 점소이였다.

"나, 나리, 어찌합니까!"

저를 붙잡고 애원하는 점소이에게 남궁구가 느긋하게 고개를 저어 보였다.

"후우, 얘야, 이 형이 일전에 알려 줬지 않느냐."

"뭐, 뭘요?"

"천둥번개 치는 날 꽃 단 여자를 뭐라고 하지?"

"……미, 미친 여자요?"

"그럼, 천둥번개 치는 날에 꽃을 단 용은?"

"……미친 용?"

"응, 우리 도련님, 꽃용이 돼서 집에 가는 중이야."

어리둥절한 점소이에게 남궁구가 씨익 웃었다.

그와 동시에, 어린 점소이는 하늘도 보이지 않는 객잔 안에서 번쩍이는 번개를 보았다.

금호강이 명치를 잡고 날아가고 있었다.

"이랴–! 이랴–! 거기 앞에 다 비켜라–!"

백주에 말을 타고 질주라.

웬 미친놈을 보듯 보던 사람들이 뒤를 따르는 무리를 보며 고개를 끄덕였다.

"제왕무적단주님이 급한 일이 있으신가 보구먼."

"아, 자네 소문도 못 들었나?"

"무슨 소문?"

"제왕무적단주님의 하나뿐인 아들내미가 삼 년 만에 집에 온다지 않나."

"아, 그…… 남궁진화, 도련님 말인가?"

남궁세가 직계 공자의 귀환 소식에, 남궁세가는 제왕무적단 전체를 호위로 보냈다.

"비켜-! 거기 다 비켜! 내 아들 온다고! 나 급해!"

지금의 세상을 황제가 지배하는 제국과, 피와 칼이 지배하는 무림으로 나눈다면……

제국은 이민족과 반란군이 날뛰고, 무림은 사악한 무리가 피바람을 일으키고 있었으니.

혼란한 세상이었다.

그런 와중에 양주가 동요 없이 평화로웠던 것은, 그 어느 곳보다 강성한 자들이 이 땅을 지키고 있었기 때문이라.

황제가 보낸 자사부와 오왕부가 힘을 합해 제국의 양주를 다스린다면, 양주 무림은 남궁세가가 오랫동안 군림하며 귀천성을 막아 내고 있었다.

무엇보다 남궁세가는 요 근래 기쁜 소식까지 들리고 있었다.

바로 제왕검과 창천명웅이 지키는 남궁세가에, 새로 두 마리 용이 떠올랐다는 것이다.

창천신룡 남궁진휘.
창천화룡 남궁진화.

남궁가주의 장자이자 독자로, 어릴 적부터 남궁가주를 이을 훌륭한 재목이라는 소문이 자자했던 남궁진휘였다.

　　그런데 이번에는 그저 꽃 같기로 유명했던 제왕무적단주의 아들이 중원에서 큰 명성을 얻었다니. 후기지수들 중 인중룡으로 인정받고 귀환한다니, 어찌 기쁘지 않겠는가.

　　남궁세가가 강성하면 강성할수록 양주 무림이 안전해지는 것이니, 사람들은 남궁진화의 귀환 소식을 제 일처럼 반겼다.

　　"진화야――!"

　　"가주님!"

　　"어허!"

　　"백부님, 그간 무탈하셨지요?"

　　"허허허허! 이 녀석, 너는 하나도 변하지 않았구나!"

　　남궁가주가 기쁜 얼굴로 남궁진화를 안아 주었다.

　　가모 하후민이 '딸자식 왔을 때도 저렇게 안 웃던 양반이…….'라며 불평했지만, 그녀도 진화에겐 활짝 웃으며 두 팔을 내밀었다.

　　그리고.

　　"어머니……."

　　진화의 맑고 큰 눈이 촉촉하게 젖었다.

　　"우리 아들!"

　　팽연화가 반가움에 눈물을 흘리며 진화를 꼬옥 안아 주었다.

"우리 아들, 어여쁜 내 아들! 어미가 정말 보고 싶었단다. 한시도 네 생각을 놓치지 않고, 오늘을 손꼽아 기다렸단다."

"저도요. 저도요, 어머니."

변함없이 다정하고 따뜻한 품에, 진화는 온기 한 자락 흘리지 않겠다는 듯 힘껏 팽연화를 껴안았다.

"허허허허! 들어가자. 오랜만에 잔치를 준비했단다."

"아, 그저 얼굴만 뵈어도 되는 걸요."

"허허, 인석아. 집안에 용이 들었는데, 큰 잔치를 열어야지! 남궁세가가 쌍용을 가졌다고 온 무림에 소문이 났는데, 잔치를 열지 않으면 욕먹는다!"

"그래, 진화야! 어서 들어가자!"

제왕무적단주 남궁경과 팽연화가 양쪽으로 진화의 손을 잡은 채 놓을 줄을 몰랐다.

모처럼 세상을 다 가진 듯 웃고 있는 동생 부부의 모습에, 남궁가주와 가모도 만면에 흐뭇함이 가득했다.

"이 공자님의 귀환을 감축드립니다ᅳ!"

"감축드립니다ᅳ!"

안으로 들어가자, 반가운 정경과 사람들이 진화를 기다리고 있었다.

이전 생과 달리, 가솔들은 물론 남궁세가의 가신들과 장로들도 모두 나와 고개를 숙여 진화를 맞았다.

진화는 모두에게 환영받고 있다는 생각에 울컥 감격이 차올랐다.

시간을 거슬러 운명을 바꾸면서도, 진화의 마음 한구석엔 '혹시 돌아갔을 때 또 피와 주검이 가득한 남궁세가가 기다리고 있진 않을까.' 하는 불안감이 존재했다.

그런데 아름다운 장원과 밝고 건강한 사람들이 모두 진화를 반겨 주고 있으니.

진화는 이제야 비로소 꿈에 그려 왔던 남궁세가에 돌아왔음을 실감했다.

"다녀왔습니다."

진화가 활짝 웃으며 모두에게 인사했다.

진화가 남궁세가에 돌아온 지 사흘이 지났다.

오랜만에 맞이하는 편안한 잠자리와 조용한 아침.

진화가 조금 멍한 얼굴로 주변을 돌아보았다.

고풍스럽고 아늑한 제 처소가 맞았다.

"큰 잔치라곤 했지만 설마 사흘 내내 연회를 여실 줄이야."

그동안 매일같이 웃고 인사하고, 사람에 지쳐서 잠이 들었던 사흘.

진화가 이제 질렸다는 듯 고개를 저었다.

모든 연회가 끝이 나고 처음으로 맞이한 평범한 아침이라.

진화는 조용하게 일어나서 창천전에 아침 식사를 하러 가야 한다는 것이 조금 어색할 지경이었다.

그때.

"우리 아들, 일어났니?"

팽연화의 목소리가 들렸다.

"아, 예, 어머니!"

"일찍부터 아들이 보고 싶어서……."

"어머니……."

웃으며 들어오는 팽연화를 보며 진화가 마주 웃었다.

"아버지도 왔다!"

"아버지!"

팽연화의 뒤로 남궁경까지 모습을 드러내자, 진화가 눈을 크게 떴다가 웃고 말았다.

남궁경이 아침 일찍 일어나는 것도 놀라웠지만, 또 그만큼 자신을 보고 싶어 한다는 것이라.

진화는 싫은 기색 하나 없이 벌떡 일어났다.

사흘간의 연회 이후, 진화는 이제야 조금씩 기다리고 있던 일을 할 수 있었다.

동의생이 되어 첫 외부 임무로 종남파 격전지로 가게 되었다는 보고를 하는 것도 그중 하나였다.

"또 종남이라니! 망할 제갈성질 자식!"

"형님과 누님도 갔던 곳이니, 걱정 마십시오."

"그 두 녀석이니까 걱정을 안 했지! 진휘 놈이 그래 보여도 잡초처럼 무던하고 끈질겨! 진혜야 시궁창에서 굴러도 멀쩡할 녀석이고! 그런데 너는 아니지!"

진화의 괜찮다는 말에도, 남궁가주와 남궁경이 제갈가주를 향해 이를 바득바득 갈았다.

"제갈성질 이 새끼, 제가 가서 이빨 한번 털고 올까요?"

"그럴래?"

"제 자식들은 다 두고, 왜 남궁세가 직계들만 그 격전지에 보낸답니까? 이참에 제가 가서 앞니 몇 대 날리고 오겠습니다!"

진짜로 정의맹으로 남궁경을 보내고, 거길 또 쫓아갈 기세였다.

진화가 화들짝 놀라 남궁가주와 남궁경을 말렸다.

"오랜만에 얼굴을 보는데 어딜 가십니까, 아버지. 게다가 형님의 말로는 이번 종남행이 오히려 다른 곳보다 안전할 수 있다고 했습니다."

"종남행이?"

"요즘 벌어지는 일들이 심상치가 않습니다. 본가를 오는 중에도 노예 상단 사람을 하나 마주쳤는데, 근래에 부쩍 노예를 사고파는 상단이 많이 늘었습니다. 그만큼 무인들의 납치, 실종도 늘었고요."

"으음……."

진화의 말에 남궁가주가 심각한 얼굴을 했다.

"정의맹에서는 뭐라 판단하더냐?"

"혼현마제가 만년독수를 준비하고 있는 것 같다는 추측에 힘이 실리고 있습니다."

"만년독수?"

남궁가주가 눈썹을 찌푸렸다.

그도 어렴풋이 들어 본 적 있는 말이었다.

"태어난 지 백일을 넘기지 않은 갓난아이의 정수, 이천 명의 동남동녀의 정기 그리고 억울한 주검에 담긴 원기가 만 가지의 독물과 독초에 버무려진 것입니다."

"설마!"

"혼현마제가 소림에서 보호 중인 현오가 역천마제의 최종 제물인 천살지체임을 알았습니다. 광마제는 저를 보았지요."

"놈들이 역천대법을 준비하는구나!"

남궁가주는 그제야 진화가 말하는 것이 무엇인지 알아차렸다.

온몸의 살이 갈라지고 벌어진 채 독수에 잠겨 있던 중에 구해진 아이가 진화였다.

제왕검은 그런 진화를 가리켜, 광마제의 최종 제물로 역천대법 중에 구해졌다고 했다.

"정의맹에서 역천비록을 가지고 있는 곳들에 협조를 구하고 있습니다. 아마 곧, 아니, 벌써 다른 마제들도 역천비록을 찾으러 나섰을 겁니다. 그들도 제물과 만년독수가 필요하겠지요."

"수천, 아니 수만의 죽음을 필요로 하겠구나."

"놈들이 역천대법으로 얻을 것이 정확히 무엇인지는 모르나, 그것으로 죄 없는 사람들이 죽는 것은 막아야 한다는 것이 정의맹의 결정이라 합니다. 그래서 앞으로 정의무학관 금은동의생들과 정의맹 무인들의 임무도 거기에 중점을 둘 것이라 했습니다."

"허! 차라리 전쟁이 쉽겠군. 적어도 눈앞에 적이 있으니까."

남궁가주가 한숨을 쉬며 말했다.

말이 역천대법의 진행을 막는다는 것이지, 귀천성의 어디서 어떻게 사람들을 납치하고, 어디에서 만년독수를 만들며, 귀천성의 다른 마제들이 무슨 짓을 꾸미고 있는지, 알 게 뭐란 말인가.

결국 아는 것이라곤 역천비록의 존재뿐, 실체도 없이 싸움을 시작해야 한다는 말이었다.

"그래서 형님이 절 종남으로 보낸다고 하셨죠. 걱정 마세요."

심각한 남궁가주의 표정에, 진화가 사르르 웃으며 분위기를 풀어 보려 애썼다.

조금 컸다고, 어색하게나마 어른들의 마음을 헤아리려 애쓰는 모습.

그런 진화의 노력에, 남궁가주가 웃으며 진화의 머리를 쓰다듬었다.

"그래, 진휘 녀석이 널 위험하게 둘 리 없지."

"아구구구, 내 새끼!"

남궁경이 진화를 끌어안으며, 벅차오르는 대견함을 격하게 표현했다.

제 두 배는 될 법한 남궁경의 우람한 덩치에 끼어 있는 진화를, 다행히 남궁가주가 구해 주었다.

"그래서 언제 출발해야 하느냐?"

"중간에 일행과 만나서 종남까지 가야 하니, 앞으로 한 달 뒤에 가야 할 듯합니다."

"그래? 본가에 얼마 있지 못하겠구나. 네 어머니가 많이 아쉬워하겠어."

"예."

사실 진화도 한 달은 많이 아쉬웠다.

하지만 광마제를 저리 두고는 남궁세가가 결코 안전해질 수 없었으니.

진화는 행복한 미래를 꿈꾸며 지금의 아쉬움을 달랬다.

"그동안 많이 먹고 살이라도 좀 찌워야지. 아이고, 내 새끼, 이렇게 비쩍 말라서 어찌하누."

"그래, 몸에 좋다는 약재며 식재를 잔뜩 준비해 두었다. 덕진 할멈이 매끼 자기 손으로 널 먹일 거라며 벼르고 있었단다."

"덕진 할멈이요?"

남궁경과 남궁가주의 말에 진화가 눈을 동그랗게 떴다.

덕진 할멈은 천화정의 총관으로, 진화가 아주 어릴 적에도 덕진 할멈이라 불리던 사람이었다.

어린 진화를 남궁진혜와 남궁경이 과하게 만질 때 그들의 등짝을 내리치던 유일한 사람이라.

그때 남궁진혜와 남궁경이 덕진 할멈을 부르던 말이 바로 '요괴 할멈'이었다.

'덕진 할멈이 아직도 요리를 한다고? 나이가……..'

진화의 얼굴에서 생각이 드러났는지, 남궁가주가 껄껄껄 웃었다.

"내가 소가주가 되기 전부터 덕진 할멈이라고 불리던 사람이다. 요괴라고 생각하는 게 더 편하단다."

"……."

남궁가주의 말에 진화는 더 알 수 없다는 얼굴을 했다.

그렇게 가주전을 나온 진화는, 청림으로 향했다.

정신없이 며칠을 보내고 보고까지 마쳤으니, 이제는 이번

생의 스승이라 할 수 있는 남궁호명을 만나기 위해서였다.

'요 며칠 그 많은 음식을 전부 다 하다니. 덕진 할멈도 참 못 말린다니까. 나 같은 것이 뭐가 그렇게 예쁘다고.'

진화는 제가 좋아하는 것으로 매일 배가 꽉 차도록 먹던 것을 떠올리며 고개를 저었다.

덕진 할멈을 비롯해서 창천원의 식솔들 모두가 충성스럽기 짝이 없으니. 그들의 지극정성이라면 환골탈태한 몸도 살을 찌울 수 있겠다는 생각이 들었다.

그러다가 잠시, 진화가 제자리에 우뚝 섰다.

"……창천원의 식솔이 아니라면, 대체 누가 태상가주님과 가주님을 중독시킨 것일까?"

진화의 눈이 창천원을 향했다.

남궁세가 본가에서도 직계들이 머무는 창천원은 제국의 황궁보다 안전하다고 말하는 곳이었다.

창천원의 방비를 논하자면 천하의 요새가 따로 없어서, 광마제와 광룡귀면대가 남궁세가 본가를 쳤을 때도, 제왕무적단과 창궁무애단이 없는 때를 골라 노렸을 정도였다.

게다가 그 안에 있는 가솔들은 삼대에 걸쳐 남궁세가의 녹을 먹은 자들이라.

그만큼 신분이 확실하고 남궁세가에 대한 충성심을 증명한 이들밖에 없었다.

실제로 광마제의 습격이 있던 때에 숨어서 목숨을 부지한 이들이 아무도 없었다.

'그러고도 모자라, 음식을 먹기 전엔 덕진 할멈을 비롯한 총관들이 은으로 된 시침으로 확인까지 한다. 그들이 독을 놓칠 리가…… 있나? 만약, 은으로 된 시침이 가짜라면? 총관들이 속이고자 했다면?'

진화보다 더 오래도록 남궁세가에 있었던 이들.

과연 그들을 의심해야 하는 것인가?

'공산 포구 소실로 보내는 전서, 그것의 값을 치렀다는 배신자도 아직 나타나지 않았지.'

진화의 눈이 서늘하게 가라앉았다.

남궁세가를 떠나야 하는 날까지 한 달.

그 안에 진화는 감히 제왕검과 남궁가주를 독살하려 한 배신자를 찾아야 했다.

오가는 사람들 많은 저자 한복판.

상점의 물건을 구경하는 사내에게 가게의 주인이 다가왔다.

"하하하, 뭐 찾으시는 것 있습니까?"

"용이 새겨진 것을 찾고 있습니다."

사내가 물건을 가리키며 말했다.

그에 주인이 눈을 동그랗게 뜨고 물었다.

"용요? 높은 댁에서 쓰시는 건가 봅니다?"

"예. 귀한 용이 편히 쉬러 왔거든요."

사내가 여유롭게 웃으면서 주인에게 말했다.

그에 주인이 반색하며 말했다.

"허허허, 그리 귀한 용이라면, 특별 주문을 넣으시지요. 편히 잡을 수 있도록 좋은 물건으로 준비하겠습니다."

"그럼, 그리하지요."

사내가 주인에게 은자 주머니를 건넸다.

천하제일인(天下第一人).

무림에서 빠지지 않은 화두였다.

당금 무림에서 천하제일인이라 하면, 가장 먼저 나오는 이름이 제왕검 남궁강일 것이다.

광마제의 생존으로 빛이 바래지긴 했으나 어쨌든 귀천성 역천마제와 광마제를 모두 상대하고 살아남은 유일한 존재였기 때문이다.

물론 답변자가 사파인이라면, 사패천주 낭아왕 한구혈의 이름을 말할 것이다.

그야말로 역천마제를 주저앉힌 일격을 가한 인물이라 전

해졌으니까.

하지만 적아의 구분 없이 솔직하게 말하라면, 단언컨대 천하제일인은 귀천성주 역천마제 파륜이라 할 것이다.

십이좌회의 목숨을 건 협공에도 역천마제는 살아남았다.

아니, 그는 살아남았을 뿐만 아니라, 두 명을 죽이고 두 명은 불구로 만들었다.

정과 사, 관부의 모든 고수들이 합세하고 귀천성의 전진을 겨우 막아 내었을 뿐이었다.

그런 역천마제가 부활을 준비하고 있다니.

그 소식만으로도 전 무림이 들썩인 것은 당연한 수순이었다.

그렇게 모든 사람이 제왕검과 사패천주, 역천마제를 말할 때, 진화는 다른 사람을 떠올렸다.

의천검주 제왕밀검 남궁호명.

남궁호명이 세간에 모습을 감춘 지 수십 년이 지났다.

그럼에도 불구하고 정파 무림에는 여전히 의천검의 전설이 떠돌고 있었고, 남궁세가에서는 제왕검과 비견되는 존경을 받는 유일한 존재로 남아 있었다.

그런데 그 의천검주가 사실 남궁가주와 불과 몇 살 차이

나지 않는 사십 대 중년인인 것을 뉘가 알까.

의천검주 남궁호명은 전쟁터의 수많은 전설과 제왕검 못지 않은 위명을, 십 대부터 겨우 약관 남짓한 나이에 이룩했다. 남궁가주와 남궁경이 제왕검의 부재에 허덕이고 있을 때, 그는 사선을 넘나들며 남궁세가를 지키고 있었던 것이다.

남궁가주와 남궁경이 나이 비슷한 숙부를 깍듯하게 존중하는 이유였다.

"스승님."

그 대단한 사내가 이번 생에 진화의 스승이었다.

'세대를 뛰어넘어 제왕검에 비견되는 사내가, 남궁세가 구석에서 장작으로 이쑤시개나 만들고 있을 줄 누가 알까.'

진화는 저를 본체만체하고 이쑤시개 깎기에 집중하고 있는 남궁호명을 보며 한숨을 쉬었다.

남궁경보다는 작지만 남궁가주보다는 큰 체구.

서른 남짓해 보이는 호방한 얼굴의 젊고 건장한 사내가 쪼그려 앉아서 꼼지락거리고 있는 꼴이라니.

심지어 손에 든 것은 도끼였다.

"대체 검은 어디에 두고 도끼로 그러고 계십니까?"

"내 검은 네가 가져갔잖느냐, 돌려주러 온 게냐?"

"설마요."

"망할, 돌려주지도 않을 거면서 왜 지랄이야? 세상에 물어봐라. 대체 어느 막돼먹은 제자 놈이 스승에게 내기로 검을 따 가는…… 헉!"

이쑤시개 수천 개를 완성한 남궁호명이 그제야 진화에게 고개를 돌리다가 화들짝 놀랐다.

실로 꼬박 삼 년 만에 보는 제자.

"어찌하여 하나도 변하지 않은 것이냐!"

남궁호명이 진화를 향해 얼굴을 구기며 소리쳤다.

그 모습에 진화도 눈살을 찌푸렸다.

"반갑게 맞아 주시지는 못할망정 그렇게 질겁할 필요는 없지 않습니까?"

"입술 내밀고 툴툴거리지 마라. 귀엽잖아!"

"……그게 왜 문제입니까? 어머니는 좋아하시던데……."

진화가 슬그머니 입술을 집어넣으며 구시렁거렸다.

"역시, 어찌 보일지 다 알고 그러는 것이었지. 빌어먹을 놈! 네 속에 뭐가 들었는지 뻔히 아는데, 껍데기가 반짝반짝하다고 해서 속을 성싶더냐? 다른 사람은 다 속아도, 나는 안 속는다."

질색하는 남궁호명을 보며, 진화도 결국 피식 웃고 말았다.

그의 말처럼 남궁호명만큼 진화에 대해 잘 아는 존재도 없었으니.

정의무학관으로 떠나기 전까지, 진화는 깨달음을 얻은 그날부터 하루도 빠짐없이 남궁호명과 깨달음을 나누고 검을 나누었다.

진화는 제 육체와 무공을 알기 위해 한계까지 자신을 몰아붙여야 했고, 남궁호명은 그것을 모두 받아 주었다.

그러니 어쩌면 남궁호명이야말로, 이전 생과 이번 생을 통틀어 진화가 가장 솔직할 수 있는 존재가 아닐까.

어느 순간부터 진화는 진심으로 남궁호명을 스승으로 받아들였고, 남궁호명도 그런 진화의 마음을 꿰뚫어 보았다.

이번에도 역시나 남궁호명은 진화의 상태를 한눈에 알아보았다.

"대체 무슨 짓을 했기에 안이 그렇게 흉측해진 것이냐?"

남궁호명이 슬쩍 진화를 스쳐보며 물었다.

그의 물음에 진화는 순간 멈칫했지만, 이내 편한 얼굴로 남궁호명의 옆으로 가서 앉았다.

삼 년, 길다면 길고 짧다면 짧은 시간.

들려줄 이야기도 많고 나눌 말도 많았다.

남궁호명은 훌쩍 자란 제자의 모습에서 세월의 흐름을 느꼈고, 진화는 남궁호명의 모습에서 아무것도 변한 것이 없음을 실감했다.

"광마제를 만났습니다."

"그놈을?"

"죽이진 못했습니다."

"흥, 당연하지."

진화의 말에, 남궁호명이 새로 만든 이쑤시개로 이를 쑤시며 코웃음을 쳤다.

"경지 하나 넘었다고 그 영감탱이를 죽일 수 있을 거였다면, 대전쟁 때 벌써 의천검을 그 영감탱이 내장에 쑤셔 넣었을 거다."

"많이 약해졌더군요."

"……네가 그 영감의 강함을 안다고?"

남궁호명의 눈썹이 꿈틀거렸다.

"저를 알아보고도 잡지 못했습니다, 혼현마제도 함께 있었는데."

"둘이나 있는 데에 갔다고? 네가 미친 게로구나!"

진화의 말에, 남궁호명이 콧김을 뿜었다.

비난하는 것이 아니라, 무모했다고 나무라는 것이었다.

"얼마나 약해진 것인지 알고 싶었습니다."

"허! 애초에 그자가 얼마나 강했는지 네가 알기는 하고?"

진화의 덤덤한 말에 남궁호명이 기가 막힌다는 듯 코웃음을 쳤다.

그의 말투에는 싸늘한 냉소마저 섞여 있었다.

"널 구해 올 때부터, 그 영감탱이는 많이 약해진 상태였다. 그 상태에서 제왕검의 천검지뢰를 단전에 뚜드려 맞고도 산 거야. 기가 막힌 영감탱이지! ……전성기 때의 그 영감을 본 적이 있었다. 도무지 손을 뻗어도 닿을 것 같지 않았다. 내가 겁을 먹은 게 아니라, 전부 다 그랬다. 우리는 전부 신과 싸우는 것 같았다. 지옥의 마신! 흐흐흐! 역천마제 하나로도 감당하기 버거운데, 광마제는 유일하게 역천마제에 버금가는 자였으니까. 그런 두 놈이 편을 먹었어! 그런 불공평한 싸움이 어디 있냐, 미친 새끼들! 콧대 높은 정파와 반골투성이 사파가 손을 잡은 것도 그 때문이고, 황제까지 나선 것도 그 때문이었다. 죽지 않으려면 어떻게든 싸워야 했으니까. 그런 자들이었다."

"……."

진화의 시선이 남궁호명의 손에 가 닿았다.

그는 아주 잠깐 이전의 역천마제와 광마제에 대해 떠올렸을 뿐인데, 사시나무 떨듯 떨리는 손을 억지로 붙잡고 있었다.

두려워서가 아니었다.

고통스러워서였다.

시일이 이토록 지났음에도, 남궁호명은 여전히 그때의 고통이 생생했다.

"사부로서가 아니라 그 시절을 아는 동료로서 충고한다면, 복수는 꿈도 꾸지 말고 그냥 튀어라. 그게 편할 거다."

"그래도 사부는 싸우실 거잖아요."

"다 데리고 튀기에는 남은 식구가 너무 많으니까."

남궁호명의 단호한 대답에 진화가 흐뭇하게 미소를 지었다.

"처자식 하나 없이 늙어 가는 노총각이면서 책임 의식이 강하시네요."

"뭐야, 이 자식아? 너, 그렇게 생겨 가지고 못된 말 좀 하지 말랬지!"

"하하하, 그러니까 이제라도 장가 좀 가세요."

"됐어! 괜히 뉘 집 귀한 딸을 고생시키라고."

진화의 비수 같은 농담에 남궁호명 또한 진화의 볼을 잡아당길 듯 장난스럽게 받아쳤다.

서로에게 짓궂게 굴며 잠시 웃음을 나누었지만, 이내 씁쓸하게 끝이 났다.

남궁호명이 혼인하지 않으려는 이유를, 진화도 알고 있었기 때문이다.

"안 죽을 겁니다, 이번에는 아무도."

진화가 남궁호명의 눈을 보며 말했다.

그에 남궁호명이 피식 웃으며 말했다.

"일단 살고 나면 그때 말해라."

"정말 그때까지 총각으로 있으려고요? 씨가 남아 있어야 자손도 볼 텐데, 그때쯤이면 사부는 다 늙어 비틀어진……."

"야! 내가 너 그렇게 순진무구하게 눈 동그랗게 뜨고 악담

하지 말랬지!"

또다시 날아든 진화의 비수에 남궁호명이 버럭 했다.

그렇게 잠시 아웅다웅했다.

그사이 남궁호명은 안정을 찾고 진화도 마음이 편안해졌다.

그리고 남궁호명의 손 떨림이 멈추고 날카롭던 진화의 속이 가라앉았을 즈음.

남궁호명이 다시 이야기를 꺼냈다.

"다시 전쟁이 시작되겠구나."

"안 그래도 귀천성 놈들이 역천대법을 준비하며 분위기가 흉흉합니다."

진화의 대답에 남궁호명이 피식 웃었다.

"아니, 전쟁은 정의맹에서 시작할 거다."

"……네?"

남궁호명의 단정적인 말에 진화가 의아하다는 듯 되물었다.

누구보다 전쟁과 귀천성을 두려워하는 정의맹이 전쟁을 시작할 거라니.

진화로선 쉽게 믿기지 않는 말이었다.

그에 남궁호명이 피식 웃었다.

"네가 정말 정의맹의 윗대가리들을 너무 띄엄띄엄 보고 있구나. 정치질이나 하면서 정의맹에서 웅크리고 있는 것 같아도, 나름 그 무지막지한 귀천성을 한번 주저앉힌 사람들이다. 지금까지 귀천성 잔당 놈들을 효과적으로 누르고 있었기도 했고. 질 생각 따윈 눈곱만큼도 안 하니까 그 안에서 땅따먹기나 하고 앉았지. 그렇게 악다구니를 해서라도 힘을 모아, 빼앗긴 것을 되찾기 위해 절치부심하면서."

"세력을 온존하려 했던 것이 모두 전쟁을 대비해서라는 말입니까?"

"그게 아니면? 흐흐흐, 본래 가진 놈들이 더한 법이다. 정파야말로, 중원에서 누대로 기득권을 가졌던 세력이야. 그들이 정의롭기만 했다면 그럴 수 있었겠느냐. 광룡귀면대를 치면서 꽤 많이 죽었다지?"

"……거기서 광마제의 상태를 확인하고자 한 사람이, 저만이 아니었던 거로군요."

남궁호명의 말에, 진화는 대번에 정의맹주와 제갈가주를 떠올렸다.

진화가 만난 정의맹주는 선한 미소를 짓는 자애로운 스님인 동시에 끝내 천살지체를 교화하여 숨기고 있던 사람이었고, 제갈가주는 가문을 위해 어디까지 포기할 수 있을지 모를 사람이었다.

그리고 문파의 이득에 따라 야합과 반목을 밥 먹듯이 하는 이들 또한.

"자신들의 땅을 되찾기 위해, 수십, 수백의 희생 따위에는 눈 하나도 깜짝하지 않을 자들이다. 이번에 정의맹 놈들도 혼현마제와 광마제의 상태가 온전치 않다는 것을 확실하게 알았으니, 귀천성이 제힘을 찾기 전에 놈들을 끝장내려 하지 않겠느냐."

남궁호명의 말에 진화의 표정이 굳었다.

저번 광룡귀면대를 괴멸시킨 일도, 모든 문파들이 공로를 나눠 가지면서 무림의 긴장만 고조시켰다. 그리고 자연스럽게 정의맹과 정의무학관 모두, 모든 임무를 귀천성을 추적하는 데에 집중하게 되었다.

생각해 보면, 모든 것이 정해진 수순처럼 진행되었다.

'큰 그림을 그린 것인가……'

진화의 눈빛이 서늘하게 가라앉았다.

이전 생에 남궁세가와 몇몇 문파를 귀천성에 내던지고 자신들의 세를 불리던 이들이 떠올랐다.

"그들이 자신들의 땅을 찾든, 못 찾든, 먼저 전쟁을 시작하든, 우리에겐 중요하지 않을 겁니다."

"허허, 글쎄."

진화의 말에 남궁호명이 웃음소릴 흘렸다.

어느새 남궁호명의 눈은 청림 밖, 가주전으로 향했다.

"한동안 우리 남궁세가도 소란스러울 것이다."

"싸울 준비를 하느라고요?"

진화의 물음에 남궁호명이 고개를 저었다.

"아까 말했잖아. 그놈들과 싸우느니 도망치거나 숨는 게 낫다고. 나만 해도 그런데, 다른 사람들은 오죽할까. 남궁세가에도 귀천성과 싸워 이겨 내려는 사람들이 있는 반면, 이쪽에서 발을 빼고 세가의 안위만 도모하려는 자들이 있을 거다."

"하지만……."

"그래. 도망을 안 가는 게 아니라, 못 가는 거지. 귀천성 놈들은 우리가 평화롭게 살고 싶다고 해서 내버려 둘 자들이 아니니까. 그런데 아직 그걸 모르는 자들이 있어서 문제지."

남궁호명이 복잡한 눈빛을 하고 청림 밖을 보다가 이내 시선을 거두었다.

그런 복잡한 다툼이 싫어서 이 청림에 들어온 것이 아니었던가.

그는 이제 와서 저 소란 속에 끼어들 마음도 없었다.

"그런데 스승님, 만약 스승님을 독살하려면 어찌해야 할까요?"

"……뭐, 인마?"

"어지간하게 먹는 것으로는 안 되겠지요?"

"허허허허허! ……질문의 의도가 뭐냐?"

저렇게 순진무구한 얼굴로 스승을 독살하는 법을 묻는 제자를 보라.

남궁호명은 제 속이 충분히 소란스럽다고 생각했다.

"너 그렇게 선한 얼굴로 물으면, 내가 깜박 속아서 대답해 줄 줄 알았느냐?

"대체 스승님같이 따로 사는 독거남을 어떻게 중독시킬 수 있을까요?"

진화는 끝까지 진지하게 물었다.

생각해 보니, 남궁세가의 위기 속에 사라진 인물 중에는 그의 스승인 의천검주도 있었기 때문이다.

그다음 날.

이전처럼 청림의 오두막에서 잠을 자고 일어난 진화가 남궁호명을 깨웠다.

"아우, 어린놈이 아침잠도 없어. ……헉! 뭐, 뭐냐?"

남궁호명은 눈을 뜨자마자 시퍼런 칼날이 제 목에 닿은 것을 보고 깜짝 놀랐다.

"드디어 이 스승을 암살하려는 것이냐?"

"이상한 소리 마시고요. 움직이지 마십시오."

"……이 상황에?"

검을 들고 눈을 빛내는 진화를 보며, 남궁호명의 목소리가 떨렸다.

그 순간.

쉐-엑

목을 스치고 지나간 검풍에 남궁호명이 놀란 눈을 떴다.

남궁호명의 목에서 피가 흘러나왔다.

"제가 드디어 스승님을 죽일 방법을 알아낸 듯합니다!"

"……어, 나도 알 것 같구나."

남궁호명이 황당하다는 듯 진화를 노려보았다.

그때, 진화가 태연하게 검을 집어넣으며 말했다.

"이 검도 제가 한 번 더 쓰겠습니다."

"……허!"

남궁호명은 너무 기가 막혀서 숨을 내뱉는 것조차 잊어버렸다.

⚓

냄새가 없는 독이 있다.

맛이 느껴지지 않는 독도 있다.

피부 접촉만으로 중독되는 독도 있고, 다른 무엇과 섞여야만 작용하는 독도 있다.

이전 생에 진화는 남궁호명과는 인연이 없어 어떻게 죽었는지 알지 못했다.

하지만 태상가주와 가주를 중독시킨 것은, 무형지독이라 들었다.

무형지독(無形之毒).

색, 향, 냄새, 맛, 형태마저 존재하지 않는 그것은, 경지를 넘어선 고수마저도 중독시킬 수 있다고 알려진 독 중의 독이었다.

화경의 고수마저 알아채지 못하는 은밀함과 독기를 동시에 가진 그것.

하지만 진화는 그것의 존재를 알고 있기만 하면 자신이 알아챌 수 있을 거라 확신했다.

세상 만물에 기운이 느껴지지 않는 것이 없고, 진화는 기운의 부조화라면 누구보다 민감하게 느낄 수 있었기 때문이다.

하지만 진화가 알지 못한 것이 하나 있었으니.

독(毒) 또한 그 자체로는 조화로운 기운을 가진 것이라는 사실이다.

진화는 남궁호명이 중독당해서 기운이 혼탁해지고서야 독에 대해 알아차렸다.

"스승님, 절대 자지 말고 기다리십시오!"

"내가 왜 안 자고 널 기다려! 그 얼굴로 그런 이상한 소리 하지 말랬지─!"

남궁호명이 뜬금없는 소리에 펄쩍 뛰는데, 진화는 이미 처소를 뛰쳐나가고 없었다.

"……미친놈."

남궁호명이 훤히 열린 문을 보며 욕지거리를 뱉었다.

하도 놀라고 정신이 없어서 잠은 벌써 다 달아났다.

결국 남궁호명은 진화의 말대로 자리를 털고 일어서려 했다.

하지만 남궁호명이 몸을 돌린 그 순간, 남궁호명은 그 자리에서 얼어붙고 말았다.

"검은 피……!"

남궁호명은 이부자리에 묻은 핏자국을 보고, 제 목을 잡고 있던 손을 확인했다.

선명한 붉은색이었다.

하지만 피가 묻은 이불은 까만 핏자국과 함께 반쯤 삭아 있었다.

남궁호명의 눈이 크게 흔들렸다.

남궁호명의 목을 베어 독기를 빼낸 진화는 그대로 창천정으로 달렸다.

직계들의 장원인 창천원 안에서도 창천정은 가주와 가모가 머무는 거처로, 가주의 개인 집무실도 그곳에 있었다.

'스승님은 청림에 혼자 사시는 분이다. 청림은 광룡귀면대조차 꺼려 할 정도로 함정 그 자체이니, 누가 함부로 접근할 수도 없다. 게다가 음식도 본인 손으로 해 드시고 곁에 두는 시종도 없으니, 음식이나 사람으로 중독시키기는 힘들지. 사람이 사는 데에 꼭 필요한 식과 주가 안전하다면 남은 것은 의(衣). 그중 가장 확실하게 목표만 중독시키는 것이라면, 하

나쁘이지!'

창천정에 도착한 진화는 기별도 없이 안으로 뛰어 들어갔다.

"도련님!"

탕─!

뒤에서 놀란 하인이 진화를 부르는 소리가 들렸지만, 진화는 들은 척도 없이 창천정의 가주 집무실로 뛰어들었다.

안에서 놀란 얼굴을 한 남궁가주와 남궁경이 진화를 보았다.

"베개입니다!"

"······진화야?"

뜬금없는 말에 남궁가주와 남궁경이 놀란 눈만 끔뻑거렸다.

창천정의 가주 집무실.

갑자기 그곳의 문을 박차고 들어온 사람에 모두가 놀랐다.

물론 남궁세가 가주전 문을 박차는 사람들은 자주 있는 터라, 크게 놀랄 일은 아니었다.

다만 그 사람이 진화라면 이야기가 달랐다.

"진화야, 무슨 일이냐?"

"급합니다! 어제 스승님의 처소에서 잠을 자고 일어나는데, 중독 시도가 있었습니다!"

"뭐라!"

"너는! 아니, 의, 의원을⋯⋯!"

진화의 말에 놀란 남궁가주와 남궁경이 자리에서 벌떡 일어났다.

남궁경은 순식간에 다가와 진화의 몸을 살폈다.

"아, 아니, 제가 아니라 스승님께서 중독되셨습니다. 독기를 빼긴 했는데⋯⋯ 아, 의원은 스승님께 보내야 합니다."

"네가 아니야?"

"⋯⋯휴우."

진화가 아니라는 말에, 남궁가주와 남궁경이 한시름 놓았다는 듯 노골적으로 한숨을 쉬었다.

남궁가주는 자리에 도로 앉기까지 했다.

"백부님?"

"아, 그래. 청림으로 의원을 보내마."

진화의 때와는 비교도 안 될 정도로 여유 있는 모습이었다.

애정의 양도 비교 불가였지만, 그만큼 남궁호명을 믿고 있기에 보일 수 있는 태도였다.

"숙부님이라면 걱정할 필요 없다. 대전쟁을 헤쳐 나오신 분이니, 중독 사실을 알아내었다면 스스로 잘 대처하고 계실 것이다."

남궁가주의 말에 남궁경도 당연하다는 듯 고개를 끄덕였다.

이미 한차례 독기를 빼내기까지 했으니, 남궁호명에게는 크게 위험한 일이 없으리라.

순식간에 차분해진 남궁가주의 태도가 당황스럽긴 했지만, 진화도 남궁가주의 생각에는 동의했다.

"한데, 독의 매개가 베개라고?"

여유를 찾은 남궁가주가 냉정하게 가라앉은 눈빛으로 물었다.

남궁가주의 눈빛에 진화도 다급한 마음을 조금 누그러뜨렸다.

"예! 베개 속에 독이 있었습니다. 소량이라 당장 생명에는 지장이 없겠지만……."

"그렇다 해도 며칠 몸이 좀 이상하다가 어느 날 갑자기 죽을 정도겠지. 곽 총관에게 일러 당장 창천정과 천화정을 비롯해서 창천원에 있는 모든 침구를 조사해야겠구나."

"아, 총관은……!"

남궁가주의 말에 진화가 다급하게 말을 꺼내려다 입을 닫았다.

남궁가주와 남궁경의 앞에서, 차마 진화 자신보다 오랜 시간 곁을 지킨 총관들을 의심한다는 소리가 나오지 않았기 때문이다.

눈빛이 흔들리는 진화를 보며 속내를 알아챈 남궁가주가 싱긋이 웃어 보였다.

"그들은 괜찮단다, 진화야. 그렇지 않은가?"

남궁가주가 진화를 달래다가, 갑자기 아무도 없는 곳에 말을 걸었다.

그리고 의아한 진화가 고개를 돌린 그때.

"총관부는 걱정하지 않으셔도 됩니다, 도련님."

"……!"

세상 누구보다 기감이 예민하다고 자부하는 진화였다.

주의력을 놓고 있긴 했지만, 바로 옆에 올 때까지 기척을 놓치고 있었다니!

진화가 놀란 눈으로 제 옆으로 오는 곽 총관을 보았다.

진화에게 싱긋 웃어 준 곽 총관이 남궁가주에게 고개를 숙였다.

"청림으로 들어간 침구를 만든 침방 하인들부터 솜과 천, 물건을 사 온 포목점과 침구점, 운반책까지 모조리 조사하겠습니다."

'조사한다고?'

곽 총관의 말에 남궁가주가 자연스럽게 고개를 끄덕였다.

남궁가주는 물론이고 남궁경까지, 그들은 곽 총관이 사람들을 조사하고 뒤를 캐는 것을 무척 자연스럽게 받아들이고 있었다.

'내가 지척에 오기 전까지 기운을 읽지 못할 정도로 은밀하게 움직일 수 있고, 가주의 명을 받자마자 신속하게 사람들의 뒤를 캐낼 수 있는 사람이라…….'

진화는 이제 어렴풋이 곽 총관과 그가 말하는 총관부의 정체를 알 것 같았다.

'가주의 은밀한 눈과 귀가 되어 정보를 모으고, 직계들을 지척에서 지키는 자들. 창천원의 총관부가 천리호정단에 속해 있었구나! 그래서 창천원 하인들에 대한 믿음이 그토록 굳건했었던 거야!'

진화가 새삼스러운 눈빛으로 곽 총관을 보자, 곽 총관이 진화에게 인자하게 웃어 보였다.

주름진 얼굴에서 오랜 세월과 여유가 느껴졌다.

'설마, 우리 덕진 할매도……?'

진화는 남궁진혜와 남궁경의 등짝을 두드리던 덕진 할매의 손놀림을 다시 떠올려 보았다.

잠시 후.

반다경이나 되었을까.

남궁가주와 남궁경이 진화의 몸을 살피고, 진화가 겨우 차 한 잔을 마신 시간이었다.

곽 총관이 다시 가주 집무실로 들었다.

"조사 결과 의천검주의 침구를 다룬 이들 중 행적이 수상한 자, 두 명을 잡아들였습니다. 심문을 한다면 연루된 자들이 나올 것입니다. 다행히 창천원의 다른 침구들은 이상이 없었습니다."

"침방 하인 몇으로는 가능한 일이 아니네. 아직 남아 있을지 모를 공모자들부터 독을 구해 온 경로, 그리고 이 모든 일의 배우까지, 수단과 방법을 가리지 말고 철저하게 알아내게."

"존명."

곽 총관의 충성스럽게 인사를 마치고 나갔다.

수단과 방법을 가리지 말라는 남궁가주의 명에 곽 총관의 눈이 섬뜩하게 빛났다.

평소 인자하게 웃던 할아버지의 모습은 온데간데없었다.

곽 총관이 나간 후, 남궁가주와 남궁경이 동시에 한숨을 쉬었다.

여유 있어 보이긴 했지만, 그들도 내심 창천원에 다른 중독 시도가 있으면 어쩌나 걱정했던 것이다.

가모인 하후민은 하후 대장군부 출신이나 무공을 알지 못했고, 팽연화 역시 여러 가지 일로 몸이 많이 약해진 상태였기 때문이다.

"다른 곳에는 중독 시도가 없었다니 다행이군."

"그렇습니다. 하나, 청림에 은거하고 있는 의천검주를 노렸다면 필시 세가 내부 사정에 밝은 자가 끼어 있을 겁니다."

"게다가 의천검주를 노릴 의도라면, 나와 아버지, 너도 안

전하지 않겠지. 앞으로 주의하는 것이 좋겠구나.”

“그래 봐야 아버지는 천주산에 올라서 며칠째 연락도 없으니…… 쯧.”

남궁경이 일주일째 소식도 없는 제왕검을 떠올리며 혀를 찼다.

위험에 대해 알릴 만한 수단이 아무것도 없으니, 걱정이 되는 동시에 답답했던 것이다.

진화의 굳은 표정도 좀처럼 펴지지 않았다.

앞으로 남궁가주와 남궁경이 독살에 대한 것까지 조심하게 되었으니, 그건 분명 좋은 소식이었다. 적어도 허무하게 독살당할 일은 없을 테니 말이다.

‘하지만 이상하지 않은가. 의천검주를 노리면서, 할아버님과 백부님에게는 어떤 시도가 없었다니…… 베개가 아닌 다른 매개도 있는 것인가?’

진화의 머릿속이 복잡해졌다.

의천검주에 대한 독살 시도를 막아 냈으니 범인이 밝혀지는 것도 시간문제였지만, 여전히 제왕검과 남궁가주에 대한 위험이 남아 있었던 것이다.

‘내가 계속 세가에 붙어 있어야 하나? 하지만 내부의 배신자가 눈치를 채고 몸을 사린다면 아예 찾아내지 못할 수도 있는데…….’

진화가 미간을 좁혔다.

"그런데, 아버지."

"응, 왜 그러냐?"

진화가 말을 걸자 남궁경이 반색하며 물었다.

"저번 공산 포구에 남궁세가의 전서값을 미리 계산했다는 배신자는 찾으셨습니까?"

"아, 그놈! 에이, 점원을 데려다 인물화까지 그렸는데, 세가 내에서 같은 인물을 찾지 못했다. 비슷한 놈조차 없더구나! 그 뺀질이 놈이 잘못 본 것인지, 아니면 벌써 튄 건지…… 에이!"

남궁경은 뱃멀미로 고생은 고생대로 하고 아무 성과도 없이 끝난 일을 떠올리며 툴툴거렸다.

그 모습에 남궁경을 배에 두 번이나 올린 남궁가주가 모르는 척 고소를 참았다.

그리고 얼른 화제를 다른 곳으로 돌렸다.

"그나저나 전쟁이 시작되긴 하나 보군. 슬슬 배신자와 첩자 들이 판을 치는 것을 보니……."

평소와 같이 낮고 온화한 남궁가주의 말투.

하지만 그 속에 은근하게 날이 서 있었다.

"하는 짓이 늘 한결같아. 그게 통하지 않는다는 걸 계속 모른다는 게 놀라울 뿐이지."

남궁경도 누군가를 비꼬는 듯 코웃음을 쳤다.

진화는 조용히 남궁가주와 남궁경의 모습을 지켜만 보았

다.

이전에도 이런 일이 있었던 듯 자신감 있는 모습.

그런데 왜 이전 생에는 제왕검과 남궁가주가 독에 당했던 것일까.

진화의 눈빛이 서늘하게 가라앉았다.

"우리도 더 미룰 수 없겠어. 방계들을 불러들이고, 무사들을 늘려야겠구나."

"우리가 미룰 수 없으면 뭘 해. 장로들과 원로들이 배 뒤집고 누운 걸! 심지어 귀천성 놈들이 여릉에서 물러섰어. 그게 뭐겠어? 우리와 싸울 생각이 없다는 거지! 원로들의 말대로 우린 이미 우리의 힘을 보여 주었고, 어쩌면 우리가 움직이지 않는다면 귀천성도 양주를 건드리지 않을 수 있어."

남궁경의 말에 진화가 눈을 크게 떴다.

설마 이때의 남궁세가에서 그런 말이 나오고 있을 줄은 몰랐기 때문이다.

게다가 귀천성이 고작 한 걸음 물러선 것을 두고 남궁세가를 내버려 둘 수 있다니!

위험한 착각이었다.

다행히 어른들 또한 진화와 생각이 같았다.

"지금의 귀천성에게는 우리가 꺼려질 수 있겠지. 하지만 귀천성이 지금보다 세력을 넓힌다면? 팔현마제 놈들이 부활한다면? 그때도 과연 우리를 내버려 둘까?"

"당연히 그럴 놈들이 아니지!"

귀천성이 갑자기 여릉현에서 물러나면서, 남궁세가 내에서는 그걸 휴전의 신호로 받아들이는 이들이 있었다.

그러나 남궁가주와 남궁경의 의지는 단호했다.

"무슨 일이 있어도 원로들을 설득해야지. 그게 아니라면 거수에서 이기든가."

"내일 세가 회의에서 결판을 내자고."

남궁가주와 남궁경의 눈이 사나운 맹수의 그것처럼 시리게 빛났다.

진화는 조용히 그 모습을 지켜보고 있었다.

남궁가주와 남궁경이 이런 모습을 가감 없이 보이는 것도, 어린 시절부터 쭉 이어진 후계 교육의 일환이라.

다만 이번에는 진화의 시선이 왼손에 들고 온 의천검을 향했다.

다음 날.

남궁세가의 대문이 활짝 열렸다.

오늘은 남궁가주가 직접 세가 회의를 소집한 날이기 때문이다.

남궁세가의 모든 대소사를 관장하는 천명관으로, 모든 가신과 장로, 원로 들까지 모두 모여들었다.

근래에 같은 안건을 두고 여러 회의에서 논의를 해 왔기에, 다들 오늘 회의에 어떤 일이 있을지 아는 얼굴들이었다.

"가주가 아예 작심을 한 모양이군."

"원래 마음을 먹으면 오래 시간을 끌지 않는 성품이지 않습니까. 이번 회의에서 결판을 낼 모양입니다."

"남궁경이 또 검을 들고 날뛰면……."

"흥! 이번엔 우리도 절대 물러서지 말아야 하네! 자꾸 이런 선례를 남겨서 좋을 것이 없어!"

"그렇습니다. 우리 대에서 칼 들고 깽판 치는 못된 관습을 깨부숩시다!"

"옳거니! 오늘은 태상가주도 안 계시고, 다 같이 덤비면 해볼 만합니다!"

세가 회의에 들어가는 원로들과 장로들의 얼굴이 하나같이 결연했다.

어떤 이들은 작심한 얼굴로 문방사우를 옆구리에 품고 자리에 들었다.

세가 회의에는 검이나 무기를 소지할 수 없었기 때문이다.

단, 예외는 있었다.

세가 회의가 한창인 천명관 앞.

안에서 들리는 시끄러운 목소리들을 들으며, 진화가 한숨을 쉬었다.

그리고 당당하게 문을 열고 들어갔다.

갑작스러운 진화의 등장에 소란스러웠던 안의 분위기가 얼어붙었다.

몇몇 장로들은 남궁가주와 남궁경을 노려보았으나, 그들도 놀란 얼굴로 진화를 보기는 마찬가지였다.

"어허, 작은 공자께서 여기 웬일이시오?"

"아무리 소공자라 하나 세가 회의 중에 끼어들다니, 무례하오!"

원로 중 가장 상석에 앉은 이가 진화를 향해 호통을 쳤다.

하지만 진화는 느긋하게 안으로 들어와 비어 있는 자리에 앉았다.

방금 호통을 친 원로보다 더 앞에 있는 자리.

세가 회의에서 늘 비어 있던 자리였다.

탕!

진화가 옆구리에 찬 검을 앞으로 내보였다.

진화가 앞으로 내보인 검에, 몇몇 장로와 원로 들이 자리에서 일어나 포권했다.

"의기의천! 남궁세가 검수가 의천검을 뵙습니다—!"

남궁세가 검수들이 의천검을 향해 존경을 표했다.

남궁세가의 검수들 중에는 남궁경도 있었다.

"오늘은 스승님을 대신하여 회의에 참석했습니다."

남궁세가 검수들을 향해 진화가 싱긋이 웃으며 말했다.

남궁가주가 소집한 총세가 회의.

남궁가주를 기준으로 오른쪽으로는 장로들과 무단주들을 비롯한 가신들이, 왼쪽으로는 남궁세가의 원로들이 자리했다.

그들의 뒤편으로 남궁세가를 따르는 무림 문파와 세가의 대표들도 참석했다.

그들 중에는 남궁세가에서 분리된 문파나 세가가 아닌 곳도 많았다.

귀천성과의 전쟁 이후, 양주 정파 무림이 모두 남궁세가를 중심으로 똘똘 뭉치게 되었기 때문이다.

모든 자리가 채워진 후.

"가주님 드십시다!"

천명관 관주의 말에 따라 모두가 자리에서 일어섰다.

정의맹 못지 않은 위엄과 존경 속에서, 남궁가주가 회의장에 들어왔다.

양주는 중원의 오분지 일에 해당하는 넓은 땅이라.

특히 양주 무림에서 남궁세가의 영향력은 가히 절대적이라 할 수 있었으니.

오늘의 회의 결과에 따라 남궁세가는 물론 양주 무림의 운명이 결정된다 해도 과언이 아니었다.

긴장된 분위기 속에서 시선들이 남궁가주를 향했다.

평범한 체격에 선이 굵은 호남형으로 생긴 중년인.

신비로운 천풍무의를 제외하면 그저 인상 좋은 평범한 사내였다.

그러나 그가 좌중을 둘러보자, 눈이 마주친 이들은 모두 반사적으로 고개를 숙였다.

창천명웅(蒼天明雄) 남궁성.

누군가는 아버지 제왕검과 동생인 제왕무적단주를 내세워 가문의 세를 키운 수완가에 불과하다 했으나, 실제로 남궁성을 본 이들은 그야말로 양주 무림의 영웅이라 말했다.

양주 땅에 남궁가주의 눈이 닿지 않는 곳이 없고, 그의 손이 뻗지 않는 곳이 없으니.

압도적인 무력으로 앞장서서 무인들을 이끄는 제왕검이나 제왕무적단주와 달리, 남궁가주는 무인이 아닌 이들까지 아우르는 포용력으로 양주 무림 전체를 이끌고 있었던 것이다.

남궁가주가 좌중을 둘러보자, 긴장된 분위기가 차분하게 가라앉았다.

"모두 착석했으니 회의를 진행하지요."

그제야 남궁가주가 회의를 시작했다.

"여릉이 어떤 곳입니까. 놈들이 유일하게 발을 뻗은 양주 땅입니다. 그런 곳에서 순순히 물러섰다는 것은, 우리와 싸울 생각이 없다는 뜻입니다. 그런데 우리가 괜히 무인들을 끌어모으고 무기를 만들어 낸다면, 이건 우리가 먼저 싸움을 거는 것밖에 되지 않습니다."

"여릉 근처의 무현, 광명, 속강까지, 지금이 최고급 운룡차가 날 때입니다. 이런 때에 싸움이라도 나면 여러 문파와 세가에서 큰 손해를 보게 될 것입니다."

"운송 사업도 마찬가지입니다. 지난번 수확한 곡물의 이송이 한창인 때입니다. 수익도 수익이지만, 지금은 다른 곳에 무인들을 빼낼 여력이 없습니다."

"남궁세가 또한 그렇습니다. 곡물과 차 운송으로 일 년 세가 예산의 절반을 벌어들이는 때입니다. 유념해 주십시오!"

전쟁 준비에 반대하는 사람들이 입장을 정리해 발언했다.

남궁세가의 운송을 총괄하는 청해상단과 표국을 이끄는 이장로 남궁운을 시작으로, 차와 주류, 운송 사업에 관여하는 원로들과 문파들이 대부분이었다.

요즘 그들은 일 년 농사를 수확하는 농부의 심정과 마찬가지라, 지나가는 낙엽에도 몸을 사리고 싶은 때인 것이다.

그런데 갑자기 전쟁 준비라니!

그들에게는 다 같이 굶어 죽자는 소리로밖에 들리지 않았다.

그들의 의견에 남궁가주도 고개를 끄덕였다.

"지금이 중요하고 바쁜 때라는 것은 본인도 익히 아는 바입니다. 그렇다면, 한 달 뒤에는 괜찮은 것입니까?"

"한 달로는 부족합니다. 우리 지방의 곡물과 차는, 황제가 계신 곳부터 중원 전역으로 나갑니다."

"두 달은요?"

"서역에서 약속된 날짜에 상인들이 올 것입니다."

"석 달은?"

"……"

반복되는 질문에, 대답하던 이들도 뭔가 이상함을 느끼고 눈치를 보기 시작했다.

그때.

탕-!

누군가 대답하기도 전에 남궁가주가 탁자를 내리쳤다.

"중원 전역이 전쟁에 들어가면, 우리 차와 곡물은 누가 안전하게 가져다준다 하오? 의견의 요지를 분명히 하시오! 지금이라 안 되는 것이오, 전쟁 자체를 반대하는 것이오?"

"……"

남궁가주의 호통에, 반대하던 사람들이 입을 꾹 다물었다. 그들은 고개를 숙이는 척, 누가 먼저 나설 것인지 눈치를 보고 있었다.

그러다 사람들의 시선에 떠밀려 가장 상석에 앉은 원로, 고명검(告明劍) 남궁명현이 나섰다.

"후우…… 솔직히 말하지요. 전쟁 준비 자체에 반대하는 것입니다. 정의맹이 전쟁을 일으키려 하는 걸 모르는 사람은 없을 겁니다. 그런데 양주는 지금 전쟁을 시작하면 큰 손해를 볼 수밖에 없습니다. 그들은 우리의 힘은 필요로 하되 우리의 손해는 보존해 주지 않을 것입니다. 하지만 전쟁은 오로지 그들을 위해 하는 것이지요."

"그렇습니다! 양주에 불필요한 전쟁을, 우리가 왜 손해까지 봐 가면서 도와야 하는 것입니까?"

"옳습니다. 자신들의 터전을 되찾고자 하는 전쟁입니다! 빼앗긴 놈들이 찾아야지요!"

남궁명현이 물꼬를 열자 남은 이들이 뒤를 따랐다.

그때, 이번에는 제왕무적단주 남궁경이 의자의 팔걸이를 내리쳤다.

타-앙!

"거참, 더럽게 계산적이네!"

"뭐, 뭐요?"

"이보시오, 제왕무적단주! 예를 갖추시오!"

"아, 됐고!"

"대체 뭐가 됐다는 것이냐!"

"그래, 너만 됐으면 됐냐?"

평소의 세가 회의와는 달랐다.

보통 남궁경이 이렇게 나오면 장로들은 입을 다물었지만, 원로들은 달랐다.

배분상으로 조카 혹은 손자뻘 되는 터라, 남궁경의 태도는 원로들의 분노만 일으켰을 뿐이다.

"다들 배가 부른 게지. 검 하나 들고 전쟁터를 오가다가, 등 따시고 배가 부르니 이제 싸우기 싫은 거 아니오?"

"뭐, 뭐야?"

"어허, 제왕무적단주는 말을 삼가시오."

하지만 당황할 남궁경이 아니었다.

"거, 더럽게 말 많네. 더 들어 봤자, 결국 싸우기 싫다는 거 아니오?"

"이, 이……! 그래! 싸우기 싫다! 피땀 흘려서 겨우 살 만해졌는데, 쓸데없이 남의 전쟁에 끼어들기 싫다, 됐냐?"

"그게 왜 남의 전쟁이오? 노망났소? 지난번에 누구랑 피땀 흘려 싸웠는지 잊었소? 귀천성이오, 귀천성!"

"알아—! 이 망나니 자식아!"

남궁경이 끼어들면서 결국 회의장은 아수라장이 되었다.

"겁쟁이 다 됐네!"

"뭐, 이 새끼야? 말이면 다인 줄 알아?"

"그놈들이 항복문서를 보내온 것도 아니고, 그냥 조금 물러선 것을 가지고 피하기는 무슨! 그러다가 한 번에 쳐들어 오면, 그땐 어쩌시려고?"

"일단 지금같이 중요한 때에 우리가 굳이 나서서까지 싸움을 걸 필요가 있냐는 말일세!"

"지금이 왜요? 돈 벌어야 해서?"

"허어! 말을 가려 하래도!"

"막말로, 네놈이 지금껏 부숴 먹은 검이며 건물, 무슨 돈으로 복구하는 건데! 제일 큰 돈 덩어리 주제에, 지금 돈을 무시하냐?"

"우리 같은 작은 문파나 세가는 운영비가 없으면 어렵소. 지금이 가장 중요한 때란 말이오!"

큰 소리와 고성, 삿대질이 오가며 서로 이야기가 격해졌다.

사실 틀린 말은 없었다.

돈이 있어야 먹고살고 수련도 하는 법이다.

돈이 있어야 문주네, 가주네 품위 유지도 하고 인정도 받는 법이고, 돈이 있어야 무인도 키운다.

하지만 전쟁 준비를 하자는 사람들도 전쟁이 좋아서 나선 것은 아니었다.

타-앙!

"갈-!"

남궁가주가 내공을 실어 소리를 질렀다.

순식간에 과열되었던 분위기가 찬물을 끼얹은 듯 조용해졌다.

"의견을 나누기 위해 마련한 자리입니다. 서로 싸우려면 처음부터 연무장에서 만났을 것입니다. 우선, 제왕무적단주는 의견을 정리해서 발언하시오."

남궁가주는 말을 시작도 하기 전에 시비부터 붙어서 끝난 남궁경에게 발언권을 주었다.

"젠장, 전쟁을 원해서 하는 사람이 어디 있단 말입니까? 목숨 아깝지 않은 사람 없고, 죽음이 두렵지 않은 사람도 없소. 그런데 대체 언제부터 남궁세가가 이러했단 말이오! 정도 무림이 필요로 하는 전쟁? 아니오, 살기 위해 하는 전쟁이오! 눈 감지 말고 똑바로 보시오! 저들이 제 땅을 찾으려고 하는 전쟁? 맞을 것이오! 그런데 이러다가 귀천성 놈들이 다 부활하면, 그 처참한 전쟁을 또 할 셈이오? 다른 정도 무림이 다 죽고 나면, 그때도 우리가 차며 곡물 운운하면서 저들과 싸울 수 있겠소?"

"……."

남궁경의 물음에 좌중이 조용해졌다.

사실 모두 알고 있었다.

양주 무림도 귀천성과 홀로 싸울 수 없고, 이전처럼 정사 무림이 모두 힘을 합치지 않으면 불가능한 일이었다.

"혼현마제와 광마제가 이미 모습을 드러냈습니다. 다른

마제들, 역천마제도 언젠가는 모습을 드러내겠지요. 아버지 제왕검도 죽이지 못했던 자들이오. 그 마두들이 온전한 상태에서 우리 중 누군들 맞붙을 수 있겠소!"

제왕검의 아들이자 남궁제일검이라 불리는 사내의 말이었다.

매사를 검으로 해결하려 들던 남궁 망나니의 입에서 나온 말이라, 원로들도 입을 꾹 다물었다.

"피하지 맙시다. 피해서 될 일도 아니지 않습니까."

남궁경의 말은 모두의 가슴을 때렸다.

그때, 갑자기 세가 회의실의 문이 열렸다.

"……진화?"

빛과 함께 들어온 아름다운 사내.

처음 보는 사람도 많았지만, 이름을 모르는 사람은 아무도 없었다.

창천화룡 남궁진화.

제왕검이 데려온 양자이지만, 최근 광룡귀면대주를 죽이고 신룡으로 떠오른 신예 고수였다.

그런 남궁진화가 원로들의 가장 앞자리에 자리했다.

"어허, 작은 공자께서 여기는 웬일이시오?"

"아무리 소공자라 하나 세가 회의 중에 끼어들다니, 무례하오!"

가장 상석에 자리하는 진화에게 원로들의 호통이 이어졌다.

남궁진화의 위명은 익히 알았으나, 세가 회의는 그런 명성으로 참석할 수 있는 자리가 아니었다.

대부분 의아한 눈으로 진화를 보고, 몇몇은 불쾌한 듯 얼굴을 찌푸리고 있었다.

그런 사람들을 둘러보며 진화가 큰 검을 앞에 내려놓았다.

탕.

푸른 옥으로 된 용과 자수정 운무가 장식된 검집.

"……!"

손잡이에 새겨진 의천(義天)이라는 글자를 보자마자, 남궁세가의 모든 검수들이 일어섰다.

척. 척. 척.

원로와 장로, 무단주 할 것 없이 검을 쓰는 자들은 모두 자리에서 일어나 포권했다.

그중에는 남궁경도 있었다.

"의기의천! 남궁세가 검수가 의천검을 뵙습니다!"

의천검을 향하는 남궁세가 검수들의 우렁찬 존경 속에.

키만 자란 듯 아름다운 소년이 해사하게 웃으며 말했다.

"오늘은 스승님을 대신하여 회의에 참석했습니다."

갑작스러운 의천검의 등장으로 어수선해진 분위기.

남궁가주가 걱정 어린 눈빛으로 진화를 보았다.

"의천검주를 대신하여 참석했으니 할 말이 있을 터. 남궁 진화는 발언하라."

남궁가주의 말에, 진화가 천천히 일어섰다.

"우선, 양주가 평화로우니 많은 분들이 착각하고 계신 듯합니다."

"허어! 흠."

처음부터 공격적인 진화의 말에, 원로들 사이에서 불편한 듯 헛기침 소리가 나왔다.

그러나 진화는 저를 불편한 얼굴로 보는 사람들 하나하나와 눈을 마주쳤다.

"전쟁은 이미 시작되었습니다. 벌써 수많은 무인들이 싸우다가 죽었고, 수많은 힘없고 약한 자들이 죽임을 당했습니다. 귀천성은 이미 부활을 시작했습니다. 또다시, 저와 같은 제물을 다시 납치하기 시작했고, 이를 막지 못한다면 우린 더 강해진 역천마제와 싸워야 할 것입니다."

전쟁 준비를 반대하는 이들이 모르는 척하고 있던 불편한 진실이었다.

하지만 진화의 말에, 사람들은 그들이 피하고 있던 진실이 생각보다 훨씬 가까이에 와 있음을 알게 되었다.

"정의맹은 귀천성이 본래보다 더 큰 힘을 갖기 전에 그들과 싸우기로 결정했습니다. 그들의 악행을 막고, 정도가 이기기 위한 선택이었습니다. 그리고 이제는 우리가 선택해야 겠지요. 여러 원로님과 장로님, 선배님의 말씀처럼, 우리는 지켜야 할 것이 있지 않습니까?"

많은 이들의 얼굴이 심각하게 굳었다.

"광마제와 직접 대면했습니다. 그가 저를 보았습니다. 자신의 최종 제물이었던 저를 데려가기 위해서, 앞으로 광마제는 끈질기게 저를 쫓을 것입니다."

"······!"

"진화야!"

갑작스러운 진화의 충격적인 발언에 많은 이들이 놀란 듯 진화를 보고, 특히 남궁가주와 남궁경이 당황한 얼굴로 진화를 불렀다.

하지만 이미 더 이상은 숨길 수 없는 일이었다.

정의맹 윗선들은 다 알게 되었고, 앞으로 광마제의 추격을 받을 것이 뻔한데 이유도 모르고 당하게 할 순 없었다.

"불민한 저로 인해 세가가 위험해졌습니다. 혹 그것이 저어되신다면, 지금이라도 목을 내어놓겠습니다."

"진화야!"

남궁경이 경악하여 진화를 불렀다.

하지만 진화는 담담한 얼굴로 맞은편에 있던 대장로 남궁순을 비롯한 다른 장로, 가신과 차례로 눈을 마주했다.

"저는 그리할 수 있습니다. 남궁세가를 지키기 위해서라면, 지금 이 의천검으로 제 목을 치셔도 괜찮습니다."

"갈-! 공자는 자중하시오-!"

진화의 말에 진화의 옆에 있던 원로 남궁명현이 소리쳤다.

"수많은 남궁세가 무인들이 피를 흘린 것은, 오로지 세가를 지키기 위해서였소. 남궁세가 직계를 귀천성 마두들에게 내줄 의천이 아니란 말이오!"

원로 남궁명현의 목소리가 회의장 전체에 묵직하게 퍼졌다.

침묵이 깔렸다.

그 속에 진화가 담담하게 말했다.

"이미 세가는 위험해졌고, 제가 죽는들 그건 달라지지 않을 겁니다. 우리는 귀천성을 대비해야만 합니다. 제게도 기회를 주십시오. 귀천성의 야욕을 분쇄하겠다거나, 광마제에게 복수하고 싶은 생각은 없습니다. 다만, 남궁을 위해 싸우게 해 주십시오. 광마제의 손에 온몸이 터져 죽더라도 남궁세가를 지키고 싶습니다."

진화가 사람들을 향해 고개를 숙였다.

그리고 대장로 남궁순이 천천히 일어났다.

"남궁세가 직계의 목숨을 노린다니, 이는 절대 좌시할 수 없는 이야기입니다. 속히 무인들을 모아 대비를 하고, 귀천성 마두에게도 따끔한 경고를 해야 할 것습니다."

이전부터 남궁경의 양자를 마땅치 않아 하던 남궁순까지

나서자, 분위기는 급히 한쪽으로 기울었다.

그에 남궁가주가 빙그레 웃으며 말했다.

"무인들을 늘리고 본가에 집결시키는 데에 찬성하는 분은 거수해 주시오."

남궁가주의 말에 모두가 손을 들었다.

그에 남궁가주가 흐뭇한 얼굴로 좌중을 보았다.

"모두의 의견이 옳았소. 세가를 위하는 모두의 의견을 종합하여, 양주 무림의 피와 땀에 대해서는 정의맹에 따로 요구할 것이오."

남궁세가와 양주 무림의 힘이 정의맹이 가진 무력에 차지하는 비중이 큰 바.

이번 전쟁으로 땅을 되찾을 문파들에 양주 무림의 손해를 보존할 만한 것을 요구할 수 있을 것이다.

"하나 감히 양주 땅을 노리고 남궁세가 직계의 목숨을 노리는 마두들을 절대 좌시하지 않을 것이니, 세가 회의의 결정에 따라 양주 전역에서 무인들을 선발하고 근 시일 내에 남궁세가의 삼대 무단은 추가로 무인들을 발탁할 것이오."

세가 회의가 만장일치로 끝이 나고, 모두가 현명한 결정에 고개 숙여 화답했다.

진화는 복잡한 눈빛으로 남궁순을 보았다.

진화가 죽는 순간까지 그의 반대편에 섰던 자가 갑자기 진화의 편에 선 것이 놀랍고 의아했기 때문이다.

하지만 그걸 물어볼 새도 없이, 남궁가주를 비롯해서 세가의 수뇌부는 구체적인 사안을 논의하기 위해 회의에 들어갔다.

"공자의 남궁세가를 위하는 마음이 우리에게 많은 깨달음을 주었소."

"허허, 남궁경의 말처럼, 등 따시고 배부르게 있으니 진짜 중요한 걸 잊은 모양이오."

진화는 원로들의 격려와 칭찬 속에서 처소로 돌아와야만 했다.

그날 새벽.

자고 있던 진화가 갑자기 눈을 떴다.

스르륵–.

이불이 흘러내리고.

진화가 자리에 일어나 앉았다.

그리고 구역감을 치밀게 하던 무언가를 토해 냈다.

"욱, 커억……!"

진화는 천천히 입을 막고 있던 손을 펼쳐 보았다.

"창천원의 침구를 전부 갈았는데, 또 독을 썼다고……?"

손에 묻은 붉은 선혈을 보며, 진화의 눈빛이 흔들렸다.

일정 경지를 넘어서면, 운기를 하는 데에 의식하지 않고,

애쓰지 않아도 된다.

내공심법이 호흡하는 것만으로도 자연스럽게 축기를 하는 수준에 이르는 것이다.

여기서 다른 내공심법들과 천뢰제왕심법의 차이가 나타난다.

단전을 중심으로 축기에 힘쓰는 내공심법들과 달리, 천뢰제왕심법은 뇌와 심장, 단전의 삼위일체가 그 중심축이라.

천뢰제왕심법은 조화로운 기운이 몸을 청명하게 하는 것과 달리, 음기와 양기의 충돌이 끊임없이 몸을 깨우고 단전을 깨운다.

독에 당했을 때도 다르다.

일반적으로 독기가 단전으로 파고들어 가서 기운을 혼탁하게 만드는 것과 달리, 천뢰제왕심법을 익힌 자는 몸 안에서 독기가 끊임없이 기운들과 부딪힌다.

다른 이들이 독에 오염(汚染)되는 것이라면, 천뢰제왕심법을 익힌 이들은 독에 파괴(破壞)되는 것과 같았다.

그래서 다른 경지를 넘어선 자들이 운기조식으로 혼탁한 기운을 다스리고 독기를 몰아내는 것과 달리, 천뢰제왕심법을 익힌 이들은 몸속 기운과 부딪힌 독기가 이리저리 튕기다 토해지는 것이라.

그런데 진화는 또 다르다.

진화의 혼돈지체는 매일 천둥 번개가 내리치고, 생겼다 없어지는 우주라.

제물실에서도 어지간한 독기에는 끄떡없던 진화였다.

천뢰제왕심법으로 더욱 맹렬해진 우주에 작은 파괴는 흔적 없이 사라질 충돌에 불과했다.

'내게 독이 통하지 않는다는 걸 모르는 걸 보면, 광마제의 짓은 아니겠군. 하긴, 광마제가 소중한 내 육체에 독을 쓸 리도 없지만…… 그렇다면 역시, 혼현마제의 끈인가?'

진화의 눈이 날카롭게 빛났다.

스으윽―.

진화가 손에 묻은 붉은 피를 이불에 닦았다.

그러자 피가 순식간에 검게 변하며 이불을 태워 들어갔다.

'스승님이 당하신 것과 같은 거로군.'

진화가 스르륵 입꼬리를 끌어 올렸다.

한 가지는 확실해졌다.

창천원의 모든 침구가 바뀐 걸 범인은 모르고 있다는 것이다.

식사에 관해 따로 정해진 것은 없었다.

다만, 남궁세가 직계들은 점심 만찬을 즐겼다.

저녁에는 각자 일 때문에 바빠서 모이지 못했고, 아침은 제왕검 남궁강 때문이었다.

정확히는 제왕검의 언제 자든 늦게 일어나는 습관 때문인데, 불행하게도 몇몇 식구들도 그 습관을 물려받았기 때문이다.

하지만 요 근래의 아침 시간은 달랐다.

조금이라도 더 진화와 함께하고 싶은 남궁가주와 팽연화로 인해, 식구들이 아침에도 모두 모였기 때문이다.

"백모님과 어머님은요?"

진화가 눈을 동그랗게 뜨고 묻자, 덕진 할매가 싱긋이 웃었다.

"아침 일찍 여시(女市)가 있는 날이라서요."

"여시요?"

"서역 상인들이 놓고 간 포목이나 아사천, 귀한 보석, 향신료 등 여인들이 좋아하는 물건들이 반짝 장을 연답니다. 여인들이 좋아할 만한 것들이라 여시라 부르지요. 가모님과 마님께서 도련님 가실 때까지 새로 지을 옷 천과 장식 들을 사러 가셨답니다."

덕진 할매의 말에, 진화가 애매하게 웃어 보였다.

정의무학관의 현장 임무의 일환으로 종남파에 가는 것이라, 특별한 일이 없다면 동의생 관도복을 입어야 하기 때문이다.

하지만 어여쁜 아들을 꾸미기 좋아하는 어머니의 취미를 막을 생각은 없었다.

"백모님은 왜……?"

"호호호, 도련님이 진혜 아가씨보다 분홍색이 잘 받으신 답니다."

"……."

진화는 백모님과 어머니께서 주시는 옷을 열심히 아껴야 겠다고 생각했다.

"드시지요, 안에 기다리고 계십니다."

덕진 할매의 손짓에 따라 천화정 식당으로 들자, 남궁가주 와 남궁경이 기다리고 있었다.

"아버지?"

진화가 남궁경을 보며 놀라자, 남궁경과 남궁가주가 그 모 습을 보며 웃었다.

"오냐, 아빠는 아침 먹고 자면 된다."

"어떻게 그런 것까지 네 할아버지를 닮았는지. 허허허."

처음 있는 남자들끼리의 식사.

"한창 클 때니 많이 먹으렴."

"이거! 우리 아들 좋아하는 것이로구나."

남궁경과 남궁가주는 오랜만에 진화의 곁을 차지할 수 있 다는 게 기쁜 듯했다.

진화도 마침 어머니에게 걱정 끼치기 전에, 남궁가주와 아 버지만 뵐 수 있는 기회가 생겨 잘됐다고 생각했다.

그렇게 한창 밥을 먹고 있을 때.

진화가 슬쩍 말을 꺼냈다.

"오늘 새벽엔 제가 독에 당했습니다."

툭.

턱. 턱.

"……뭐?"

진화가 고개를 들어 남궁가주와 남궁경을 보았다.

두 사람 다 밥그릇과 젓가락을 놓고 진화를 보고 있었다.

"역시, 독의 매개가 베개가 아니었던 걸까요?"

앞서 독의 매개가 베개라고 난리를 친 기억 때문일까.

진화가 민망한 듯 팔자 눈썹을 하고 물었다.

그러나 남궁가주와 남궁경에게 베개는 중요한 문제가 아니었다.

"진화야!"

"인석아, 그게 밥 먹다가 할 이야기더냐?"

"의원! 의원을 데려와라-!"

남궁경과 남궁가주가 기겁하며 자리에서 일어났다.

덕진 할매가 급하게 의원을 찾았다.

그때, 진화가 나서 덕진 할매를 말렸다.

"저는 괜찮습니다. 독기를 뱉어 내고 운기조식도 했습니다. 그런데 역시, 범인은 창천원 사람들 중에는 없는 듯합니다. 침구를 다 간 것을 창천원 사람이라면 모를 리 없는데 여전히 독을 쓴 것을 보면 말입니다."

"인석아, 지금 그게 문제냐! 몸은? 몸은 진짜 이상이 없는 게야?"

"네 엄마가 들으면 까무러쳤을 거다! 아니, 지금 내가 까무러치고 싶다! 아이고, 내 새끼!"

"그래도 의원은 필요합니다. 무조건 필요합니다!"

"그, 그래, 덕진 할멈. 의원 데려와! 빨리!"

진화의 의도와 달리, 식당의 누구도 진화의 말을 제대로 듣고 있지 않았다.

진화가 조금 곤란한 눈빛으로 남궁가주를 보았다.

"베개가 아니면 뭘까요?"

"어허, 지금 그게 문제냐! 가서 누워. 아, 아니. 거기 눕지 말고 가주전으로 가자!"

결국 진화는 끌려가듯 식당에서 나와 남궁가주의 처소인 창천정으로 갔다.

진화는 극구 사양했지만, 남궁가주와 남궁경을 말릴 재간은 없었다.

그렇게 가주와 가모 침실에 눕혀지기 직전.

진화가 부부의 침상 앞에 우뚝 섰다.

"어허! 어서 눕지 못하겠느냐?"

"아, 왜, 애를 닦달해요? 우리 아들, 여기 눕자, 응? 아버지를 봐서라도, 응?"

남궁가주의 닦달과 남궁경의 애원을 들으면서도, 진화의

시선은 한곳에 고정되어 있었다.

부부 침실답게 청룡과 홍련이 새겨진 금침.

베개에도 같은 문양이 새겨져 있었다.

남궁세가 가주와 가모의 침구인 만큼 화려하고 세심한 자수 장식이었다.

"침구 자수입니다!"

진화의 침구에도 운무를 유영하는 청룡이 있었다.

속 이불과 베개는 갈더라도 침구 장식은 달라지지 않았다.

자수를 새긴 장식 자체가 고가이고 자주 교체하는 것이 아니기 때문이다.

게다가 창천원의 식구들은 개인마다 침구 장식이 따로 있었다.

침구의 자수라면, 특정 사람을 중독시킬 수 있을 뿐 아니라, 아무리 베개를 찔러 독을 검사한들 찌르는 위치에 따라 발각되지 않을 수 있었을 것이었다.

"침구 자수는 누가 하고 있는가?"

남궁가주가 차갑게 내려앉은 눈빛으로 물었다.

어느새 곽 총관이 남궁가주의 앞에 시립하고 있었다.

"저자의 창포점이라는 곳에 맡겨 두고 있었습니다."

"진화가 돌아와 침구 장식을 달리한다고 알린 사람도 있을 것이다."

"주문을 관리하고 물건을 운반하는 자까지 모조리 잡아들이겠습니다."

"감히 남궁세가의 직계를 해치려 한 자다. 방해하는 자는 누구든 죽여도 좋다."

"존명."

관련자 모두를 죽여도 좋다.

남궁가주의 차디찬 분노에, 천리호정단주 곽가진이 살기를 피워 올리며 말했다.

그리고 곽 총관이 나가기 전, 남궁경이 그를 불러 세웠다.

"내 몫도 좀 남겨 놓게."

어째 조용하다 했다.

남궁경이 혹여 놓칠까 진화의 손을 꼭 붙들고 있었다.

안 그래도 창천원 모든 이들에게 사랑받는 도련님이었다.

그중에서도 남궁경과 팽연화가 하나뿐인 아들을 얼마나 애지중지하는지 모르는 이가 없었다.

하루아침에 아들을 잃을 뻔한 남궁제일검의 분노가 부들부들 떨리는 등짝에서부터 느껴지는 듯했다.

곽 총관이 남궁경을 향해 작게 고개를 끄덕이고 가주전을 나갔다.

갑자기 저자에 나타난 남궁세가의 무사들.

거기에 가주전 총관으로 유명한 한응(寒鷹) 곽가진의 등장에, 저자 사람들의 시선이 한데 모였다.

평소보다 사나운 곽가진과 남궁세가 무사들의 분위기에 사람들이 의아함을 느낄 즈음.

한쪽에서 달려온 무사의 말을 들은 곽가진이 고개를 끄덕였다.

"안에 있는 것들을 모조리 잡아들이게!"

"충!"

우렁찬 대답과 함께, 곽가진의 뒤에 있던 남궁세가 무사들이 점포 문을 부수고 안으로 들어갔다.

"아이고! 아이고, 살려 주십시오!"

"꺄─악! 사람 살려!"

점포 안에 있던 모든 이들이 끌려 나오고, 비명이 터졌다.

"총관 나리, 이게 무슨 짓입니까? 저희에게 왜 이러십니까! 저희는 아무 죄도 없습니다."

"흥, 죄가 있는지 없는지는, 가주님께서 가려 주실 것이네."

가게 주인의 항의에 곽 총관이 코웃음을 쳤다.

가게 안에서는 주인의 일가와 직원, 부리는 몸종까지 모두 끌려 나왔다.

"총관님, 여기!"

창궁무애단의 부단주 장천수가 옥명에 든 물건을 가져 나왔다.

곽 총관이 그것을 천에 적시자, 천이 순식간에 검게 삭아 들어갔다.

곽 총관의 눈에서 불길이 일었다.

"그, 그게 무슨……!"

퍼억-!

"컥!"

곽 총관이 청포점 주인의 멱살을 쥐고 얼굴을 마주했다.

겁에 질린 표정과 당황한 눈을 보며, 곽 총관이 조용히 속삭였다.

"결코 편히 죽지 못할 것이네."

"무, 무슨…… 으억!"

"가주님께서 지푸라기 하나 남기지 말라 하셨네. 증좌를 모두 수레에 실어 본가로 보내고, 이자들은 모조리 갱옥으로 끌어다 놓게."

"충!"

청포점 주인이 뭔가를 말하려 했지만, 곽 총관은 들을 생각도 없다는 듯 그의 멱살을 던지듯 놓았다.

그리고 창궁무애단을 향해 명을 내리고, 서둘러 본가로 돌아갔다.

남궁진화에 대한 독살 시도가 알려지면서, 남궁세가가 발

칵 뒤집혔다.

창천원에 들어오는 물품을 관리하는 가신과 그 일가부터 진화의 이불보와 베개보를 운반한 짐꾼까지 모두 일거에 잡혀 들어왔다.

"허! 눈에 익은 놈이군."

남궁경이 대번에 짐꾼의 얼굴을 알아보았다.

공산 포구의 점원이 그려 준 인상화와 흡사한 얼굴이었기 때문이다.

"네놈이 혼현마제의 첩자였냐?"

남궁경이 흉신악살처럼 얼굴을 구기며 짐꾼을 노려보았다.

옆에서 그 모습을 지켜보던 다른 사내의 눈빛이 흔들렸다.

그때, 남궁가주가 사내, 창천원 물품을 관리하던 마진의 턱을 들어 올렸다.

"이보게, 마진. 이게 어찌 된 일인지 소상히 말해 주겠나?"

남궁경이 흉신악살처럼 사납게 얼굴을 구겼다면, 남궁가주는 그야말로 눈빛이 흉신악살과 같았으니.

나지막이 묻는 그 말에서 느껴지는 살기에, 마진의 턱이 절로 떨렸다.

"가, 가주님, 그것이⋯⋯!"

"아아, 너무 서두를 것은 없네."

마진이 다급하게 입을 여는데, 남궁가주가 오히려 고개를 저었다.

그리고 한 걸음 물러서는 남궁가주의 뒤로, 작고 마른 노인이 천천히 모습을 드러내었다.

"허허허, 마진, 오랜만일세."

"헉! 가, 가주님!"

노인의 등장에 눈이 찢어질 듯 커진 마진이 다급하게 남궁가주를 찾았다.

그도 그럴 것이, 노인이 바로 천금수(天金手) 명현보.

남궁문 이전, 대전쟁의 시기에 이 남궁세가의 갱옥을 만들고 관장하던 자였기 때문이다.

하루가 가기 전에 일의 전모가 모두 밝혀졌다.

도박에 빠진 마진이 청탁을 받아 젊은 사내를 짐꾼으로 받아 주었고, 그 사내가 교성흑오대원이었던 것.

남궁가주는 잠삼현에 있는 도박장을 뒤집었고, 거기서 남궁세가 무인들을 향해 검을 휘두르는 자들을 모조리 잡아들였다.

현감이 놀라 달려오긴 했으나, 무림의 일이라는 말에 한발 물러섰다.

양주는 그런 곳이었다.

귀천성의 손아귀에서 관부가 아닌 무림이 이곳을 지켜 낸 이후로, 양주에서 남궁세가의 행사를 막을 수 있는 곳은 오왕부와 양주자사부 정도랄까.

그마저도 남궁세가의 세력권 안에서는 불가능한 일이었다.

"놈들이 여릉에서 물러서는 척, 양주 깊숙이 들어와 있었 군. 이참에 모조리 발본색원하겠다. 남궁세가의 세력 안에 있는 도박장과 투기장을 뒤져 첩자를 색출하라!"

남궁가주는 혼현마제가 사람들의 약한 곳, 눈길이 닿지 않는 음지로 침투한다는 것을 꿰고, 세력권 안의 모든 곳을 뒤집었다.

그리고 수십 명의 첩자 혹은 교성흑오대가 운영하는 투기장을 쓸어 내었다.

이 모습을 보고, 양주에 있던 모든 문파와 세가 들도 대대적인 첩자 색출에 들어갔다.

모든 일이 시원하게 끝나는 듯했지만, 진화에겐 두 가지 새로운 문제가 생겼다.

"대체! 그런 일이 있었다면 새벽에라도 당장 알렸어야지!"

"흑흑, 내 아들, 얼마나 아팠니?"

저자에 나가 있던 가모 하후민과 어머니 팽연화가 난리를 목격하고 돌아온 것이다.

팽연화는 진화가 독을 토했다는 말을 들은 직후부터 진화의 곁에서 떨어질 줄 몰랐다.

심지어 진화의 침실에 남아 있는 독의 흔적을 보았을 때는, 눈물까지 쏟았다.

"이렇게 독한 것을 삼키고, 얼마나 아팠니. 엄마가 걱정할까 봐 말도 못 하고…… 흑흑."

팽연화는 독이 이불을 까맣게 태웠듯이 진화의 속도 태웠을 거라 생각하는 듯했다.

진화는 전혀 아프지 않았지만, 그렇게 말을 할 수도 없었다.

진화의 입에는 지금도 백 년 묵은 산삼 정과가 물려 있었기 때문이다.

아마도 임무지로 갈 때까지 진화는 이 지극정성 속에서 벗어나지 못할 듯했다.

그리고 또 다른 문제.

'결국 태상가주님과 가주님을 독살하려 했던 범인은 밝혀내지 못했구나.'

몸은 점점 영약과 보양식으로 건강해져 가는데, 진화의 안색은 점점 어두워졌다.

'지금의 사태를 보고 범인이 숨은 건가? 아니면…… 아직 범인이 세가에 들어오지 않은 건가!'

천주산 근처의 노역장.

바다 염전에서 가져온 소금을 널어서 햇빛에 말리는 곳이었다.

내리쬐는 뙤약볕을 피해 쉴 수 있는 곳 하나 없이, 소금기에 전 몸으로 무거운 소금을 날라야 하는 곳.

남궁세가의 죄인이나 죄인 일가가 감시를 받으며 일하는 곳이었다.

그곳에서 한때는 남궁세가의 장로였던 남궁문이 소금을 나르고 있었다.

남궁도의 죽음에 일조하면서, 남궁문과 항복한 수하들은 공로를 인정받아 이십 년 노역형을 받았다.

대부분의 사람들이 역적에게 몹시 자비로운 처결이라 했고, 남궁문 본인도 감사하며 형을 받아들였다.

하지만 누군가에게는 여전히 가혹하고 가슴 아픈 광경이 아닐 수 없었다.

"이십 년이라…… 참 길지."

"누, 누구십니까?"

소녀가 놀란 눈으로 제게 접근한 사람을 보았다.

"일전에 본 적이 있었지. 기억나지 않느냐?"

"아! 당신은……!"

친근하게 웃는 사내의 모습에, 소녀는 사내가 누구인지 기억해 냈다.

"아버지가 이번에 태어난 동생의 얼굴이라도 볼 수 있으면 좋았을 텐데 말이다. 이 숙부가 도와줄까?"

사내가 소녀에게 손을 내밀었다.

벌을 받지 않겠다는 것이 아니다.

그저, 지척에서 얼굴이라도 볼 수 있었으면 할 뿐이었다.

그렇게 생각하며 소녀가 사내의 손을 잡았다.

혼현마제의 검은 손은 사람의 약한 부분을 공략한다는 남궁가주의 생각은 틀리지 않았다.

다만 사람마다 그 약한 부분이 다를 뿐이었다.

이전과 같은 거창한 환송식이나 화려한 꽃마차는 없었다.

지름길로 내달리기 위해서는 험한 산길을 뚫고 가야 하는 일정이었기 때문이다.

그래서 하후민과 팽연화가 정성껏 만든 옷과 장신구도 못하게 되었다.

"잘 어울렸는데, 분홍색……."

"옷 따뜻하게 입고, 밥 잘 챙겨 먹고."

"허유, 들고 다닐 것을 생각하면 짐도 많이 싸 줄 수 없으니."

"시간 날 때 전서 하고."

하후민과 팽연화가 떠나는 날까지 진화의 곁에 붙어서 아쉬움을 표했다.

독살 시도 사건으로 팽연화는 진화를 더욱더 떼어 놓기 힘들어했다.

하지만 그렇다고 제 손으로 자식의 앞길을 막으며 정의무학관을 나오라고 할 수도 없는 일이니.

팽연화가 진화의 손을 주무르며 아쉬운 마음을 달랬다.

"결국 할아버님은 뵙지 못하고 가네요."

"허허, 원래 그분이 그러하다. 구름을 잡으러 간다 하시니, 막을 도리가 있나. 네가 보고 싶어 했다고 전해 드리마."

"예. 백부님, 백모님, 아버지, 어머니, 모두 건강하고 평안하게 계세요. 일 년 뒤에 다시 오겠습니다."

"그래, 그래."

"무탈하게 다녀오너라."

"네 가는 곳이 전쟁터다. 그것을 잊지 말거라. 절대 마음을 놓아서는 안 된다."

"예, 명심하겠습니다."

어른들의 당부 하나하나에 고개를 끄덕인 진화가 마침내 말에 올랐다.

올해 남궁세가 출신의 관도생들 중 종남파로 가는 사람은 진화와 남궁구, 단둘뿐이라.

먼저 말에 올라 기다리는 남궁구를 보며, 진화도 말에 올라탔다.

"그럼, 다녀오겠습니다."

아쉬운 마음을 그렇게 전하고, 진화와 남궁구가 말을 달렸다.

어른들 모두 그 모습을 한참 보고 있었다.

진화와 남궁구는 산길을 달려 신양으로 갔다.

중간중간 노숙을 해야 하는 첩첩산중 험한 산길이었지만, 진화는 조금 더 본가에 머물기 위해서 최단 거리를 택했다.

"신양의 달소항에서 전부 만나기로 했으니까 서둘러야겠어."

"현오도 그리로 오는 건가? 숭산에서 달소항이면, 오히려 돌아오는 길이지 않나?"

"우리 땡중은 한시라도 소림을 벗어나고 싶은가 봐."

"……."

진화는 숙청관을 떠나는 날까지 고기만두를 품에 안고 있던 현오를 생각하며 아무 말도 하지 않았다.

그렇게 첫 번째 노숙을 해야 하는 밤.

달빛도 들지 않는 깜깜한 어둠에 말이 두려워하는 것을 보며, 진화와 남궁구가 자리를 잡았다.

정의무학관 삼 년.

남궁구가 능숙하게 불을 피우고 노숙을 준비하고 진화가 육포와 곡물 가루를 풀어 저녁거리를 마련했다.

주변으로 풀벌레 소리 외에는 아무것도 들리지 않는 고요함.

서늘한 밤기운을 뜨끈한 국물로 달래는데, 진화가 불현듯 말을 꺼냈다.

"태상가주와 가주님을 독살하려면 어떻게 해야 할까?"

"푸—웃! 아뜨뜨뜨뜨!"

놀란 남궁구가 뜨거운 국물을 뱉어 냈다.

"아, 뜨거라. 혹시…… 내가 널 암풍단에 밀고해야 하는 상황이냐?"

"고혼암풍단에 네가 밀고하면 통하고? 단주 직통인가?"

"……."

진화의 반격에 남궁구가 입을 꾹 다물었다.

"혼현마제가 나와 스승님을 노렸어. 그런데 그게 같은 목적으로 둘을 노린 건 아닌 것 같단 말이야."

"의천검주를 노리는 건 남궁세가의 전력을 약화시킬 목적이고, 널 노리는 건 남궁세가의 약점을 건들려는 목적이니까. 성격이 다르지."

"그런데 둘 다 단숨에 목숨을 끊어 놓는 극독은 아니었어. 왜일까? 게다가 태상가주님과 가주님, 우리 아버지에게는 어떤 시도도 없었어. 이상하지 않아?"

"오래오래 두고두고 아파라, 그거겠지. 성질 나쁜 독거노 검이나 너나, 원한 사기 딱 좋잖아."

"……"

진화가 무표정한 얼굴로 남궁구를 보았다.

혓바닥을 쓸며 성의 없이 대답하던 남궁구가 진화의 눈길을 느끼고 뜨끔했다.

"그, 그러니까 아무래도 가주님이나 네 아버지는 접근이 어렵지 않나? 너나 의천검주님에 비하면 말이야. 총관이나 부관이 내내 곁에 붙어 있고, 늘 사람과 함께하니까."

"그렇긴 하지……"

남궁구의 말에 진화가 고개를 끄덕이면서, 말꼬리를 흐렸다.

사람.

남궁구의 말처럼 제왕검이나 남궁가주 그리고 남궁경의 곁에는 늘 사람이 함께했다.

남궁세가의 모든 사람들이 남궁진휘나 진혜, 진화에게 쏟아 내는 애정은 사실 그들로부터 기인한 것이라.

그들이야말로 남궁세가 모든 사람들의 존경과 애정을 한 몸에 받고 있었고, 그들 또한 남궁세가의 모든 사람들을 애정했다.

제왕검과 남궁가주, 남궁경에게 약점이 있다면 바로 이 사람들에 대한 애정이 아닐까.

진화의 눈빛이 어둡게 가라앉았다.

'그분들의 가슴을 아프게 한다면, 내가…….'

진화가 온갖 잔인한 생각들을 할 때.

남궁구가 한숨을 쉬며 진화를 불렀다.

"걱정 마라. 그분들이 네 생각만큼 그리 호락호락하신 분들이 아니야."

"……."

"사람을 믿는다는 것이 약점도 된다만, 강점도 된다. 주변의 모든 사람을 바꾸지 않는 한, 불순한 하나가 그분들을 건드릴 순 없으니까. 사람이 제일 큰 방패라고."

"아……!"

남궁구의 말에 진화가 크게 탄성을 뱉었다.

남궁구의 말처럼, 이전 생에선 남궁가주의 사람들이 주변에 없었다.

남궁진휘가 죽고 남궁도가 권력을 잡으면서, 태상가주와 가주의 주변으로 사람을 교체하고 중요한 자리를 제 사람들로 채웠다.

게다가 남궁구.

남궁진휘와 함께 남궁구가 죽고, 남궁구의 아버지인 창서각주 남궁희가 세가를 떠났었다.

만약 남궁도가 제 사람들로 교체를 한 것이라면, 지금은 그럴 일이 사라졌다.

게다가 남궁구가 살아 있으니, 남궁희가 남궁가주의 곁을 떠날 일도 없을 터였다.

어찌 보면 진화로 인해 시작된 변화였다.

"다행이네, 네 아버지가 곁에 있어서."

진화가 환하게 웃었다.

그 모습에 남궁구가 더 펄쩍 뛰었다.

"야, 너 대체 뭘 아는 거냐? 어디까지 아는 거냐고! 아니, 말하지 마라! 제발 우리 아버지한테 들키지만 마!"

"그걸 알아내는 게 네 아버지의 특기 아니신가?"

"아악! 그거! 그런 말을 하지 말라고!"

남궁구의 말에 진화는 끝내 대답하지 않았다.

그 시각.

남궁구의 아버지이자, 창서각주 남궁희가 남궁가주를 찾았다.

남궁희가 남궁가주의 책상에 문서를 올려놓자, 문서를 본 남궁가주가 눈썹을 꿈틀거렸다.

"자네는 하나밖에 없는 아들이 가는데, 나와 보지도 않나?"

"그놈은, 이공자 아니었으면 귀찮아서 집에 오지도 않았을 겁니다."

"허허, 구는 그렇게 안 봤는데, 무심한 아들이구먼."

"진짜 안 오신 분들도 있는데요. 진혜 아가씨는 그래도 이 공자가 계실 때는 좀 오시는가 싶더니."

"……."

그래, 내 주제에 누굴 비웃겠나.

남궁가주가 창서각주 남궁희의 말뜻을 알아채고, 그를 힐 끗 째려보았다.

그러다 돌연 눈빛을 달리했다.

"……안상범이 접근했다고?"

"돌아오자마자 찾은 듯합니다."

"남궁세가 도박장과 투기장을 뒤엎자마자 청랑(青琅)이 돌 아와. 돌아온 청랑이 남궁문의 여식과 만났다라……. 하하하 하하! 참, 모르는 사이, 쥐새끼들이 많이 생겼군."

남궁가주의 눈빛에 서슬 퍼런 살기가 번들거렸다.

"의천검주를 노린 놈들이 아버님과 내겐 접근도 안 해서 이상하다 싶더니……."

"남궁문의 여식이라면 한 총관의 손녀이니, 그대로 자란 다면 어렵지 않게 창천원에 들었을 겁니다."

"남궁문도 좋게좋게 끝이 났고 말이지. 허허. ……이래서 너그럽기가 참 힘든 자리야."

"죽일까요?"

남궁가주의 낯이 서늘하게 변하는 것을 보며, 남궁희가 덤덤하게 물었다.

그에 조금 생각하는 듯하던 남궁가주가 고개를 저었다.

"당분간 지켜만 보게. 한 총관의 손녀가 과연 어떤 선택을 할지…… 그리고 안상범 그놈도, 숨은 쉬게 숨통만 열어 놓자고."

"존명."

남궁가주의 말에 간결하게 답한 창서각주 남궁희가, 천연덕스럽게 다음 문서를 책상에 올려놓았다.

"……내 숨통도 열어 줄 생각 없나?"

남궁가주가 떨떠름하게 물었지만, 남궁희의 표정엔 미동도 없었다.

"신양에서 소동이 있었습니다. 사패천 살각 출신 흉곡(兇哭) 흑사가 그곳에 자리를 잡았다는군요."

"흑사 놈이 그곳에? 살각에서 나온 건가?"

"시험을 통과한 유일한 생존자죠. 흑사문을 열고, 온갖 나쁜 짓은 다 하고 있다고 합니다."

"진화에게 호위를 붙여야겠나?"

"은밀하게 호위하도록 하겠습니다."

"음. ……아닐세, 최대한 지켜만 보고 있으라고 해. 경험을 쌓으러 나갔는데, 위험해 보인다고 전부 막아 버릴 순 없지."

심각하게 고민하던 남궁가주가 이내 입가에 미소를 달고 고개를 저었다.

"그럼, 그리하겠습니다."

창서각주 남궁희도 남궁가주의 생각에 동의하는 듯 고개를 끄덕였다.

그리고 자연스럽게 다음 문서를 내놓았다.

원래 문서가 치워졌는지도 모를 만큼 쉴 틈 없는 손놀림이었다.

"또?"

남궁가주의 원망스러운 눈길에도 남궁희는 끄떡도 하지 않았다.

"남궁도에게 동조한 문파들 명단입니다."

"……전부 색출한 것인가?"

남궁가주의 눈빛이 대번에 달라졌다.

만년설보다 차고 시린 눈이, 문서에 적힌 명단을 읽어 내렸다.

"장부에 표식으로만 남겨 두어서 증좌를 모으는 데 시간이 걸렸습니다. 곧 모두 밝힐 수 있을 듯합니다."

"쥐 새끼들 번식이 아무리 빠르다 한들, 인간의 욕심만 할까. 음흉한 낯으로 웃으면서 손 내미는 그치들을 보자면 구역질이 끓어올라!"

남궁도의 손을 잡은 문파나 세가 중 몇몇은, 남궁도의 외가와 연계된 곳이라.

그들이 제왕검의 그늘에서 제 안위를 지키고, 이제 와서 남궁도의 손에 남궁세가를 넘기려 한 것이다.

남궁가주는 고작 이십 년도 되지 않아서 제왕검에게 등을 돌린 세력에 진심으로 분노했다.

"전부 죽인들 또 생길 걸세."

"그렇다고 그냥 둘 순 없지요."

"그래, 쥐 새끼만도 못한 인간들의 욕심이라면 티끌만큼도 채워 줄 수 없지. 더는 시간 끌 필요 없네. 증좌를 찾지 못한 곳은 그냥 죽여 버리게. 그들의 목이 증거가 되어, 남은 자들은 그들의 입에서 무슨 말이 나왔을지 지레 겁을 먹을 걸세."

"충."

남궁가주의 냉엄한 명령에, 창서각주 남궁희가 두말할 것 없이 명을 받들었다.

세가 회의에 참석한 자들에게 증좌와 함께 그들의 목을 보이면, 그것이야말로 발뺌하지 못할 좋은 증거가 될 것이다.

그때부턴 겁을 먹은 쥐새끼들이 누가 먼저 입을 열지 눈치를 보게 될 것이라.

"좋은 본보기가 되겠지. 다음 세가 회의는 볼만하겠군."

남궁가주가 싸늘한 비소를 지어 보였다.

이런 냉엄함과 비정함이야말로, 대전쟁에서도 남궁세가를 굳건하게 세워 올린 것이었다.

신양 달목항.

진화와 남궁구가 달목항 근처의 작은 객잔에 발을 들였다.

"여어——!"

진화와 남궁구가 객잔에 모습을 드러내자마자, 일 층 식당에서 누군가가 그들을 향해 손을 흔들었다.

"현오!"

"여어, 이 땡중!"

진화와 남궁구가 반갑게 현오에게 갔다가, 우뚝 섰다.

"……혹시 우리 것도 미리 시켜 놨나?"

"하하하하, 꿈도 꾸지 말게."

남궁구의 물음에 현오가 웃으면서 단호하게 그릇을 제 앞으로 당겼다.

그릇들이라고 해야 할까.

고기 요리로만 무려 다섯 접시였다.

그것을 보며 진화와 남궁구가 할 말을 잃었다.

하지만 그들도 오랜 산중 노숙으로 배가 고팠기에, 얼른 자리에 앉아 젓가락을 들었다.

"어허! 이럴 거야? 겨우 이런 일로 생사 대전을 벌일 참인가!"

현오가 펄쩍 뛰며 버럭 했다.

그러자 남궁구가 남은 손으로 진화를 가리켰다.

"도녀님, 동 마나."

우리 도련님은 돈이 많다.

남궁구의 말 한마디에 현오가 반색하며 손을 들었다.

"하하하! 여기요, 점소이—!"

오랜만에 만난 동기들은 말 한마디 없이 식사를 했다.

그리고 어느새 그들의 곁으로 하나둘, 사람들이 늘었다.

"그거 내 거야, 팽수."

"팽신이다."

팽수와 팽신 형제도 합류해서, 말없이 음식부터 찾았다.

그 옆에는 남궁경옥을 보고 온 남궁교명도 자리해 있었다.

"아! 드러! 정말 돼지같이 이럴 건가?"

"앵 경데! 애!"

"아무리 네 것이라도 그렇지!"

남궁교명은 뭉개진 발음으로 외치는 현오의 말을 찰떡같이 알아들으면서, 그의 앞에 흘린 음식을 닦았다.

그리고 잠시 후, 생각지도 않은 두 명의 인영이 모든 사람들의 시선을 받으며 들어왔다.

"진화 공자--! 내 그대와 함께하기 위해, 정의맹의 어두운 뒷구멍으로 내가 가진 배경과 인맥, 미모와 재력을 전부 동원했다오!"

"아악! 이 웬수!"

나하연이 당당하게 불법적인 청탁이 있었음을 밝히며 진화의 옆자리를 차지했다.

그리고 나하연의 인력에 끌려간 당혜군도 버럭버럭하며 자연스럽게 그들 사이에 앉았다.

이로써 종남파로 가는 여정에 참가하는 모든 동기들이 모였다.

아름다운 돌 진(珒)를 칼날 번쩍거릴 화(銚) : 명문이란

신양 끄트머리의 작은 항구, 달목항.

객잔도 하나밖에 없는 이곳에, 어제 걸신이 들었다는 소문이 났다.

그리고 그 소문의 주인공들은 다음 날인 오늘 아침에도, 다른 걸신과 접신 중이었다.

"쩝쩝. ……이거 개안네! 마이썽!"

"제발 입에 있던 건 삼키고 말하라고! 대체 소림은 애를 어떻게 키웠기에 이 모양이야?"

"꿀─꺽. 후, 자네도 오백 명 넘는 사형제들과 함께 커 봐야 내 마음을 아네. 백팔 명으로 줄었을 때 내가 얼마나 행복했는지 아나?"

현오가 아찔한 추억을 떠올렸다.

형이 한 명 있지만 자기 중심으로 컸던 남궁교명은 이해하지 못할 말이다.

하지만 몇몇 이들은 이해한다는 듯 고개를 끄덕였다.

"음, 그건 그렇다. 형제가 다섯만 되어도 치고받고 싸운다."

"가끔 형님이 귀찮다."

팽수와 팽신이 격하게 공감을 표하다가, 서로를 째려보기 시작했다.

그러자 맞은편에서 당혜군이 심드렁한 얼굴로 그들을 보며 말했다.

"배 속에서 죽여 버리지 그랬어요."

일순 분위기가 서늘해졌다.

"왜요? 쌍둥이들은 종종 배 속에서 한쪽이 다른 쪽을 잡아먹기도 해요. 그때 처리하지 못하면, 세상에 나와서 고생이잖아요?"

"……."

당혜군의 말에 일행 모두 입을 다물었다.

사천당문의 치열한 후계 경쟁에 대해서는 모두 들은 바가 상당했기 때문이다.

대부분은 당혜군이 오빠인 당혜평을 해치우기 위해 음모를 꾸몄다거나 독살 시도를 했다는 이야기였다.

"아침 식사 자리에서 듣기엔 너무 의미심장한 말이군."

남궁구가 찜찜한 얼굴로 들고 있던 만두를 보았다.

당혜군이 현오를 처리하기 위해 했던 수많은 독살 시도가 떠올랐기 때문이다.

일행의 식사 속도가 현격하게 느려졌다.

"그런데 우리, 달소항에서 만나기로 하지 않았나?"

"노숙하다 겨우 쉬러 왔는데, 다들 만난 거지."

"근처에 객잔이 여기뿐이라."

"모두 쥐꼬리만 한 인내심이 꼭 닮았군."

남궁구의 질문에 남궁교명과 팽수, 팽신이 차례로 대답했다.

사람이라는 게, 개개인이 꼭 같은 사람은 없지만 가끔 놀랍도록 비슷할 때가 있었다.

가령, 힘들 땐 밥과 잠을 찾는 것 말이다.

그때, 진화가 조금 이상하다는 듯 물었다.

"현오는 달소항보다 달목항이 더 멀지 않나?"

"하하하하, 마음의 부처는 가까울수록 좋고, 소림은 멀수록 좋은 법이지."

"……땡중."

결국 약속보다 일찍 만난 일행은 배를 타고 달소항까지 이동하기로 했다.

작은 나루터나 다름없은 달목항.

열 명 남짓 태울 만한 작은 배들이 몇 대 묶여 있었다.

"달소항 가는 배 있소?"

"한 사람당 닷 푼이오. 저쪽 배를 타면 되오."

남궁구의 물음에 입구에 있던 사내가 손을 내밀며 제일 바깥쪽 배를 가리켰다.

껄렁껄렁한 태도와 말투.

남궁구가 일행의 수대로 돈을 꺼내며 물었다.

"배 주인이 한 사람인가요?"

"그건 아니고, 이 근방의 뱃삯 관리만 흑사문에서 하고 있소."

남궁구의 질문에 점원인 줄 알았던 사내가 대충 답했다.

그 모습에 남궁구가 슬쩍 사내를 살폈다.

거칠게 잘려 나간 머리에 험상궂은 얼굴.

항구에서 흔히 보이는 짐을 나르는 거친 선원들과 다를 바 없는 모습.

하지만 풀어 헤친 앞섬 사이로, 단단한 근육과 칼자국으로 보이는 상처가 눈에 띄었다.

"왜요?"

"아, 아닙니다. 여기 돈 있습니다."

시비조로 묻는 사내에게, 남궁구가 억지로 웃어 보이며 돈을 주었다.

"이상하군."

"짐꾼들보다 험상궂은 관리자들이 왜 필요한 거지?"

"흑사문은 어디지? 들어 봤나?"

"이 근방에 새로 생긴 작은 문파예요. 사파 영역이니 사패천 소속일 수도 있어요. 조금 이상해도 괜한 소란은 피하도록 하죠."

　뒤에서 일행이 수군거렸다.

　하지만 정의맹과 협력 관계인 사패천 소속이라면, 분란을 일으켜서 좋을 것이 없었다.

　당혜군의 말에 동의한 일행이 아무렇지 않은 듯 배로 향했다.

"달소항으로 가는 배요?"

"아아. 타."

　이번엔 아예 반말이었다.

　예의 없는 선원의 고갯짓에, 일행이 발끈하려는 남궁교명을 붙잡고 우르르 배에 올랐다.

"왜 말리는 건가! 당장 저 무례한 놈을 입버릇을 고쳐 놓을 수 있는데!"

"그러다 여기 선원들이 다 덤비면, 배는 누가 몰아? 참아."

"……쳇."

남궁구의 말에 남궁교명이 혀를 차며 화를 참았다.

남궁구의 충고를 듣는 남궁교명이라니.

삼 년 전이라면 상상도 할 수 없었던 모습이었다.

"눈깔을 뽑아도 배는 몰 수 있지 않을까?"

"후우, 미친년아, 그냥 앉아."

살벌한 눈으로 묻는 나하연을 당혜군이 억지로 끌어 앉혔
다.

하지만 당혜군도 지금의 상황이 편한 것은 아니었다.

항구에 나타난 순간부터 배에 오른 뒤까지, 내내 불쾌한
시선들이 일행을 쫓고 있었기 때문이다.

"도련님, 저기 봐라."

남궁구가 가리킨 곳을 본 진화가 구석에 구겨지듯 쪼그리
고 앉아 있는 이들을 보았다.

젊은 여자와 남자 들은 양 손목과 발목이 줄에 묶여 있었
다.

"……팔려 가는 건가 보군."

안타까운 광경이었지만, 인신매매는 물론 공공연하게 노
예시장까지 열리는 세상이었다.

노예는 다른 이의 재산이라, 함부로 끼어들 일도 아니었
다.

"기분 나쁜 배에 탔군."

진화가 줄에 묶인 이들에게서 쉽게 시선을 떼지 못했다.

그 순간에도 선원들이 진화 일행을 힐끗거리며 저들끼리 킬킬대고 있었다.

뱃길로 고작 한 시진 거리.

달소항은 달목항과 분위기가 달랐다.

"여기! 여기로 실어!"

"울목! 울목으로 가는 사람들 다 타시오! 곧 출발이오!"

수십 명은 거뜬히 태우고도 짐을 실어 갈 만큼 큰 배가 있었고, 무엇보다 사람들이 저마다 다른 목소리를 내고 있었다.

"으아아아, 시끄럽네."

"원래 항구는 이런 거지."

"이렇게 보니, 달목항은 점점 더 이상한데? 배도 이상했고."

남궁교명의 말에 일행의 표정이 일제히 굳었다.

사방에서 들리는 큰 소리와 바쁜 사람들을 보고 있자니, 달목항의 삭막한 모습과 음산했던 배의 분위기가 얼마나 이상한 것이었는지 새삼 실감이 났기 때문이다.

"조사를 해 봐야 하는 거 아니야?"

"관도생들이 할 수 있는 일이 아니에요."

현오의 말에 당혜군이 냉정하게 고개를 저었다.

"그래도, 영 찜찜하지 않아? 저 새끼들, 아직도 우릴 보고 있다고."

남궁교명이 사납게 얼굴을 찌푸리며 한쪽을 힐끗거렸다.

그들이 타고 온 배의 선원들이 젊은 남녀를 옮기면서도, 진화 일행을 향해 시선을 주고 있었다.

게다가 달소항에서 만난 선원들의 일행인 듯 보이는 자는, 노골적으로 진화 일행을 살피고 있었다.

"흑사문이라고 했던가? 목숨 아까운 줄 모르면 뭔들 못해."

남궁구가 냉소하며, 선원을 비롯한 흑사문도들을 비웃었다.

"남궁세가 지부로 가자고. 시간이 있으니까 좀 쉬다가 사흘 후에 출발하지."

"아아."

진화 일행이 항구를 떠날 때까지도, 흑사문 소속 선원들의 눈길이 끈질기게 따라붙었다.

항구를 벗어나는 진화 일행을 보며, 그들이 타고 왔던 배의 관리자인 석도가 아쉬운 듯 입맛을 다셨다.

"어디로 가는지 밑에 놈을 보낼까요?"

석도가 혓바닥을 날름거렸다.

하지만 맞은편에 있던 중년 사내는 생각이 좀 달랐다.

"그래서, 어쩌게?"

"아, 부장님도 봤잖아요! 사내놈들도 튼튼하지만 계집들이 어찌나 깔쌈한지. 낙양에 팔면 한몫 단단히 잡을 수 있을 겁니다! 게다가 그놈…… 봤죠?"

석도가 눈빛을 번뜩였다.

마지막 사람을 떠올리자, 중년 사내도 표정이 조금 달라졌다.

"네놈이 하닥거릴 인물이긴 하더군. 오랫동안 이 짓을 하면서도 생전 처음 보는 인물이었어."

중년 사내, 우대삼은 달소항에서 노예 장사만 이십 년이었다.

지금도 이 근방 미녀란 미녀는 다 긁어서 낙양으로 보내고 있었다.

그런 우대삼조차 눈이 휘둥그레질 정도의 인물이라.

"사화 제일미라는 홍련 초서비에 비견할 만한 외모였어."

너무 귀해 보이면 조심할 필요가 있었다.

귀한 것일수록 주인이 있기 마련이니.

괜히 주인 있는 것을 건들면 곤란해질 수 있었다.

물론 주인이 없어도 문제였다.

귀해 보이는 것이 주인도 없다면, 스스로를 지킬 재간이 있다는 말이니까.

"왜요? 무림인들일까 봐요? 정파 제일 미녀라는 천상화는 면산에 있지 않습니까? 청명화나 독심화는 정의맹에 있을 거고! 사내놈들도 그렇고 계집들도 그렇고. 딱 행색이 고급진 게, 어디 부잣집에서 외유 나온 것들입니다. 분명해요! 아까 그놈…… 그놈 하나만 팔아도, 계집들 열 배, 아니 백 배는 받을 수 있을 겁니다!"

석도가 흥분해서 역설했다.

눈빛은 벌써 탐욕으로 이글거리고 있었다.

하지만 우대삼은 끝까지 신중했다.

"문주님께 보고하는 것이 좋겠다."

"무, 문주님께요?"

석도가 얼굴을 구겼다.

말투에서 싫은 기색이 역력했다.

우대삼은 그런 석도를 보며 피식 웃었다.

"귀한 것일수록 벌레도 많이 꼬이는 법이다. 우리끼리 해 먹었다가 탈이라도 나면? 그땐, 벌레가 아니라 문주님 손에 죽을 걸 걱정해야 할걸."

"하, 하긴 그렇죠."

문주라는 말에 석도도 잠시 주춤거렸다.

중간에 돈을 뻥땅 치다 걸린 놈들이 문주의 손에 사지가 잘리고 목이 돌아가는 것을 여러 번 보았던 터였다.

문주는 사람을 죽이는 걸 즐기는, 그리고 돈에 환장한 괴물이었다.

"일단 저는 저놈들이 어디 들어가는지 봐 놓을게요. 부장이 가서 문주님께 보고하세요."

"알았다."

"저놈을 팔면, 문주님이 반을 가져가도 남는 게 서너 배는 될 겁니다!"

"아, 알았다니까 넌 어서 저놈들 뒤나 쫓아 봐."

"예."

결국 우대삼 또한 석도의 설득에 넘어갔다.

아니, 애초에 넘어갈 필요도 없었다.

그 또한 탐욕에서 자유로운 인간은 아니었으니까.

우대삼이 석도보다 나았다면 노예시장에서 이십 년이나 발이 묶일 이유가 없었다.

그가 석도보다 나은 점은, 목숨이 위험한 일에서는 한 발 뺄 줄 안다는 것뿐이었다.

"미친놈. 문주님 몰래 뭘 팔아? 저놈이 크게 데여 봐야 인생 뜨거운 걸 알지."

우대삼은 쏜살같이 달려 나가는 석도의 뒷모습을 보며 혀를 찼다.

오랜만에 큰돈을 만질 생각에, 우대삼의 얼굴에도 웃음기가 가득했다.

달소항은 황하의 큰 지류에 있는 큰 포구였다.

본래는 달소 포구라고 하는 것이 옳겠지만, 바다에 인접해서 큰 상단의 배까지 오가는 곳이라 사람들이 항(港)이라 칭하는 것이었다.

크고 작은 해상 상단의 본부가 있는 곳인 만큼, 중원에서 손꼽히는 해상 상단을 가진 남궁세가 또한 이곳에 지부가 있었다.

"도련님——! 어이쿠, 이렇게 뵙게 되어 영광입니다!"

청해상단을 맡고 있는 금판수호 남궁범이 활짝 웃으며 일행을 마중 나왔다.

남궁경옥을 대신해서 이장로가 된 남궁범은 남궁교명 또한 크게 환대했다.

그는 여전히 상단 일을 하는 남궁교명의 형이나 가족들에게도 후한 대우를 해 주는 호인이었다.

게다가 한 달 전 세가 회의에서의 일로 큰 감명을 받은 남궁범은, 진화에게 단단히 빠져 있었다.

"안으로 드시지요."

진화 일행은 남궁범의 환대를 받으며, 남궁세가가 운영하는 객잔을 통과해 지부 장원으로 들어갔다.

그리고 진화 일행의 행선지를 확인한 석도는 기쁜 얼굴로 흑사문으로 달려갔다.

그사이, 우대삼은 흑사문주에게 석도의 말을 전하고 있었다.

"천하제일미?"

흑사문주이자 흉곡 흑사가 눈썹을 꿈틀거렸다.

눈썹 옆에 있는 흑사 문신의 혓바닥이 같이 꿈틀거렸다.

"예. 같이 있는 계집들도 보통 인물이 아니었습니다. 사내들은 그렇다 쳐도, 그 셋만 잡아다 팔면 큰돈을 만질 수 있을 것 같았습니다."

"계집들이라……."

"예, 예! 기녀 팔이만 이십 년입니다. 계집들은 낙양기루에 최고급으로 팔 수 있을 것입니다. 그리고 그놈은, 꿀꺽, 따로 경매에 붙이면 못해도 금관은 만질 것입니다."

"금관? 허!"

흑사가 우대삼의 말에 웃음을 흘렸다.

그 모습에 우대삼이 바보같이 따라 웃으려는 찰나.

"허어어억!"

흑사가 우대삼의 멱살을 잡아끌었다.

"헙!"

흑사와 눈을 마주친 우대삼은 숨을 들이켰다.

흑사의 살벌한 눈빛에, 우대삼은 온몸의 힘이 풀려 바지에 지려 버릴 것만 같았다.

"야, 내 말이 우습냐?"

뱀이 기는 듯 조용하고 까칠한 목소리.

순식간에 우대삼의 얼굴이 하얗게 질렸다.

"커, 커헙! 아, 아닙니다!"

"그런데 왜 시키지도 않은 일에 한눈을 팔지?"

"소, 송구…… 컵…… 추, 충심에서…… 제발…… 사, 살려…… 헉!"

우대삼의 애원에, 흑사가 우대삼의 멱살을 던지듯 놓았다.

우대삼은 그보다 빠를 수 없는 속도로 바짝 엎드렸다.

"내가 당분간 조건에 맞는 놈만 고르라고 했잖아."

"예, 예! 그리하겠습니다!"

"장사는 본래 제일 큰 물주를 잡는 게 제일 중요하다고 몇 번을 말해!"

"으에엑! 그, 그렇습니다! 우둔한 이놈이 잊었습니다! 용서해 주십시오!"

흑사가 신경질적으로 소리치자, 우대삼이 땅바닥에 이마를 박았다.

납작 엎드린 우대삼의 모습에 조금 화가 풀린 듯, 흑사가 조용히 숨을 골랐다.

"그것보다 제물은 어찌 되었어?"

"그, 그게 아무래도 이번 제물은 청해상단 남궁범의 여식이 아닌가 싶습니다."

"남궁범의 여식?"

"요번 초하루에 남궁범의 여식이 생일잔치를 했습니다."

"흐음. ……그래?"

우대삼의 보고에, 흑사가 조금 곤란하다는 듯 미간을 찌푸렸다.

"남궁, 남궁이라……."

위험한 이름이었다.

입 밖으로 내뱉는 것만으로도 심장이 진동하는 것을 느끼며, 흑사가 조용히 입꼬리를 끌어 올렸다.

"위험한 건, 돈을 많이 받아야지. ……금관, 금관이 좋겠어. 흐흐흐."

얼굴에 새겨져 있는 흑사가 기분 좋은 듯 꿀렁거렸다.

금판수호 남궁범의 본명은 따로 있었다.

하지만 세가에 큰 공을 세우고, 가주인 남궁성으로부터 성을 하사받고 지금의 이름을 갖게 되었다.

남궁세가에는 실제로 직계와 혈연관계인 방계보다 남궁범

처럼 성을 하사받고 '남궁'이 된 사람들이 훨씬 많았다.

이전에 남궁문이나 남궁백도 남궁도에 의해 거둬지면서 성을 하사받았고, 남궁세가의 장로 자리까지 올랐었다.

결과적으로 그들은 남궁도와 함께 축출되었지만, 그들의 자리를 대체한 인물들도 모두 남궁과 혈연관계는 아니었다.

그만큼 남궁세가는 인재를 세가에 영입하는 일에 적극적이었고, 능력만 있다면 그들을 가문의 요직에 앉혀 주었다.

일각에서는 언제 배신할지 모르는 외부인을 요직에 앉히는 남궁세가를 비난했다.

하지만 반란을 주도한 건 직계 출신 남궁도였으니, 세가에 대한 충성심과 혈연은 관계가 없다는 걸 증명했을 뿐이었다.

남궁세가는 여전히 외부 출신의 인재를 중용했다.

그것이 양주의 수많은 인재들이 지금도 남궁세가로 모여드는 이유였다.

하지만 남궁범은 좀 달랐다.

그는 본래 돈을·받고 표사 노릇을 해 주던 낭인이었다.

남궁범이 남궁세가에 발을 들이게 된 것도, 대전쟁 때에 표사로 고용되어서였다.

남궁범이 진화와 일행을 위해 만찬을 마련했다.

"거기서 제왕무적단주가 표사들에게 외치더라고. '어서 검 들어, 새끼들아! 저기 있는 표물이 네 고향에 있는 처자식들

먹여 살릴 돈이라고! 네놈들이 죽어도, 저것만 있으면 처자식들은 먹고산다!' 어찌나 살벌하게 외치는지……."

"그래서요? 남은 가족들을 위해서 무사들이 검을 들었나요?"

"하하하하! 아닐세. 그 뒤에 말이 더 남았어. 그 뒤에 제왕무단주가 '네놈들 목숨값으로, 마누라는 재가하고 자식새끼는 계부만 찾겠지! 부모님은 남은 자식이라고 동생 새끼만 찾을 거고! 애먼 놈들만 호강하는 거다! 그러길 바라는 거야?'라고 하는 거야."

비정한 현실 세계 이야기였다.

"……."

처자식이나 부모와 관련이 없는 현오를 제외한 모두가, 진화를 보았다.

진화는 저도 모르게 그들의 눈을 피했다.

남은 가족의 행복을 빌어 주진 못할망정, 나 없인 모두의 행복도 없다는 마음가짐.

완전 소인배 같지 않은가.

"그 말에 표사들 눈깔이 다 뒤집혔지. 죽기 직전인데 웃음이 나오더라고. 목숨이 경각에 달했는데, 제왕검의 아들이 외친 게 그런 말이라니. 하하하하!"

남궁범이 지금 생각해도 유쾌하다며 호탕하게 웃었다.

그래, 죽기 전 농담이라고 생각하면 좀 낫다.

하지만 진화는 알았다.

그것은 아버지의 온전한 진심이라는 것을.

남궁경을 알고 있는 남궁구와 남궁교명이 진화의 눈을 피하며 웃음을 참고 있었다.

"완전 솔직하지 않나?"

"네?"

"목숨이 경각에 달한 표사들에게 거창한 대의나 정의, 충성심 따위 전혀 와닿지 않았어. 다들 살고 싶은 놈들뿐이었거든. 그 위험한 전쟁 중에도 먹고살려고 더 위험한 일을 하던 미친놈들에겐, 살아갈 이유 말고는 어떤 말도 필요 없었지. 그런데 그걸 제왕검의 아들이 알아줄 줄 누가 알았겠어?"

남궁범이 은은한 미소를 지으며 술을 들이켰다.

"그 전투에서 이기고 우린 표물을 실은 배를 띄웠지. 나는 그길로 장강에 있는 청하상단에 들어갔네. 밑에 놈들을 굶겨 죽이진 않겠구나 싶었거든. 그런 내가 지금 청해상단의 책임자가 되어서 남궁세가 장로 노릇을 하게 될 줄 누가 알았겠나?"

결국 남궁경의 이상한 연설에 감화되어 남궁세가로 들어왔다는 이야기였다.

진화는 조금 신기하다는 눈빛으로 남궁범을 보았다.

남궁구의 말에 따르면 청해의 물범, 주판알 튕기는 물귀신으로 불린다 했다.

그만큼 능력만큼이나 탐욕도 있는 사람 같았는데, 본인의 말을 들으면 강호의 낭만에 빠져서 남궁세가 장로까지 오른 사람 같지 않은가.

이상한 사람이었다.

그런데 그게 거짓말 같지도 않았다.

"어이쿠, 도련님, 이것도 드셔 보십시오! 금호에서 잡은 홍웅어로 만든 겁니다."

만찬 내내, 남궁범은 민망할 정도로 살가운 태도로 진화의 접시에 생선 살을 쌓고 있었기 때문이다.

진화가 조금 난처한 눈으로 옆에 앉은 어떤 여인을 보았다.

그러자 여인이 진화를 향해 씨익 웃어 보였다.

"하하하! 도련님, 괜찮습니다. 저 양반이 지금도 표행 나갈 때마다, 남은 재산 외동딸인 제가 다 먹을까 봐 꼭 살아오겠다고 다짐하고 가는 양반입니다. 늘 찬밥이라, 새삼 서운하지도 않습니다. 하하하하!"

남궁범의 딸이라고 한 남궁금영은 여느 사내 못지않게 호탕하게 웃었다.

그 모습에 남궁범이 코웃음을 쳤다.

"흥, 네놈이 서운할 것이 뭐가 있다고! 내 덕에 등 따습고 배부르게 사는 놈이."

남궁범이 말은 그렇게 했지만, 남궁금영은 부인과 사별하고 남은 유일한 가족이자 외동딸이라 했다.

남궁범이 그녀를 얼마나 소중하게 여기는지는 그녀 자체만 보아도 알 수 있었다.

　남궁금영은 처음 보는 사내들 앞에서도 호탕하게 웃었고, 나하연과 술 내기를 할 정도로 술도 즐겼다.

　무림에서도 이름난 미녀인 나하연과 당혜군에게 두툼한 풍채를 자랑할 정도로 자존감이 높았고, 진화에게 곧 창궁무애단에 들 것이라 말하며 자신감을 보였다.

　세간에서 여인들에게 요구하는 조신함이나 우아함을 전혀 보이지 않았지만, 본인은 물론 남궁범조차 크게 신경 쓰지 않고 있었다.

　얼마 전 남궁금영의 생일에는, 뱃놀이 대신 수상전투대회를 열었다고 했다.

　남궁금영이 그녀 자체로 있게 하는 것.

　남궁범이 남궁금영을 사랑하는 방법이었다.

　그때.

　탁.

　나하연이 남궁금영의 앞에 술잔을 내려놓으며 귓속말을 했다.

　"너, 내 진화 공자에게 웃음 치지 마라."

　"응? 하하하! 내가 그랬나? 가만히 있어도 절로 웃음이 나오는 미모라. 그런데, 왜 우리 도련님이 네 진화 공자인가?"

　탁.

"헛소리 말고, 남궁 공자님이라고 불러라."

남궁금영이 나하연이 준 술잔을 들어 단번에 들이켜고, 눈을 번뜩이며 나하연의 앞에 술잔을 내려놓았다.

"어휴, 미친년이 둘이네."

당혜군이 나하연과 남궁금영을 보며 한숨을 쉬었다.

그들이 다시 경쟁적으로 술을 들이켜든 말든, 남궁범은 진화의 밥그릇에 고기를 쌓아 주기 바빴다.

"귀한 손님들이 와서 참으로 좋은 밤입니다. 벌써 안쪽에 침소를 마련해 두었으니, 편하게 먹고 마시다 가시면 됩니다! 허허허!"

남궁범은 말로만이 아니라, 끊임없이 나오는 음식과 술로 진화 일행을 극진히 대접했다.

그 시간.

흑사문주는 남궁세가 지부가 있는 청해루에서 술잔을 기울이고 있었다.

그는 얼굴 옆면에 있는 검은 뱀 문신을 숨기지 않고 있었다.

심지어 그의 주변에는 흑사문 무인들이 검을 들고 서 있었다.

지나는 사람들이나 청해루 점원들이 그들을 힐끔거렸다.

하지만 그 속에서 흑사문주는 태연하게, 앞에 앉은 인영의 잔을 채웠다.

"귀하가 찾는 제물이 저 안에 있다는군요."

흑사문주의 앞에 앉은 인영은 검은 갓과 가림막으로 머리부터 발까지 전신을 가리고 있었다.

가림막 안으로 인영의 표정은 전혀 보이지 않았다.

다만 그는 흑사문주의 말을 듣고, 검은 장갑을 낀 손으로 탁자 위에 은자 하나를 더 올려놓았을 뿐이었다.

은자를 본 흑사문주의 눈썹이 꿈틀거렸다.

"이런, 여기가 어딘지 모르십니까? 청해루, 남궁세가 지부입니다. 게다가 이번 제물이 그 청해상단의 책임자인 남궁범의 여식이랍니다. 이 일을 하고 나면, 우리 흑사문은 신양을 떠나야 할지도 모른다는 말입니다."

흑사문주의 입꼬리에 닿아 있는 뱀 꼬리가 요사스럽게 꿈틀거렸다.

"요구 조건을 말해 보라."

인영이 짧게 말했다.

본론을 요구하는 인영의 말에, 흑사문주가 입꼬리를 올렸다.

"애들 목숨값에, 흑사문 전체가 이주해서 자리를 잡을 비용까지 주셔야겠습니다. 어차피 마지막 제물이 아닙니까. 어쩌면…… 옮겨 간 곳에서도 같은 일을 해 드릴 수도 있고…….”

흑사문주의 눈매가 가늘어지고 얼굴에 있던 흑사가 유혹적으로 움직였다.

잠시 후, 인영이 금자 하나를 올렸다.

흑사문주의 눈동자가 커졌다.

“제물을 가져와라. 그럼 새로 정착한 곳에서 하나를 더 주지.”

“흐흐흐흐, 우린 앞으로도 좋은 관계를 유지할 수 있을 것 같군요. 내일 같은 시간, 수하들이 남궁금영을 데리러 갈 것입니다.”

흑사문주가 만족스럽게 웃으며, 금자를 손에 움켜쥐었다.

흑사문주가 그의 손님과 이야기를 나누는 동안, 석도는 우대삼의 말을 듣고 길길이 날뛰고 있었다.

“말도 안 됩니다! 문주님이 미친 거 아닙니까?”

“어허, 목소리 죽이게!”

우대삼이 화들짝 놀라며, 석도의 입을 막고 주변을 살폈다.

“아, 놔 봐요!”

석도가 우대삼의 손을 떼었다.

우대삼의 호들갑에 목소리를 죽였지만, 여전히 화난 기색이 역력했다.

"지금 눈앞에서 금덩어리를 놓치자는 말입니까? 부장님은 문주님께 '예, 그러겠습니다.' 하고 나왔어요?"

"그럼 어떻게 해! 내 목을 잡고 죽이려고 하시는데! 정 그러면, 네가 직접 가서 말해 보든지!"

석도의 타박에 우대삼도 화가 났는지 신경질적으로 버럭 했다.

그에 석도의 기세가 조금 눌렸다.

"주, 죽이려고 해요?"

"그래! 죽는 줄 알았다! 오줌 지렸다고!"

석도의 물음에 우대삼이 그때의 기억을 떠올리며 펄쩍 뛰었다.

"아, 아니, 왜요? 좋은 건수를 물어 갔는데!"

"닥치고 시키는 일만 하래. 큰 물주를 물었는데, 괜한 일 하다가 일 망치면 가만히 안 둔대!"

"아, 그럼, 진짜 이대로 물러나요?"

"하아, 그럼 어떡해! 네가 가서 다시 말할래?"

"아, 아니. 나는 그냥 아까우니까……."

우대삼이 버럭버럭하는 말에, 석도가 물러섰다.

눈앞에서 황금을 잃어버리는 기분이었지만, 문주의 손에 죽는 것보다는 나았다.

"쓰벌, 내가 진짜 간 떨려서 못해 먹겠네."

우대삼이 욕지거리를 뱉었다.

사실 우대삼과 석도는 오랫동안 달소항에서 노예 거래를
해 오던 자들로, 거래하던 유통로가 흑사에게 먹히면서 흑사
문에 들어간 경우였다.

상재가 밝고 경험이 많은 우대삼이 흑사의 눈에 띄어서 운
반책으로 중용되고 있었으나, 애초에 충성심 따위가 있을 리
만무했다.

"일단 좀 있어 봐."

"왜, 왜요?"

"이번에 찾는 제물이 남궁범의 딸인가 봐."

"예에? 그게…… 헙!"

크게 놀라 소리를 지르려는 석도의 입을 우대삼이 급히 막
았다.

"쉿-!"

끄덕끄덕.

석도가 눈을 부릅뜬 채 고개를 끄덕였다.

"이, 이제 어쩌려고요? 남궁범 아니, 남궁세가가 가만히
있겠어요?"

"그러니까. 문주도 이번에 큰돈 뜯어내고 자리를 옮기려
는 거 같더라고."

"옮겨요?"

신양이 아무리 사패천의 영역이라도, 남궁과 척지고 이렇
게 가까이 살 수는 없는 노릇이었다.

그건 흑사가 아니라, 흑사 할아버지라도 불가능한 일이었다.

"이번 인간이 큰 물주라고 했잖아! 흑사문도 다른 데 가서 거래를 계속하는 거지."

"우리도요?"

"그럼, 우리가 아니면 누가 그것들을 운반해?"

"부장은 어쩌시려고요?"

"인마. 어차피 남궁 손에 죽으나, 문주 손에 죽으나. 우리도 이판사판이야. 어차피 흑사문이 신양 바닥을 떠나야 하는 거면, 우리도 떠야지."

우대삼이 한숨을 쉬며 말했다.

그들이 흑사문 소속이라는 걸 모르는 사람들이 없었다.

남궁세가와 척지게 되는 것이라면, 흑사문 소속인 그들도 살아남기는 힘들 것이었다.

우대삼도 결단이 필요했다.

"그 계집이랑 사내놈들이 간 곳도 청해루 장원이라며?"

우대삼이 날카로운 눈빛으로 목소리를 낮췄다.

"그, 그렇죠. 아! 설마……?"

"어차피 뜨는 거, 마지막으로 한탕 하자고. 제물만 제대로 넘기면, 문주도 모를 거야."

오십 대 중반, 곧 환갑을 바라볼 나이. 이 바닥에 있는 대부분은 그 나이가 되면 죽거나 은퇴를 한다.

우대삼은 평생을 살아온 터전을 떠나기 전, 일생일대의 모험을 하기로 결심했다.

"어차피 인생은 한 방 아니겠어?"

"그렇죠! 걱정 마세요. 제가 애들 모아 놓겠습니다."

우대삼의 말에 석도가 고개를 끄덕이며 말했다.

날카로운 눈빛은 먹이를 발견한 쥐의 것처럼 탐욕스럽게 반짝였다.

다음 날 밤.

일찍 잠자리에 들었던 진화가 스르륵 눈을 떴다.

소란해진 밤공기.

진화의 눈이 어둠 속에서 까맣게 가라앉았다.

공기 속으로 흩어지듯 진화의 신영과 기척이 순식간에 사라졌다.

그리고 잠시 뒤,

진화의 방으로 검은 복면을 쓴 이들이 나타났다.

"어떻게 된 거야? 왜 아무도 없어?"

"난들 알아?"

매우 당황한 듯 속삭이는 목소리.

그들 사이로 진화가 시퍼런 칼날을 들이밀었다.

"웬 놈들이냐?"

시린 칼날이 달빛을 받아 번뜩이고, 그 빛 속으로 진화의 굳은 얼굴이 드러났다.

그때, 밖에서 큰 소란이 일었다.

"침입자다! 침입자가 나타났다!"

소리를 듣자마자, 진화가 검을 비틀어 복면인의 목 가까이 들이밀었다.

인질로 잡힌 복면인과 진화가 온전히 모습을 드러내자, 남은 이들은 당황한 기색을 금치 못했다.

"사내?"

"왜 사내야?"

그들로서는 설마 남궁범의 유일한 여식의 처소에 다른 이가 있을 줄은 몰랐던 것이다.

남궁범이 장원의 가장 귀한 처소에 진화를 모신 탓이었다.

그게 하필 남궁금영의 처소였을 뿐이고.

"나, 남궁금영?"

"뭐야? 그 절세미인이 아니야?"

"절세미인이 없어?"

들리지 않을 정도로 작게 속삭이는 목소리.

하지만 침상에 다가온 석도를 비롯한 사내들은 당황했다.

그때, 인기척을 느낀 남궁금영과 나하연, 당혜군이 동시에 눈을 떴다.

퍼—억!

"크억!"

석도는 눈앞이 번쩍하는 것을 느끼며 물러섰다.

매서운 주먹이 석도의 코를 때린 것이다.

"방금 말, 어쩐지 기분 나쁜데."

남궁금영이 침의 차림으로 몸을 일으키며 검을 들었다.

"그냥 지나칠 수 없는 말이군."

"뭐? 여자가 셋인데 절세미인이 없어? 너흰 눈도 없어?"

나하연과 당혜군이 무기를 챙기고 섰다.

석도는 코피를 흘리는 와중에, 나하연과 당혜군을 보고 눈을 크게 떴다.

팔아먹을 계집들이 가까이서 보니 훨씬 예뻤던 것이다.

그런데 훨씬 사납기도 했다.

"무, 무림인들이야?"

"어떡하지?"

"어쩌긴, 일이 이리된 거, 셋 다 데려가!"

당황하는 일행 사이로 석도가 소리 질렀다.

"무림인이라곤 하지만 계집만 겨우 셋이다. 이쪽은 무려 열 명이라고. 세 명씩 잡아!"

어차피 흑도문주의 수하들이 남궁금영을 납치하기 위해 움직이고 있을 터였다.

석도를 비롯한 다른 흑도문도들은 남궁세가 무사들의 주의를 돌리기 위해 소란을 피울 참이었다.

이왕 이렇게 된 거, 그들이 계집도 챙기고 남궁금영도 데려가도 될 일이었다.

하지만 일은 석도의 예상과 한참 벗어났다.

"데려간다고?"

"잠자던 본인을 깨운 대가를 치르도록 해 주마!"

남궁금영과 나하연이 석도와 그 일행 사이로 뛰어들었다.

남궁금영의 검술이 예상보다 뛰어난 것도 그렇지만……

퍼———억!

"크어어억!"

퍽! 퍽!

"우아아악!"

"고, 고수다!"

나하연은 겨우 힘 좀 쓰는 선원 나부랭이들로 잡을 수 있는 수준이 아니었다.

게다가.

"여자라곤 여기 셋이 전부인데, 절세미인이 없어? 이 독심화 당혜군이 네놈들 껍데기를 벗겨 주마!"

"도, 독심화?"

석도의 얼굴이 사색이 되었다.

하지만 일이 틀어진 것은 그들뿐만이 아니었다.

복면인들이 일이 잘못되었다 느껴지는 순간, 눈앞이 번쩍였다.

그것으로 진화의 품에 있던 인질이 쓰러졌다.

그리고 진화의 눈길이 복면인들을 향했다.

"흑도인가? 무슨 의도로 이곳에 들어왔는지는 차차 알아보면 될 일이고."

"뭐라는 거야!"

쉐에에엑———!

흑사문에는 두 가지 부류가 있었다.

하나는 우대삼이나 석도와 같이 배를 이끌고 거래를 하는 상인과 왈패 집단이었고, 다른 하나는 흑사문주인 흑사가 살각에서 나올 때 데려온 수하들로 이루어진 사호위(蛇扈衛)들이었다.

진화에게 온 이들은 흑사문주가 부리는 사호위들이었다.

그러나 그게 뭐가 중요할까.

챙—!

"크억!"

진화는 사호위가 휘두른 검을 막고, 자신의 검을 도로 집어넣었다.

하지만 검이 막힌 사호위는 손을 타고 흐르는 뇌기에 놀라 검을 놓쳤다.

퍼―억!

진화의 주먹이 검을 놓친 사호위의 턱을 때렸다.

그리고 순식간에 움직여 남은 인원들을 공격했다.

퍽―! 퍽!

"끄아아아―――!"

기혈을 짚어 끝낼 수도 있었지만 그러지 않았다.

진화는 차례로 명치를 때리고 경동맥을 내리쳤다.

두개골을 울려서 기절시키고, 검을 든 자는 손목을 꺾어 놓았다.

"사파의 부스러기 따위가 감히!"

진화가 냉정하게 쓰러진 이들을 내려다보았다.

남궁금영을 노리고 온 자들이라.

만약 오늘 자신이 이곳에 묵지 않았더라면 남궁금영의 신변에 이상이 생겼을지도 모를 일이었다.

'허! 아무리 신양이 사파의 영역이라 하나, 남궁세가의 청해상단 본부가 있는 곳이거늘. 사패천도 피해 가는 곳에 고작 사파 부스러기 따위가 남궁을 노려?'

진화의 눈빛이 차갑게 내려앉았다.

그때, 밖에서 소란이 들리더니 누군가 문을 두드렸다.

"들어와도 됩니다."

진화의 허락이 있고, 남궁범과 남궁구 그리고 창궁무애단 소속 무사들이 들어왔다.

"도련님─! 괜찮으신…… 헉!"

남궁범이 침의를 입은 그대로 들어왔다.

"이자들이 여기도 들었습니까?"

남궁범이 바닥에 쓰러져 있는 사호위를 보며 깜짝 놀랐다.

하지만 진화는 풀어헤친 머리칼에 흰 소복 같은 침의, 거기에 피까지 튀어 있는 남궁범의 모습이 더 놀라웠다.

"전부 끌어내라!"

"충!"

남궁범이 살벌한 얼굴로 쓰러진 사호위들을 가리키며 말했다.

창궁무애단 무사들이 순식간에 그들을 끌고 사라졌다.

"밖이 소란스럽던데, 피해는 없습니까?"

"다들 밤잠만 깬 게지요."

남궁범의 대답에 진화가 안도의 한숨을 쉬었다.

청해상단에 창궁무애단 소속 무사들만 있었다면 모를까.

표행을 나가고 장원에 남은 이들은 고작 열 명 남짓이니, 갑작스러운 기습이라면 가능성이 있었다.

그러나 하필 장원에 진화 일행이 있었으니.

진화를 제외하고도 하나같이 중원에 내로라하는 명문 대파 출신으로, 무림에서도 손에 꼽히는 신진 고수들이었다.

소도시의 작은 사파로선 평생 감히 보기도 힘든 초절정의 고수들.

현오와 남궁교명, 팽가 형제의 활약으로 흑사문의 침입자들은 뭔가를 해 보기도 전에 모조리 잡혔다.

남궁범의 말처럼 괜한 소란만 있었을 뿐, 다친 사람은 보이지 않았다.

그렇게 생각하며 안도하는 순간, 진화의 눈에 들것에 실려 나오는 이들이 보였다.

하나같이 퍼렇게 물든 얼굴로, 콩 벌레처럼 몸을 말고 있었다.

자세히 보니 그들 모두 상체와 하체 사이의 어떤 부분을 감싸고 고통을 견디고 있었다.

"아……."

"왜요? 아……."

"왜 그러지? 아! 우리가 타고 온 배의 선원들이다. 우리 뒤를 따라왔다가 공교롭게 시간이 겹친 건지, 아니면 처음부터 흑사문 소속이었는지. 어쨌든 여자들 방에 가서 절세미인을 찾았다더군."

"아아."

찾는 사람이 남궁금영과 나하연, 당혜군 중에 있었다면, 굳이 절세미인을 찾을 이유도 없었으니.

둔한 팽가 형제도 눈치챌 일을, 나하연과 당혜군이 모를 리 없었다.

"확— 씨, 시간만 있었으면 뼈를 발라 버렸을 텐데!"

투덜거리는 당혜군과 함께 나하연과 남궁금영이 밖으로 나왔다.

"안 죽은 게 용하네."

남궁구가 고개를 돌리면서 말하자, 일행이 고개를 끄덕였다.

그때, 일행의 곁으로 온 당혜군이 진화를 째려보았다.

"이렇게 번듯한 여자들이 셋이나 있는데, 절세미인을 찾아? ……쳇."

진화와 눈이 마주친 당혜군이 혀를 차며 고개를 돌렸다.

그래, 솔직히 찾을 만한 미모였다.

성별을 떠나서 천상계에서나 볼 법한 인물이라.

하지만 반박할 수 없었기에 더 화가 나는 것이었다.

나하연은 모든 사실을 인정하고 진화에게 다른 쪽을 내세우기로 했다.

"진화 공자, 난 신체 건강하고 생식기능이 매우 양호한 여성이오. 하루 세 번 규칙적으로 싸고, 다달이 하는……."

"꺄—악! 뭐라는 거야! 이 부끄러움도 없는 년아!"

당혜군이 비명을 지르며 나하연을 구석으로 밀었다.

예상치 못한 말에, 진화의 얼굴은 붉게 달아오르다 못해 곧 터질 것 같았다.

"흠, 흠! 장로님."

진화가 당황스러움을 감추고 남궁범을 찾았다.

"흑사문의 기습입니다. 이전에 그들과 부딪힌 일이 있습니까?"

"글쎄요. 놈들과 부딪히려면 한도 없겠지만, 사실 일하는 영역이 완전히 달라 마주칠 일도 잘 없습니다."

"그렇다면 놈들이 노린 사람이, 따님이 맞는 듯합니다."

"흐음."

진화의 말에 남궁범이 얼굴을 굳혔다.

표정 관리를 한다고 했지만, 수염이 파르르 떨리고 있었다.

"흑사문으로 가 보지요. 이유가 뭔지 알아봐야 하지 않겠습니까."

진화가 덤덤하게 말했다.

그러나 남궁범은 조금 곤란한 얼굴을 했다.

"중요한 표행으로 지금 상단에 창궁무애단 무인들이 고작 열 명 남짓입니다. 놈들도 그것을 알고 일을 벌인 것일 겁니다."

남궁범이 분한 듯 말했다.

그에 진화가 의아한 듯 물었다.

"고작 흑사문을 상대하는 데 무사들이 필요합니까?"

"그것이…… 다른 놈들이면 모를까, 흑사문주 흉곡 흑사와 사호위의 대장인 조상호는 조금 다릅니다. 두 놈 모두 살각 출신으로, 특히 흑사는 살각의 시험을 통과하고 정식으로 퇴곡한 놈입니다."

남궁범이 두 놈은 조심해야 한다며 말했다.

하지만 진화는 여전히 뭐가 문제인지 전혀 모르겠다는 얼굴이었다.

"살각이라…… 그래 봐야 사파의 부스러기들입니다."

진화가 싱긋이 웃으며 말했다.

"아……!"

자신감 있는 진화의 얼굴을 보자니, 남궁범은 그제야 제가 뭘 잊고 있었는지 깨달았다.

귀하디귀한 남궁세가의 소공자.

하지만 남궁범을 세가 회의에서 감동시킨 의천검주의 제자이자, 무림에서 위명이 자자한 창천의 용이라.

진화 일행 또한 면면이 강호 무림에 이름을 알리기 시작한 신진 고수들이었다.

표행을 다니는 저와 달리 전장으로 향하는 이들이었다.

"뱀 잡으러 가지."

"뱀?"

진화의 뒤로 남궁구와 남궁교명이 당연한 듯 따라붙었다.

작게 보면 남궁세가의 일이라, 다른 사람들에게는 권하지 않았다.

하지만 이번만큼은 당혜군이 제일 먼저 따라나섰다.

"어떤 뱀 새끼 눈깔이 그렇게 높은지, 이 몸이 한번 봐야겠어요."

나하연은 자연스럽게 진화의 곁으로 가 있었고, 호전적이기로는 둘째가라면 서러운 팽가 형제와 현오도 말없이 뒤를 따랐다.

그 시각.

흑사문에도 청해상단 장원에서의 일이 전해졌다.

"큰일입니다!"

"무슨 일이냐?"

"대장님, 지금 남궁 놈들이 몰려오고 있답니다!"

"남궁 놈들이? 알았다. 사호위들 집결시키고, 나는 문주님께 전하지."

사호위의 대장 조상호가 수하의 말을 듣고 상황을 정리했다.

'지금 남궁 놈들이 우리를 치러 올 전력이 되던가?'

조상호는 조금 의아함을 느꼈지만, 곧 남궁이 괜한 자존심을 부린 것이라 생각하며 입꼬리를 말았다.

'남궁세가 청해상단이라고 하지만, 남궁 무사들도 없이 뭘 어쩌려고. 흥.'

조상호는 남궁범이 딸의 일로 판단력이 흐려진 것이라 생각하며, 문주에게로 갔다.

"남궁범이 오고 있다고 합니다."

"뭐야?"

조상호의 말에 흑사문주가 눈썹을 꿈틀거렸다.

"일이 실패했다는 건가?"

"그런 듯합니다."

"쓰―읍. 쯧. 이런 일 하나 똑바로 못하나. 병신 같은 것들."

흑사문주가 마음에 안 든다는 듯 혀를 찼다.

조상호가 그런 흑사문주를 달래듯 입을 열었다.

"일단 남궁범이 오고 있다 하니, 준비를 하시지요."

"어쩔 수 없지. 놈을 죽이고 딸자식을 데리고 뜨는 수밖에. 오히려 잘되었어. 놈을 죽이면, 남궁세가 놈들의 추적도 좀 늦춰질⋯⋯."

그때.

콰————앙!

흑사문주의 바람과 달리, 커다란 굉음이 울렸다.

삐그덕!

"뭐, 뭐야!"

"알아보겠습니다."

건물까지 통째로 흔들리는 충격에 흑사문주와 조상호가 당황한 듯 주변을 둘러봤다.

조상호가 먼저 급하게 방을 나갔다.

하지만 흑사문주는 섣불리 움직일 수 없었다.

"이 기운은 뭐지?"

흑사문주는 사패천 살각의 암살자 출신이었다.

암살자에게 가장 중요한 일은 먼저 상대를 파악하는 일이라.

흑사는 상대를 파악하는 능력을 살려서, 성공할 만한 의뢰만을 받으면서 성과를 높였다.

그런데 방금의 꿍음과 함께 느껴지는 기운들에서, 흑사는 최소한 저보다 강한 기운만 셋을 느꼈다.

'이 촌구석에 나보다 강한 고수가 셋이나 왔다고? 이게 대체 무슨 일이지?'

흑사는 무기를 챙기고 사방의 불을 껐다.

당황스러운 순간이었지만, 암살자에게 어둠 속이라면 절대적으로 유리한 장소가 되지 않던가.

흑사는 어둠 속에 몸을 숨기며, 차분하게 생각을 정리했다.

저보다 강한 상대라면, 제가 죽일 수 있도록 유리하게 상황을 만들어 내면 될 일.

하지만 그것조차 할 수 없다면…….

'그거……!'

흑사가 급하게 침상 머리맡에 있던 나무를 뜯어냈다.

그리고 그 안에서 작은 책자 하나를 꺼내 품 안에 넣었다.

임무에 실패했다면, 살아남아서 다시 기회를 엿보면 될 일이었다.

품 안의 책자는 흑사의 구명줄이었다.

책자를 챙긴 흑사는 수하들은 까맣게 잊어버린 채, 한쪽에 난 창으로 몸을 날렸다.

아니, 날리려 했다.

파파파파팟————!

"크아아악!"

흑사가 창을 깨고 나가려는 순간, 창이 터져 나가면서 흑사를 안으로 밀었다.

그리고 쓰러진 흑사의 뒤로, 나긋한 목소리가 들렸다.

"조용히, 네 발로 기어 나와."

'어, 언제?'

흑사는 목덜미를 감싸는 느껴지는 서늘한 살기에 할 말을 잃었다.

마침 해가 뜨고 있었다.

검은 그림자들 앞으로 해가 뜨고 있는 하늘은, 마치 노을이 지는 하늘처럼 느껴졌다.

일출이나 일몰이나.

하늘을 붉게 물들이는 건 마찬가지인데, 사람들은 왜 그것을 다르게 느끼는 걸까.

해와 하늘은 그대로인데 말이다.

결국 사람이었다.

지금 남궁범이 일출을 보며 일몰을 느끼는 것도, 오늘의 일출이 여느 때와 달랐던 게 아니라 그가 여느 때와 달랐기 때문일 것이라.

어슬렁어슬렁.

'허! 흑사문에 쳐들어가는 모습이 마치 밤 사냥을 나가는 맹수 같지 않은가.'

남궁범은 앞서 걸어가고 있는 진화 일행을 보며 강가를 노닐던 산군을 떠올렸다.

어느 산골에 숨어 있지 않은 이상, 흑사문을 찾는 것은 금방이었다.

청해상단에서 쳐들어온다는 것을 들었는지, 흑사문 앞으

로는 무기를 든 사내들이 빼곡하게 서 있었다.

새벽부터 바빠야 할 달소항 근처 저자에는 평소와 달리 사람이 보이지 않았다.

오로지 숨은 시선들만이 흑사문과 청해상단의 대치를 지켜보고 있을 뿐이었다.

"하, 그새 많이도 모였네."

"도련님, 이제 어쩔 거야?"

모두 진화를 보았다.

어쨌든 남궁세가의 일인 데다, 얼마 전에 했던 동의제에서도 진화가 동의장이 되었기 때문이다.

"그냥 본인이 힘 좀 쓴다고 착각하는 깡패, 양아치, 하류 인생들이야. 젊은 시간 낭비하고 있는 망종들이지."

진화의 말에 반대편 흑사문의 사내들이 술렁거렸다.

남궁세가에서 온다는 말에 잔뜩 긴장하고 있던 터라, 진화의 말이 모두에게 들렸기 때문이다.

"저 계집이 뭐라는 거야!"

"니미, 말이면 단 줄 알아?"

"아미타불…… 때론 진실이 더 가혹한 법이지. 상처받겠군."

욕지거리를 뱉는 흑사문 사내들을 보며, 현오가 작게 혀를 찼다.

그에 남궁교명이 흑사문 사내들을 비웃었다.

"상처? 쓰레기는 상처받아 봐야 쓰레기일 뿐이다."

남궁교명의 싸늘한 혹평에, 현오가 조용히 고개를 저었다.

"진화 시주에게 말한 것이네. 저 방망이로 만두 하나 못 빚는 짐생들이, 여인이 둘이나 있는데 진화 시주에게 계집이라 하지 않나? 안타까운 일일세. 아미타불."

"……."

현오의 말에 남궁교명이 입을 꾹 다물었다.

그의 옆에서 뿜어지는 당혜군의 살기가 느껴졌기 때문이다.

그때.

"쓸데없는 곳에서 시간 보낼 필요는 없지. 죽이지 말고 길만 뚫자고."

진화가 제 왼쪽에 선 팽수, 팽신 형제에게 말했다.

하지만 그 반대편에 있던 인영이 앞으로 나섰다.

"호호, 듣던 중 반가운 소리군요. 죽지도 살지도 못하게 만들어 주겠어요!"

당혜군이 순식간에 은화대침(銀花大針)을 날렸다.

파파파팟---!

"크아아아악-!"

"으악!"

사천당문이 자랑하는 만천화우(滿天花雨)가 하늘에서 쏟아져, 사내들의 미간에 박혔다.

"으악! 내 눈--!"

"사, 살려 줘!"

"몸이 이상해! 살려 줘-!"

순식간에 벌어지는 아수라장.

눈앞에서 사천당문의 진수를 보게 된 남궁범과 청해상단의 무사들이 놀란 눈으로 당혜군을 보았다.

남궁범은 어젯밤 자신의 딸과 술을 나누던 새초롬한 처자가 왈패들의 눈알에 침을 박아 넣는 것을 보며, 턱을 다물지 못했다.

"괜찮아. 도련님의 의도는 그게 아니었다는 걸, 우리는 알잖아."

남궁구가 진화의 어깨를 토닥였다.

수십 명의 사내들이 순식간에 쓰러졌다.

그것도 그들의 체구 반밖에 안 될 것 같은 가녀린 여인에게.

흑사문의 앞으로 가는 진화 일행을 보는 시선들이 한층 더 숨을 죽였다.

뚜벅뚜벅.

진화와 일행이 앞으로 걸어가자, 검은 옷을 입은 사호위들이 주춤주춤 물러났다.

본래 겁에 질린 먹잇감을 둔 호랑이는 풍채를 가리지 않고, 속도를 내어 달려들지도 않는다.

다만 천천히 걸어가서 얼어붙은 먹이를 한입에 삼키면 될 뿐이라.

팟-, 쿵!

진화의 손짓에 흑사문의 현판이 떨어져 내렸다.

진화가 현판을 밟고 올라섰다.

"들어갈까."

진화 일행이 안으로 들어가자, 앞마당에 있던 사호위들이 더 이상 물러설 곳 없이 움츠러들었다.

그때, 안에서 사호위들과 같은 검은 옷을 입은 사내가 나왔다.

"멈춰라!"

진화가 천천히 사내를 보았다.

"본인은 흑사문의 총관 조상호라 하오. 어떤 오해가 있는지는 모르겠으나, 대화부터 하시지요. 정파 명문을 자처하는 남궁세가의……."

큰 키에, 광대가 툭 불거질 정도로 마른 사내였다.

다만 눈에 띄는 것이 있다면, 이리저리 진화를 살피며 흔들리는 눈동자라.

진화가 조상호의 말이 끝나기 전에 일행에게 말했다.

"이제부터는 전부 죽여도 되겠군."

조상호가 어떤 의도로 앞에 나섰는지는 관심 없었다.

그가 무슨 말을 하는지 듣지도 않았다.

애초부터 진화는, 이들을 죽이러 온 것이라.

쉐에에엑─────!

"우아아악!"

진화의 손짓 한 번에, 조상호는 물론 그의 곁에 있던 사호위들이 쓰러졌다.

진화가 쓰러지는 이들을 보며 말했다.

"정의무학관 동의생들은 들으라. 귀천성과 거래를 했거나, 그들의 명을 듣는 자. 무림의 인도를 해치는 자들을 이유 불문하고 섬멸하라!"

"추─웅!"

진화의 명이 떨어지자, 진화의 뒤에 서 있던 일행이 앞으로 뛰어 나갔다.

진화 일행의 임무는 종남파에 합류해서 귀천성과의 전쟁에 힘을 보태는 것이었지만, 상관없었다.

모든 정의맹과 정의무학관 무인들에게 귀천성의 섬멸은 절대적인 하나의 임무였으니까.

콰─앙!

팽수의 철혈백사십퇴가 사호위들이 쌓아 놓은 목책을 부쉈다.

"크아아아아--!"

나하연과 팽신이 그 위로 뛰어들어 사호위들을 부수기 시작했다.

퍼-억! 쾅!

팽신의 혼원권이 사호위 서넛을 한 번에 터뜨린다면.

파파파파팟-!

나하연은 수십 명을 차례로 지나며 주먹이 닿는 족족 상대의 뼈를 부쉈다.

쉐에에엑-!

남궁교명이 무지막지한 돌풍처럼 사호위들 사이를 휩쓸고 지난 후에는.

"어허! 소나무 십장생이다--!"

퍽! 퍽!

현오가 작은 각목을 양손에 쥐고, 사호위들의 머리를 터뜨렸다.

피가 터지고 내장이 흩날리는 잔인한 난리판이라.

신나게 싸우는 일행을 두고, 남궁구가 슬쩍 진화의 곁으로 왔다.

"귀천성이라니. 도련님, 대체 뭐야?"

진화가 죽어 가는 사호위들 사이를 걸어가기 시작했다.

남궁구도 하는 수 없이 진화의 주변을 지키며 진화를 따랐다.

"배에 실은 노예들."

"노예들?"

"보통 노예는 한곳에서 잡은 일가 출신이거나 한곳에서 이동시키는 비슷한 행색일 경우가 많은 법인데, 그 배의 노예들은 이상하리만치 비슷한 연령대의 젊은 여자와 남자밖에 없었지."

"……!"

진화의 말에 남궁구의 눈이 찢어질 듯 커졌다.

진화는 남궁구를 쳐다보지도 않고 서늘한 눈빛으로 말을 이었다.

"만년독물에 집어넣을 이천 명의 동남동녀. 팔현마제에 역천마제까지, 아홉이지. 순결한 젊은 피들만 그 많은 수를 어디서 모으고 있겠어. 게다가 아무 원한도 없이, 얼마 전 생일을 맞이한 남궁세가 장로의 딸을 잡겠다고 장원에 침입해? 원한은 없어도 그만한 이유는 있겠지."

마침내, 진화가 천천히 흑사문 건물 안으로 걸음을 옮겼다.

남궁교명인가 싶을 정도로 싸늘한 얼굴을 한 남궁구가 그 뒤를 따랐다.

"어딜-!"

"너야말로! 가시는 내 님 걸음을 방해 마라-!"

퍼-억!

주먹으로 때리는 소리가 아니었다.

그보다 더 큰 뭔가가 곤죽이 되는 듯한 소리.

나하연이 조상호의 발목을 잡고 그대로 땅에 머리부터 내려치는 소리였다.

암살자의 가벼운 몸이 평생 상대를 부수기 위해 단련한 힘을 당할 수 있을 리 없었으니.

단번에 조상호의 머리가 부서지고, 순식간에 핏물로 채운 가죽 주머니 같은 형체만 남았다.

그리고 그걸 당혜군이 터뜨렸다.

"윽. 끔찍하군."

퍼-억!

"크아아악!"

"사, 살려 줘! 살려 주십시오!"

아수라장을 뒤로 안으로 들어온 진화가 이 층을 보았다.

"구, 보이는 놈들은 전부 죽여라."

"충!"

진화의 말에 남궁구가 답을 하는 것과 동시에, 방에 숨어 있던 사호위들이 뛰쳐나왔다.

남궁구의 눈동자에 서늘한 살기가 지났다.

그리고 그의 신형이 바람처럼 움직였다.

천풍검법 하해광풍(夏海狂風).

쉐에에엑––!

한여름, 바다에서 불어오는 폭풍은 막을 수 있는 것이 없었다.

남궁구의 신형이 움직일 때마다, 그를 향해 달려들던 사호위들이 무너지듯 쓰러졌다.

검을 잡고 있던 팔이 잘리고, 두 다리가 잘려 바닥에 떨어졌다.

"으아아아악–––!"

처절한 비명이 건물 안에 울리고, 짙은 혈향이 번져 나갔다.

그리고 진화는 새파란 번개처럼 빠르게 몸을 날려, 이 층 창문을 뚫고 나오려는 그림자를 때렸다.

"조용히, 네 발로 걸어 나와."

진화가 안에 있는 사내를 향해 말했다.

얼굴에 있는 검은 뱀 문신이 사내가 누구인지 알려 주었다.

그때, 눈치를 보던 흑사가 몸을 날렸다.

하지만 의미 없는 발악일 뿐이었다.

진화가 순식간에 흑사의 목을 잡아챘기 때문이다.

"컥!"

"뱀이 아니라 쥐 새끼로구나."

당황한 흑사의 얼굴을 담은 진화의 눈동자에 푸른 번개가 내리쳤다.

파지지직--!

"크아아악!"

진화의 손에 목이 잡혔던 흑사가 고통스러운 비명을 지르며 온몸을 비틀었다.

그때.

툭.

진화가 바닥에 떨어진 검은 책자를 보았다.

"크윽!"

진화는 흑사의 목을 잡고 있던 손을 놓는 대신 혈을 짚었다.

그리고 검은 책자를 향해 손을 뻗었다.

"으으……!"

다급해진 흑사의 눈동자.

당황한 기색이 역력한 그를 보며 진화가 검은 책자를 집어들었다.

"갑술년 무진월 계미일 신시……."

검은 책자 안에 쓰인 것은, 갑술년 무진월 계미일 신시에 태어난 사람들의 신변 사항과 금액으로 보이는 숫자였다.

"제물의 조건인가 보군. ……넌, 곱게 죽지 못할 거다."

"끄으으……."

진화가 싸늘하게 식은 눈으로 흑사의 얼굴에 있는 검은 뱀을 발로 짓밟았다.

🦑

　순식간에 상황이 정리되고, 흑사는 특별히 창궁무애단원들의 손에 끌려 나왔다.

　흑사문 안에 있는 사호위들 중에 생존자는 흑사, 한 사람뿐이었다.

　"허어……!"

　실로 오랜만에 보는 지옥도라.

　"옛날 생각나는군. 강물이 시뻘겋게 끓고 시체가 둥둥 떠다니는 걸 보며, 다시는 이런 걸 보지 않겠다고 남궁세가에 들어왔는데."

　"……싸우러 들어간 게 아니고 도망친 거였습니까?"

　회한에 젖은 눈을 한 남궁범에게 부단주가 황당하다는 듯 물었다.

　"그럼 내 주제에 싸우러 왔겠나?"

　남궁범은 저를 한심하게 보는 부단주에게 당연하다는 듯 톡 쏘아붙였다.

　"그때의 제왕무적단주도 그랬지만, 진짜 무림 고수들은 정말 인외의 세상에 사는 듯하군."

　남궁범은 진화가 손도 대지 않고 떨어뜨린 흑사문의 현판을 보며 경탄을 금치 못했다.

그리고 형체를 알아볼 수 없는 주검들에서 등을 돌렸다.

어차피 그가 감당할 수 있는 일이 아니었다.

남궁범은 냉정하게 생각을 정리하고,' 제가 할 일들만 생각했다.

"부단주."

남궁범이 심각한 얼굴로 부단주를 불렀다.

"안은 곧 사패천이나 정의맹에서 와서 정리할 거다. 그 사이에 우리는 여기 왈패 놈들 전부 주워다가 가둬 둬라."

"에? 이놈들을요?"

"어차피 사패천이나 정의맹에서는 신경도 안 쓸 떨거지들이야."

"그런 놈들을 어디에 쓰시게요?"

"떨거지긴 하지만, 돈이 되는 떨거지잖냐. 흑사문이 없어지면 이쪽 인력시장이며 도방, 투기전을 관리하는 이들도 빌 것이 아니냐. 인신매매라면 모를까, 이미 손에 떨어진 것들을 뱉어 낼 정도로 이 몸이 성인군자는 아니지."

남궁범이 청해상단의 부단주를 향해 씨익 웃어 보였다.

순간, 남궁범의 생각을 알아차린 부단주가 어이가 없다는 듯 남궁범을 보았다.

남궁세가의 모든 해상 운송을 담당하는 청해상단의 단주된 자가 챙기기엔 너무 작은 판이었다.

하지만 그렇다고 뱉어 내기엔, 세상에 제 주머니에 들어온 돈을 뱉어 내는 상인은 없었다.

게다가 티끌만큼 조잡한 것들을 모으고 모아서 결국 청해상단 단주까지 오른 사람이 눈앞에 있지 않았던가.

"장강의 물범이 먹는 걸 가리진 않았지요. 첫 상품은 이놈들입니까?"

"흐흐흐. 피해 보상에 우리가 입은 손해까지 계산해서, 값싼 노동으로 갚으라고 하게."

청해상단의 단주와 부단주가 서로 눈을 맞추고 음흉하게 웃었다.

젊고 건강한 공짜 노동력!

그들은 천천히 손을 털며 나오는 진화 일행을 환한 미소로 맞았다.

"피곤하시죠? 얼른 돌아가서 따뜻한 목간 물을 준비시키겠습니다."

하지만 그때.

척. 척. 척. 척. 척.

흑색 천에 붉은색 자수 장식이 된 무복을 입은 무사들이 진화 일행과 청해상단의 무사들을 에워싸기 시작했다.

갑자기 나타난 무사들의 가슴에는, 붉은색으로 사패천의 홍랑이 새겨져 있었다.

"모두 자리에 멈춰라—!"

쩌렁쩌렁한 목소리가 울려 퍼지고.

사패천 무사들과 같은 복장의 건장한 사내와 붉은 장포를 입은 중년인이 천천히 걸어 나왔다.

중년인이 먼저 앞으로 나섰다.

"처음 뵙습니다. 사패천 신양부 홍랑대부 초산하라 합니다."

"……."

하얀 피부에 마르고 주름진 얼굴.

십상시 얼굴이 저러할까.

하얀 피부에 마르고 주름진 얼굴.

가는 눈에 비치는 서늘한 눈동자가 소름 끼치고, 매부리코와 얇은 입술이 섬뜩할 정도로 비정해 보이는 자였다.

"무림에 명성이 자자한 창천화룡을 뵙는군요. 오오, 친구 분들의 명성이 못하다는 의미는 아닙니다. 그저, 화룡의 미모에 눈이 갔을 뿐이에요. 호호호호호ㅡ!"

목소리마저 귀가 아플 정도로 가늘었다.

초산하의 웃음소리가 진화를 비롯한 모두를 조롱하는 듯 들렸다.

"사패천이라. 그래서, 용건은?"

"호호호, 성격이 급하시군요. 별것 아닙니다. 애써 사냥하신 것을 달라는 것은 아닙니다. 단지, 흑사가 가지고 있던, 공자의 손에 들린 그 검은 책자만 넘겨주시면 됩니다."

마른 가지 같은 초산하의 손가락이, 진화의 손에 있는 검은 책자를 가리켰다.

그와 함께 진화의 입꼬리가 매끄럽게 올라갔다.

"싫다면?"

사패천은 여러 문파들이 동등하게 혈맹을 맺은 정의맹과 달랐다.

그들은 하나의 문파이자, 무림 사파 그 자체라.

귀천성이 발호하기 전, 낭아왕 한구혈이 사파 일통을 이뤘기 때문이다.

하지만 사파에도 오래전부터 큰 세력을 이루던 문파나 세가 들이 있었으니.

산양초가, 살각, 구살문, 홍렬문, 흑수파. 그리고 녹림과 수로채가 그들이었다.

갑작스러운 홍랑대부 초산하의 등장에 모두가 깜짝 놀랐다.

사패천 홍랑대부 살인술사(殺人術士) 초산하.

그는 사패천을 지배하는 다섯 가문 중 산양초가의 대장로로, 정사연합을 이뤄 낸 사패천의 머리 중 하나였다. 아직 어린 가주를 대신해서 산양초가의 실권을 가졌다고 알려진 자이기도 했다.

갑작스러운 홍랑대부 초산하의 등장에 모두가 깜짝 놀랐다.

남궁범은 산양에 있으면서도 초산하의 얼굴을 보는 것은 처음이었다.

"싫다면?"

'히엑?'

남궁범의 두 눈이 쏟아져 나올 듯 커졌다.

이 자리에서 진화의 대답에 가장 당황한 사람은, 초산하도 아닌 남궁범일 것이다.

"싫다? ……<u>오호호호호호호!</u>"

진화의 말을 곱씹으며, 홍랑대부 초산하가 미친 사람처럼 웃어 댔다.

그것을 보며, 남궁범이 이리저리 눈길을 돌렸다.

정의맹과 사패천을 동등한 위치에 두기는 하나, 그것은 정의맹의 양보일 뿐.

양주 전체를 지배하는 남궁세가의 영향력이 사패천보다 작다 할 수 없었다.

남궁범은 그런 남궁세가의 이장로로서, 그가 가진 권력 또한 초산하보다 작지 않았다.

실제로 남궁범이 독한 마음을 먹는다면, 한 달 내에 산양초가를 말려 죽일 수도 있었다.

하지만 그러면 뭘 하나.

그 전에 남궁범 자신은 틀림없이 암살당하리라.

상단을 운영하고 돈을 벌어들이는 능력 하나로 장로에 오르는 남궁범과 달리, 초산하는 중원 전체에 명성이 자자한 사파의 절세 고수였기 때문이다.

'죽을 거다! 이번에는 정말 죽을 거다! 도, 도련님은 어쩌지?'

하필이면 낙양까지 가는 중요한 거래가 있어서 상단을 보호하는 창궁무애단 부단주와 무사들이 대거 자리를 비운 시점이었다.

남궁범이 걱정스럽게 주변을 둘러보았다.

산양초가의 홍랑대가 빠짐없이 그들을 둘러싸고 있었다.

그런데.

'왜, 왜?'

왜 저 미친 도련님과 그 친구들은 저렇게 느긋하단 말인가!

남궁범의 속이 바짝바짝 타들어 갔다.

"호호호호호!"

웃음소리.

모두가 침묵하는 가운데 단 한 사람만 웃어 대는 기이한 상황이었다.

그러다가 뚝.

웃음소리가 끊기자, 눌러 두었던 긴장감이 폭발했다.

홍랑대부 초산하가 대번에 표정을 달리했다.

"남궁의 어린 공자가, 참으로 겁도 없으시군요."

척. 척.

홍랑대가 진화와 남궁세가 일행을 향해 검을 겨눴다.

초산하의 하얀 얼굴에서 웃음기가 사라지자, 냉막한 눈빛이 그대로 드러났다.

"그 검은 책자는 저희들의 것입니다."

당당한 선언.

마치 솜털 보송보송한 애송이 하나를 앞에 두고 윽박을 지르는 듯한 태도였다.

하지만 진화는 겉만 보송보송할 뿐이었다.

"산양초가의 것이라는 흔적은 없던데?"

초산하의 주장에 진화가 태연하게 반문했다.

처음부터 지금껏 반말이었다.

진화의 무례한 태도에 초산하의 옆에 있던 사내가 진화를 향해 살기를 뿜었다.

하지만 초산하는 진화의 말투보다 그의 말에 더 놀라고 있었다.

"그 안을 보신 겁니까?"

초산하의 눈빛이 흔들렸다.

진화는 초산하의 곁에 있던 사내를 보며, 슬쩍 한쪽 입꼬리를 올렸다.

"봤지, 처음부터 끝까지. 그러니까 이게 당신들 것이라 주장하고 싶다면, 이 책자대로 일어난 납치에 대해서도 정의맹에 설명해야 할 거야."

진화가 눈을 매섭게 빛내며 초산하와 사패천 무인들을 보았다.

아니, 위협했다고 해야 할 것이다.

순식간에 섬뜩한 살기가 초산하는 물론 사패천 무인들의 목덜미를 훑고 지났기 때문이다.

"네놈-!"

챙-!

결국 초산하의 옆에 있던 사내가 화를 참지 못하고 검을 뽑았다.

그에.

챙! 챙!

남궁교명과 남궁구가 검을 빼 들고 사내를 가리켰다.

"사파 쓰레기가 감히 뉘에게 검을 드느냐!"

"그렇다네?"

남궁교명과 남궁구가 본격적으로 기세를 뿜자, 사내의 눈빛에도 불꽃이 튀었다.

"쓰레기? 네놈들의 입부터 찢어 죽여 주마!"

"어이쿠, 그거 겁나네."

살벌한 사내의 경고에, 남궁구가 코웃음으로 답했다.

남궁교명과 남궁구의 눈빛에는 정파인들이 사파인들에게 가지는 경멸과 무시가 바탕에 깔려 있었다.

기본적으로 정파인들에게 사패천은 자신들이 어려운 때를 기회 삼아서 집 안에 들어온 도둑과 같은 존재였다.

귀천성 때문에 손을 잡긴 잡았으나, 그 이전에 사파야말로 정파의 오랜 숙적이 아니던가.

실제로 사패천이 서주와 연주 일부에 자리를 잡으면서, 정파의 많은 중소 문파를 멸문시키거나 흡수한 전적이 있었다.

현오와 나하연을 비롯한 다른 일행도, 냉정한 눈으로 홍랑대를 노려보고 있었다.

'전투까지 불사할 생각인가? 호호호. 정파 후기지수들이 듣던 것보다 훨씬 용감하군. 이를 어쩐다?'

"오랜만에 아찔하군요."

초산하가 냉정한 시선으로 상황을 둘러보았다.

남궁교명과 남궁구도 그렇지만, 그들의 뒤에 있는 소림승을 비롯한 다른 이들도 만만치 않아 보였다.

그렇다고 홍랑대를 물릴 정도는 아니었다.

문제는 남궁진화였다.

듣던 것보다 훨씬 아름답게 생긴 남자는 도무지 속을 알수 없는 눈빛을 하고 있었다.

무공의 수준도 예측할 수 없었다.

'흑사가 아무리 살각의 낙오자라 하지만, 실력은 괜찮은 암살자였다. 그런 흑사를 힘도 들이지 않고 제압하다니. 어쩌면 초절정 이상이라는 소문이 사실일까?'

초산하의 시선이 진화를 파고들듯 집요하게 살폈다.

진화는 처음과 변함없는 얼굴로 그들을 보고 있었다.

앞을 예상할 수 없는 젊은 정파 무인.

초산하가 확신할 수 있는 것은 단 하나뿐이었다.

자신들이 검을 휘두르는 순간, 저 온기 하나 없는 검은 눈동자는 자신들을 죽이는 데에 망설이지 않으리라는 것.

'으음, 너무 아무 준비 없이 왔구나. 내가 안일했어.'

일촉즉발의 상황.

"호호호호, 초명, 물러서십시오."

초산하가 얼어붙은 분위기를 깨며 사내, 초명에게 명을 내렸다.

"하지만 대부님!"

초명이 반발했다.

하지만 그가 채 말을 다 하기도 전에.

"물러서."

초산하가 단호하게 초명의 말을 끊어 냈다.

초명이 입술을 깨물고 뒤로 물러섰다.

눈빛은 계속해서 남궁구와 남궁교명을 노려보았다.

초산하가 나서서 방금 전보다 한결 누그러진 말투로 말했다.

"그 검은 책자의 주인은, 오래도록 사패천이 쫓고 있는 귀천성의 인물입니다. '각자의 영역에 있는 귀천성 첩자는 각자가 처리한다.' 우리와 정의맹 사이의 협약과도 무관하지 않은 바. 남궁세가의 작은 공자께서 그걸 지금 주지 않는대도, 어차피 제 손에 들어올 물건입니다."

초산하의 말에 진화가 눈썹을 들썩였다.

그에 제 말이 먹히는 것이라 생각한 초산하가 진화에게 다시 손을 내밀었다.

"서로 괜한 힘 빼지 말고, 제게 주시지요. 대신 흑사를 넘기는 건 물론이고, 흑사문의 일도 문제 삼지 않겠습니다."

이만큼 양보했으면 적당히 남궁세가 직계의 체면은 살려 준 것이라.

정사연합에 더 목을 매는 쪽은 정의맹이니.

초산하는 이만하면 진화가 제 손을 잡을 것이라 확신했다.

하지만 그 또한 초산하의 착각이었다.

"잘됐군. 정의맹에 정식으로 요청하면 되겠네."

진화는 초산하가 내민 손을 보기만 할 뿐, 잡지 않았다.

오히려 초산하의 말이 우습다는 듯 가만히 미소를 지을 뿐
이었다.

초산하의 말은 진화에게 전혀 먹히지 않았다.

아니, 처음부터 진화는 그의 말에 관심이 없었다.

그리고 하나 더.

"사실 난 괜한 힘 빼는 것도 싫어하지 않거든. 그 상대가
사파라면 더욱더."

진화는 정의맹의 입장에도 관심이 없었다.

진화의 도발에, 사색이 된 건 남궁범이었다.

'대체 어쩌시려고!'

남궁범이 당황하며 눈알을 굴렸다.

하지만 진화의 친우라는 사람들은 이미 투지를 불태우고
있었다.

초산하가 매서운 눈길로 진화를 노려보았다.

"참, 말귀를 못 알아듣는 분이시군요."

사아아악━━━!

분노한 듯한 초산하의 기운이 진화에게 뻗어 왔다.

초산하의 기운에 진화가 피식─ 코웃음을 쳤다.

기세로 위협하는 거라면, 진화는 더 효과적인 방법을 알고
있었다.

진화가 땅의 음기로 뇌전을 흘렸다.

쩌─엉!

뼛속까지 시린 기운에, 초산하가 흘린 기운이 깨지듯 흩어졌다.

초산하의 눈이 커졌다.

하지만 신음은 초산하의 옆에서 터졌다.

"큿!"

진화의 한기를 견디지 못한 초명이 다리를 비틀거린 것이다.

당연한 일이었다.

기운의 조화를 깨트려 고통을 주는 건, 진화가 상대를 고문할 때에 자주 사용하던 방법이었기 때문이다.

초산하가 놀란 눈으로 진화를 보았다.

진화는 어느새 초산하를 내려다보고 있었다.

"말귀는 그쪽이 못 알아듣는 것 같군. 아니, 눈치가 없는 건가? 나는 사파와 협상을 할 생각이 전혀 없어. 흑사문? 허!"

진화가 코웃음을 치며 입꼬리를 비틀었다.

"사파의 부스러기도 못 되는 뱀 새끼가 남궁세가의 담장을 넘은 순간부터, 놈의 목숨은 남궁세가의 것이다. 만약 흑사문이 사패천 소속이라고 주장하는 거라면, 사패천 또한 남궁세가의 담장을 넘은 대가를 치러야 할 거다."

진화가 초산하를 위협하듯 조용히 살기를 풀어 내며 말했다.

아름다운 얼굴에 아무것도 담기지 않은 공허한 눈동자.

하지만 초산하는 그 모습에 등골이 오싹했다.

마치 향기 없는 모란이 독을 뿜는 것 같지 않은가.

실제로 그러했다.

진화는 사패천을 향해 모골이 송연한 독기를 뿜어내고 있었다.

저들은 이전 생에도 남궁세가를 방패삼아 숨어 있다가, 남궁세가의 몰락 이후 보란 듯이 그걸 이용하지 않았던가.

초산하는 이리저리 재고 계산했지만, 진화는 그러지 않았다.

진화는 처음부터 초산하의 요구를 들어줄 생각도, 그와 협상을 할 생각도 없었기 때문이다.

물러날 것인가, 죽을 것인가.

진화가 초산하에게 내준 선택지는 단둘이었다.

"광오하군요, 공자!"

"너희 쓰레기들은 우리에게 늘 그렇게 말하더군. 본인들이 비루한 것은 생각도 않고."

"갈! 말을 삼가, 공자. 내가 참는 건, 그대 이름 앞에 붙은 성 때문이니까."

"그건 나와 같군. 나도 내 이름 앞에 붙은 성 때문에 참고 있어."

"……."

초산하의 가는 눈에서 살기가 흐르고, 진화는 그걸 가소롭다는 듯 내려다보았다.

'마냥 집안의 권력을 등에 업은 애송이는 아니란 말이지. 오만하지만 그 이상, 뭔가가 있어. ……느껴지는 불쾌감은 소천주와 비슷할 정도구나.'

생각보다 긴 침묵과 숨이 막힐 듯한 긴장감이 흘렀다.

그러다 결국, 물러난 쪽은 초산하였다.

"후우, 오랜만에 참으로 아찔한 공자로군요. 호호호호호."

초산하는 어쩐지 시원하다는 듯 웃었다.

하지만 차갑게 내려앉은 눈빛은, 여유가 사라졌다.

홍랑대부 초산하가 진화를 동등한 거래 상대로 보기 시작한 것이다.

"그래요. 그대, 정파 명문들은 어떤 것도 내주지 않는 욕심쟁이들이니까. 호호호호! 거래를 하지요. 나는 내가 쫓고 있는 자를 알려 줄 테니, 공자는 그 책장에 적인 내용을 알려 주시죠. 흑사는 우리가 데려가 심문하고, 내용은 공유하겠습니다."

"……좋아."

그리고 다시 서로 말없이 보고만 있었다.

"……제가 먼저 말해야 하나요? 허, 참, 빈틈이 없는 공자군요."

초산하가 허탈한 듯 웃었다.

ㅡ우리가 쫓는 것은 권마제 태금호입니다. 얼마 전, 일대에서

목격되었다는 말이 있었답니다.

초산하의 전음에 진화가 고개를 끄덕였다.

과연 혼현마제, 광마제에 이어 다른 마제가 나타난 것인가.

-책자에 적힌 것은 어떤 때와 시, 거기에 해당되는 인물이었다. 자세한 것은 필사본을 가져가도록.

진화의 전음에 이번에는 초산하가 고개를 끄덕였다.

"필사본은 청해루로 가지러 가겠습니다."

"그러지."

진화와 초산하 사이의 긴장감이 풀리면서, 양측의 대치도 끝이 났다.

남궁세가 무인들은 흑사문의 사내들을 줄로 묶어 청해상단으로 보내고, 흑사는 마비혈을 짚은 채로 초명에게 던져주었다.

볼일이 끝난 초산하와 사패천 무인들이 먼저 물러났다.

모든 상황이 끝이 난 것이다.

한쪽에서 남궁범이 한숨을 쉬는 소리가 크게 들렸다.

그때.

-호호호. 오랜만에 마음에 드는 분이니 하나 더 알려 드리죠. 그 검은 책자처럼, 각 마제들마다 제물을, 납치 대상을 거래한 장부가 있습니다. 그걸 찾으면, 제물들을 본래 어디서 데려왔는지 알 수 있지요.

등 뒤에서 들린 초산하의 전음에, 진화의 눈이 커졌다.

'……본래 어디서 데려왔는지 알 수 있다고?'

자신이 '광마제의 제물 출신'임을 알고 일부러 흘리는 걸까.

의심이 솟는 동시에 그만큼 진화의 눈빛도 흔들렸다.

진화의 시선이 어느새 시장 만두에 한눈을 팔고 있는 현오에게 향했다.

떨칠 진振 칼날 번쩍거릴 화鉌 : 사문을 기만한 자

"그래요, 그대들 정파 명문이란……."

"욕심쟁이, 우후훗."

"푸하—!"

현오와 남궁구가 재담꾼들처럼 초산하를 흉내 내는 모습에, 결국 일행이 웃음을 터뜨렸다.

웃겨서 웃는 게, 그냥 웃음으로 긴장감을 털어 버리는 것이었다.

전투를 치르고 난 뒤 가벼운 농담을 나누는 것과 같은 의미였다.

흑사문 때문이 아니라, 초산하와 대치하며 다들 제법 긴장했었기 때문이다.

"다들 사패천은 처음 보나?"

"살인술사 초산하 같은 거물은 처음이었지."

남궁교명의 대답에 다들 고개를 끄덕였다.

진화도 이전 생까지 통틀어 사패천의 주요 인사를 본 것은 처음이었다.

'말이 좋아 정사연합이지, 귀천성이 없었다면 정의맹의 칼날은 사패천을 향했을 거다. 그건 그놈들도 마찬가지고.'

진화가 비릿하게 웃으며 검은 책자를 보았다.

"그 영감탱이, 눈빛 봤어? 완전 살벌하더만."

"죽일까 말까 고민하는 거 봤지?"

"그건…… 우리 쪽도 마찬가지였지."

남궁구의 말과 함께, 일행의 시선이 일제히 진화를 향했다.

그때까지도 진화는 검은 책자를 보며 웃고 있었다.

'필사본을 준다고 했지만, 온전하게 다 준다곤 하지 않았지.'

누가 보면 재밌는 소설을 발견한 듯 해맑은 표정.

그러나 진화를 보는 일행의 표정이 미묘해졌다.

"뒤통수 칠 모양이군."

"저쪽에서 흑사를 심문하고 알려 준다고 하지 않았어?"

"그걸 우리 도련님이 믿을 거 같아?"

"……그럴 리 없지."

함께한 지 어언 삼 년.

일행은 이제 진화의 겉모습에 속지 않았다.

⚜

오랜 시간을 지체할 수 없었기에, 일행은 일찌감치 달소항으로 나왔다.

"도련님."

"며칠 동안 폐 끼쳤습니다."

"아닙니다. 먼 길 조심해서 가십시오."

남궁범과 남궁금영을 비롯한 청해상단의 사람들이 모두나와 진화 일행을 배웅했다.

"나, 저 표정 안다. 사흘 묵힌 변비가 나흘째에 뻥 뚫린 것 같은 표정이군."

"……닥쳐, 미친년아."

나하연과 당혜군의 귓속말이 안 들리는 척, 일행이 배에올랐다.

나하연의 말을 듣고 보니, 어쩐지 남궁범이 진화의 등을 떠미는 듯도 했다.

우연의 일치로 딸의 납치를 막은 은인인 동시에, 일거에 흑사문을 멸문시키고 사패천과 대치하면서 그의 생명에 심각한 위협이 된 존재.

특히 그 모든 일에 대한 보고가 남궁범의 차지가 된 것을 생각하면, 남궁범의 태도가 단번에 이해되었다.

"책자는 구, 네가 전하면 되겠군."

"아, 그렇지. 가는 길이니까. 그자들이 흑사를 심문한 건, 정의맹으로 전서를 보내기로 한 거야?"

"친절하게 정의맹과 남궁세가로 각각 보내 준다더군."

초산하가 검은 책자의 필사본을 가져가면서 베푼 친절에, 진화가 냉소적으로 웃었다.

이번에는 단지 서로 죽일까, 말까의 선택지에서 후자를 선택한 것뿐이었다.

다음에 만났을 때에도 같은 선택을 할지, 장담할 수 없는 관계였다.

그런 상대가 베푸는 친절을 믿으라니.

'현오가 풀만 먹는다는 말을 믿지.'

진화의 시선이 현오를 향했다.

"……."

배에 오르자마자 청해루에서 싸 온 음식을 먹고 있는 현오를 보자니, 조금 마음이 복잡해졌다.

머릿속으로 다시 초산하가 한 말이 맴돌았다.

─그 검은 책자처럼, 각 마제들마다 제물을, 납치 대상을 거래한 장부가 있습니다. 그걸 찾으면, 제물들을 본래 어디

서 데려왔는지 알 수 있지요.

'내 출신을 알고, 날 현혹하려는 수작이겠지. 그게 아니라도 사방에 널린 것이 노예 상인들이고 인신매매를 하는 놈들이다. 그놈들을 어찌 다 찾을 거야? 게다가 우리는…… 이미 시간도 너무 많이 지난 일이야. 못 찾아, 절대로.'

진화가 고개를 저었다.

하지만 그러다가 다시 문득 다른 생각이 들었다.

'본래 누구였는지…… 우리에게도 진짜 부모, 형제가 있었겠지? 만약 지금 어머니나 아버지처럼 좋은 사람들이라면, 그래서 지금도 애타게 자식을 찾고 있다면?'

진화의 마음이 흔들렸다.

'……현오가 굳이 숨어서 육식을 하는 땡중이 되지 않아도 괜찮지 않을까?'

진화의 시선이 고기전을 뜯고 있는 현오를 향했다.

살욕을 식욕으로 승화한다고 했던가.

점점 승복이 꽉 끼는 몸을 보자니, 그것도 쉬운 일은 아니라는 생각이 들었다.

결국 진화는 남궁구에게 검은 책자를 전하면서 초산하가 한 말도 전했다.

─사패천이 쫓고 있는 사람은 권마제 태금호라더군. 이 검은 책자는 제물을 거래한 일종의 장부다. 그자의 말에 따르면, 각

마제들마다 찾는 제물이 다르니, 이런 장부를 찾으면 제물들의 배경이나 놈들이 찾는 자를 미리 알 수도 있을 거라 했다.

진화의 전음에 남궁구가 눈을 크게 떴다.

—배경을 알 수 있다고? 그렇다면……!

전하지 않아도 남궁구가 무슨 생각을 했는지 알 것 같았다.

진화는 남궁구를 향해 피식 웃었다.

—난 처음부터 관심 없어. 사파 놈이 하는 말을 믿을 생각도 없지만, 내 배경이 궁금하지도 않아.

—하지만 도련님…….

—나는 남궁진화야, 죽었다 깨어나도 남궁진화다.

진화의 단호한 전음에, 남궁구의 눈빛이 촉촉해졌다.

뿌리가 궁금하지 않을 사람이 없건만.

남궁구는 진화가 뿌리도 잊을 만큼 남궁세가에 마음을 두었다고 생각했다.

하지만 진화는 오로지 사실만 말했을 뿐이었다.

'진짜 죽었다가 깨어났는데도, 나는 남궁진화가 되었지.'

게다가 진화가 이전 생에 뇌왕이라 이름을 떨칠 때에도 장부에 관한 말은 들어 보지 못했었다.

그게 초산하의 말을 믿지 않는 가장 큰 이유였다.

'믿을 놈을 믿어야지.'

진화는 다만, 현오의 기회는 없애지 않기로 했다.

자신은 필요하지 않는 말이었지만, 혹시 현오는 간절하게 원하는 일일 수 있으니까.

뱃길로 반나절을 올라왔을까.

남궁구와 남궁교명, 팽가 형제가 내릴 준비를 했다.

종남으로 가는 여정에서 그들과 함께하는 것은 여기까지 였다.

"낙양에서 적호단에 합류하는 건가?"

"에궁, 어쩌겠나. 부처님께서 불쌍한 중생들을 굽어살피실 것이네."

"견디다 보면 끝은 있을 거다."

"낙양 천담상회에서 최고급 옥색 비단 좀 사다 주세요."

"……."

진화와 현오, 나하연이 차례로 심심한 위로를 건네는 와중에, 당혜군이 실속을 차렸다.

"왜, 왜요? 천담상회의 최고급 옥색 비단은 낙양점에서밖에 안 판단 말이에요!"

당혜군이 필사적으로 변명했다.

남궁구와 남궁교명, 팽가 형제가 세상에서 가장 불행한 얼굴을 하고 그녀를 노려보았기 때문이다.

남궁구와 남궁교명, 팽가 형제가 당금 중원 최대의 격전지라는 종남파로 가는 진화 일행의 위로를 받으며 내리는 곳은 중원에서 가장 호화로운 도시, 낙양이었다.

그들은 그곳에서, 적호단에 합류해서 한동안 남궁진혜의 밑에서 임무를 수행할 예정이었다.

"다들, 목욕탕에 끌려가는 개 같군."

"……욕이야?"

"후우, 나무아미타불 관세음보살."

나하연과 당혜군, 현오가 배에서 내리는 일행을 보며 한마디씩 했다.

진화는 그저 말없이 손을 흔들었다.

낙양에서 큰 물줄기를 따라 하루.

진화 일행은 종남산으로 가기 전, 장안 저자를 지나고 있었다.

"진화, 진화, 저기 보게!"

"어머! 천담상회가 여기에도 있었네!"

현오와 당혜군은 화려하고 사치스러운 장안의 저자에 좋아서 어쩔 줄을 몰랐다.

"눈이 돌아갔군."

"난 그대에게 눈이 돌아갔다오."

"……."

나하연은 나하연대로 진화가 좋아서 어쩔 줄 몰랐으니.

여기서 불행한 사람은 진화, 한 사람뿐인 듯했다.

"우리, 저기! 여기서 조금 쉬다 가세! 응? 으응?"

"그래요! 우리 잠시 쉬었다가 가요!"

똑같은 말이었지만 어째서 이렇게 다르게 들릴까.

현오의 쉬다는 '먹다'라고, 당혜군의 쉬다는 '사다'라고 들린 것이, 비단 진화의 기분 때문만은 아닐 것이다.

결국 현오와 당혜군의 성화에 못 이긴 진화와 나하연은, 그들을 따라 천담객잔이라 적힌 곳에 들어갔다.

"천담?"

"용케 두 사람을 고루 만족시켰군."

아니나 다를까.

현오는 앉자마자 음식을 시켰고, 당혜군은 앉기가 무섭게 바로 옆에 있는 상회로 달려갔다.

정신없는 하루였다.

진화에게는 익숙하지 않은 하루이기도 했다.

진화가 '남궁'과 연관 없는 사람들하고만 움직인 것은, 광마전을 나온 뒤 처음 있는 일이었기 때문이다.

이전 생에도 진화는 항상 남궁세가 무인들과 함께 움직였었다.

감시 겸 보호를 위해서였다.

"혼자 이렇게 먼 곳에 온 것은 처음입니까?"

"아, 예."

"하하하, 저만 믿으십시오."

"……나하연 낭자도 초행이 아니십니까?"

"난 언제든 그대를 위해 이 한 몸 불사를 준비가 되어 있습니다! 내 음흉한 살쾡이처럼 이때만을 기다렸소! 두 남녀가 낯선 외지라니! 그것도 피 튀기는 전쟁터에서 싹트는 애틋한…… 윽! 퉤! 현오-!"

진화에게 수작을 걸던 나하연이 현오가 먹다 튀긴 고기 양념을 닦아 냈다.

그게 하필이면 나하연의 입가에 튄 터였다.

그리고 마침 당혜군이 들고 온 옥색 비단에도.

"이 미친 땡중이-! 진짜로 전쟁터에서 격전 끝에 돌연사해 볼래?"

당혜군이 현오에게 망가진 비단을 휘두르고, 나하연은 계속 혓바닥을 닦아 댔다.

어쩐지 객잔 사방으로 그려진 탕화 속 모습 같았다

'지옥 마구니들이랑 똑같네. 가시방망이를 휘두르고, 불 뿜어 대는 게.'

옛 나라의 수도인 동시에 도교의 성지라는 곳에, 객잔 장식으로 탕화가 그려진 것도 이상했다.

이상하고 낯선 외지.

그리고 지옥의 마구니 같은 동료들.

진화는 그저 한시라도 빨리 피 튀기는 전쟁터로 가길 바랐다.

종남산.

귀천성이 남으로 익주와 교주, 형주 일부를 차지한 것과 달리, 북으로는 그다지 기세를 펼치지 못한 것은 장안을 잃지 않으려 무림 일에 끼어든 관군 때문이었다.

그런 의미로 종남파는 관부에 은혜를 입었다.

하지만 뭐든 일방의 관계는 없듯, 장안 군부는 종남파 출신의 무인이 태반이라.

종남파는 여전히 관과 무림이 연합하여 전쟁을 치르고 있는 곳이었다.

하지만 전쟁과는 별개로, 가을 종남산은 입이 턱 벌어질 정도로 아름다웠다.

"중원 오악은 그냥 악산이었던 게지."

현오의 감탄처럼 종남산은 숭산과 달랐다.

하늘을 향해 부처님의 제자들이 서 있다는 거대하고 신성한 분위기의 숭산 자락과 달리, 종남산은 그야말로 명필이 하나하나 세심하게 써 넣은 글씨 같다고 해야 할까.

울창한 숲에 붉게 물든 단풍은 곱게 단장한 새색시 같았고, 숲으로 오르는 좁은 길도 졸졸졸 물소리가 들려와 정겨웠다.

높은 곳에서 떨어지는 폭포도 압도적이기보다는 시원했고, 깎아지른 절벽도 그 사이사이 나무들이 옹기종기 모여서 위태롭기보다 소박한 느낌마저 주었다.

거대하지만 위협적이지 않고, 신성하지만 거리감이 느껴지진 않는 곳.

"하아!"

협곡의 끝자락, 작은 마을처럼 거대한 장원.

은자들의 성지라 불리는 종남파였다.

진화 일행이 계단을 올라 대문을 지나자, 검을 든 종남파 무인이 진화 일행을 세웠다.

"아……. 누, 누구십니까?"

하필 진화와 눈이 마주치면서 말을 더듬은 젊은 무인이 얼굴을 붉혔다.

그때, 현오가 나섰다.

"아미타불, 정의무학관에서 온 동의생들입니다."

현오의 민머리는 그 어떤 것보다 확실한 신분패가 되었다.

반지르르한 민머리와 터질 듯한 승복으로 신뢰감을 준 현오가, 종남파 무인의 경계를 사지 않게 천천히 품에서 뭔가를 꺼냈다.

정의무학관의 발령서와 관도생을 증명하는 신분패였다.

"정의무학관 소속, 전부 확인했습니다. 어서 오십시오! 먼 길 오시느라, 고생하셨습니다."

신분을 확인한 종남파 무인이 웃는 얼굴로 진화 일행을 안으로 들였다.

"제가 장문인과 현무단주님께 안내하겠습니다. 그나저나 올해 동의생은 네 분이시군요."

종남파 무인이 오랜만에 보는 외지 사람에 들뜬 기색으로 말을 걸었다.

다행히 현오가 붙임성 좋게 대화를 이어 갔다.

"좀 적지요?"

"에이, 아닙니다. 이 년 전에는 한 분만 오셨는데요, 뭘. 하하하! 한 분만도 난리였지만요."

"아……."

이 년 전…….

현오가 입을 다물었다.

그러자 종남파 무인이 힐끔힐끔 진화의 얼굴을 훔쳐보다, 말을 걸었다.

"한데, 고, 공자는 이름이 어찌 되십니까?"

"남궁진화입니다."

"아……."

이번에는 종남파 무인이 입을 다물었다.

한참 조용히 걸어간 일행은 마침내 커다란 전각 앞에서 멈쳤다.

태평전(太平殿).

"이곳이 장문인께서 계신 곳입니다."

진화가 태평전의 현판을 보았다.

이전 생에서도 진화는 이 현판을 본 적이 있었다.

비록 부서지고 남은 반쪽짜리였지만.

'종남파가 멸문당하고, 기세를 잃은 정의맹 또한 걷잡을 수 없이 밀려났었다. 종남에서 찾아야 하는 건, 전쟁의 판도를 바꾼 배신자다!'

진화 일행이 안으로 들어가자, 건장한 사내가 진화 일행을 맞았다.

흑백의 도복을 입고 있긴 했지만, 사내는 신선이라기보다는 장군에 가까운 외모라.

"허허허허! 올해 정의무학관에서 온 손님들이구려. 종남에 오신 것을 환영하오."

종남파 장문인, 신수일검(信水一劍) 견원이 진화 일행을 반갑게 맞이했다.

"있는 동안 잘 부탁드리겠습니다."

진화가 일행을 대표해서 종남파 장문인에게 인사를 했다.

'배신자…… 종남의 멸문으로 가장 큰 이득을 본 자가 바로

배신자일 터. 신수일검 견원은 종남파의 유일한 생존자였지.'

진화의 눈이 호탕하게 웃고 있는 사내를 향해 날카롭게 빛났다.

종남파 장문에게 인사를 한 진화 일행은 곧바로 다시 산을 내려와야 했다.

진화 일행의 얼굴엔 허탈한 기색이 역력했다.

"어쩔 수 없네. 나도 보고할 것이 있어서 종남 본문에 올라왔지만, 이렇게 다시 내려가잖나?"

흑백의 도복을 입은 사내가 허허롭게 웃으며 말했다.

웃을 때마다 눈이 보이지 않는 선한 인상의 사내가 바로, 정의맹 육 대 무단 중 하나인 현무단 단주 옥화혜검(玉華慧劍) 운해라.

청수검 무현 이전의 무당제일검 출신으로, 오래도록 종남파 영역의 전쟁을 지원하고 있었다.

"남궁세가만큼은 아니지만 이곳 종남파 영역도 매우 넓어. 전 황조 때부터 사람도 많고, 그만큼 무림 문파도 많은 곳이니까. 종남파 외에도 정의맹 소속으로 지켜야 할 문파가 아주 많으니, 장안 저자에 본부를 두는 편이 유리하지."

현무단주 운해의 말에 진화가 순순히 고개를 끄덕였다.

"허허허! 창천쌍용의 위명은 이곳에서도 들었네. 소가주인 창천신룡에 이어서 창천화룡이라 불린다지? 남궁의 홍복이네. 제왕검께서 쌓은 덕이 그리 돌아갔나 봐. 허허허!"

유쾌하게 웃는 현무단주의 모습에 진화가 조금 이상한 듯 보았다.

남궁가주와 비슷한 연배인데, 하는 행동이나 언행, 웃는 모습은 영판 할아버지 연배처럼 보였기 때문이다.

비단 진화의 느낌만은 아닌 듯.

"중늙은이 같군요."

"애늙은이가 나이가 들면 더 늙은이가 되는 모양이군."

"부처님 앞에서 시간은 그저 똑같이 흐를 뿐이지. 아미타불."

조금 떨어진 곳에서 당혜군과 나하연, 현오가 속삭이며 대화를 나누었다.

문제는 그 내용이 진화와 현무단주의 귀에서 고스란히 들렸다는 것인데.

"허허허, 유쾌한 친우들일세."

"송구합니다."

자애롭게 웃어넘기는 현무단주의 모습에, 진화가 대신 사과를 했다.

"허허, 괜찮대도. 내려가면 부단주가 관도생들이 묶는 방으로 안내를 해 줄 걸세. 이 년 전, 남궁진혜가 다녀간 이후로 아무도 받지 않았으니, 방은 여유가 있을 거네."

"……송구합니다."

뒤끝은 있는 성품인 건가?

뒤끝인지, 그냥 한 말인지 아리송했지만, 어쨌든 진화는 이번에도 대신 사과를 했다.

종남파 무인도 그렇고, 방금 전의 장문인까지.

남궁진혜에 대해 이야기하는 이 지역 사람들의 표정이, 다들 지금 현무단주와 같았기 때문이다.

그립고 아련하기보다, 아찔하고 아득한 무언가를 떠올리는 듯한 표정.

진화와 현무단주는 산을 내려갈 때까지 조용히 침묵을 지켰다.

그리고 산을 다 내려왔을 즈음.

저자거리 쪽에서 빠르게 말을 타고 달려오는 사람이 보였다.

"단주님――!"

현무단원이 말도 멈추지 않고 큰 소리로 현무단주를 불렀다.

"무슨 일인가!"

"산임방 쪽에서 전투입니다!"

"뭐? 얼른 가지!"

순식간의 일이었다.

현무단원은 달리던 말을 돌려 다른 곳으로 가 버리고, 현무단주는 저자와 반대쪽으로 달리기 시작했다.

진화와 일행이 놀라며 현무단주의 뒤를 따랐다.

"무슨 일입니까?"

"적이네! 산임방이라고, 종남파 영역 남쪽에 있는 제법 큰 문파일세. 이 지역에서 가장 큰 곡물 창고를 가지고 있고!"

현무단주가 최대한 빨리 경공을 펼치며 간단히 설명했다.

그러다가 화들짝 놀라 옆을 돌아봤다.

진화가 별 무리 없는 얼굴로 그의 옆에서 달리고 있었고, 그 바로 뒤쪽으로 나하연과 당혜군, 현오가 최선을 다해 따라오고 있었다.

'창천화룡이라 했던가? ……경공만으로는, 일단 헛소문은 아니군.'

다시 진화를 본 현무단주가 짧게 감탄했다.

하지만 산임방에 도착했을 때.

현무단주는 그가 감탄했던 것이 아무것도 아니란 걸 알게 되었다.

챙—! 챙챙—!

"어서! 어서 불부터 꺼라!"

진화 일행이 내렸던 포구에서 멀지 않은 작은 나루터.

창고로 보이는 몇몇 건물에 불이 붙었고, 산임방 사람들로 보이는 이들이 물을 나르며 불을 끄고 있었다.

퍼-엉!

"죽어라!"

"이 더러운 귀천성의 주구들!"

나루터와 작은 배, 창고 할 것 없이 무인들이 얽혀서 싸우고 있었다.

현무단원으로 보이는 이들은, 산임방의 가장 큰 창고를 지키기 위해 필사적으로 싸우고 있었다.

채-앵!

순식간에 검을 빼 든 현무단주가 전투 중인 곳에 뛰어들려는 찰나.

쉐에에엑----!

푸른 검기가 가장 큰 창고에 쏘아진 불붙은 짚단을 공중에서 베어 버렸다.

"으아아악-!"

불붙은 짚이 흩어지면서 밑으로 떨어졌다.

상복처럼 새하얀 무복을 입은 무사들과 검은 무복의 무사들.

잠시 혼란스러워하는 나하연과 당혜군, 현오와 달리, 진화는 현무단주보다 먼저 적진으로 뛰어들었다.

쉐에에엑-! 쉐엑-!

"크아아아악!"

마치 땅에 누운 듯 미끄러지며, 진화의 검이 새하얀 천으로 감싸진 다리를 잘랐다.

"으아아악-!"

순식간에 어떤 이들은 아예 발목이 끊어져서 바닥에 나뒹굴었고, 어떤 이들은 종아리에서 폭포 같은 피를 흘리면서 쓰러졌다.

진화가 구름을 찢는 번개처럼 백의를 입은 사람들 사이를 휘저었다.

그리고 붉은 핏방울이 사방에 떨어지는 사이로.

파지지지직----!

새파란 불꽃처럼 뇌전이 번뜩였다.

핏방울 아래에 있던 이들이 비명을 지르며 쓰러지거나, 검을 놓쳤다.

갑작스러운 사태에 현무단원들마저 당황하는 순간, 현무단주가 단호한 목소리로 소리쳤다.

"적이 주춤하고 있다. 기회를 놓치지 마라! 한눈팔지 마라!"

현무단주의 목소리에 현무단원들이 기세를 끌어 올리며 적들을 몰아붙였다.

그리고.

"아이고, 이 아까운 것을……."

현오는 곡물이 모두 쏟아진 빈 자루를 들고 있었다.

퍼———억!

"먹을 걸로 장난치면 천벌받는 것도 모르는가!"

퍽! 퍽! 퍽! 퍽!

오합권의 힘이 실린 자루에 맞는 순간, 백의에 백두건을 한 사람들의 머리가 수박처럼 터져 나갔다.

타다다다—탁!

당혜군의 만천화우가 이제 막 불씨를 맞은 곳에 박히면서 불을 껐다.

그리고 나하연이 빈 자루 두 개에 물을 담아 공중으로 뿌렸다.

비가 쏟아지듯, 강물이 불이 붙은 창고와 짚단 위로 떨어졌다.

현무단주나 몇몇 현무단원들이 눈을 크게 뜨며 그 모습을 하나하나 눈에 담았다.

오늘 막 인사를 온, 그것도 정의무학관 동의생들이 스스로 판단해서 전투에 도움이 되고 있는 것은 놀라운 일이었다.

하지만 뭐니 뭐니 해도 가장 놀라운 사람은…….

파지지지지지직————!

새파란 번개가 종남과 무인의 목에 사슬을 감은 채 당기고 있는 무인의 머리 위로 떨어졌다.

"끄아아아아악————!"

귀가 아플 정도로 끔찍한 비명과 함께, 종남파 무인이 놀란 얼굴로 고개를 돌리며 번개의 주인을 찾았다.

그때.

파바박———! 팍! 푹! 푹!

방금 전까지 종남파 무인의 목을 감고 있던 사슬이, 조각조각 나뉘어 푸른 화살처럼 적들의 가슴팍에 꽂히는 것이 아닌가.

푸—욱!

"크으읏!"

백의를 입은 무인 하나가 팔을 뚫고 박힌 것을 보며 신음을 내었다.

핏발이 선 부리부리한 눈과 산적처럼 덥수룩한 수염.

팔 전체가 타들어 가는 듯한 고통에 겨우 비명만 참은 사내가, 무시무시한 안광을 빛내며 사슬 조각을 던진 범인을 찾았다.

"네 이놈——! 더러운 정파의 요물 따위가 감히 이 쌍적파에게 암기를 날려—!"

하얀 부분을 찾기 힘들 정도로 무복을 빨갛게 물들이고 있는 사내가 진화를 향해 쌍도끼를 들고 달려들었다.

"죽여 주마—!"

분노한 곰처럼 뛰어드는 사내를 보며, 진화의 눈이 매섭게 빛났다.

후-웅!

왼손에 있던 도끼가 진화의 몸을 양단할 듯하다가 아슬아슬하게 지나고.

부-웅!

오른손에 있던 도끼가 진화의 머리를 쪼갤 듯이 코앞에 다가온 순간.

진화의 왼 손가락 두 개가 사내의 도끼를 잡았다.

"죽어라."

차디찬 목소리와 함께 진화의 손끝이 번뜩였다.

쉐엑!

……퍼-엉!

눈 깜짝할 사이에 푸른빛이 사내의 몸을 통과했다.

그리고 사내는, 마치 명령을 받든 것처럼 무릎을 꿇고 고개를 숙인 채 죽었다.

청명한 하늘과 같은 색의 무복을 입은 진화가 서늘하게 사내를 외면하고 돌아섰다.

그와 동시에.

"와, 와아아아아아ㅡㅡㅡㅡ!"

커다란 함성이 터졌다.

쌍적파를 마지막으로, 백의를 입은 적은 모두 죽거나 무기를 던지고 항복했으니.

실로 오랜만의 완승이었다.

게다가 상대는 귀천성 소속으로, 집요하게 종남파와 휘하 문파들의 곡식을 태우거나 빼앗으며 그들을 힘들게 했던 백열문이었다.

진화의 앞에 무릎을 꿇고 죽은 쌍적파는 백열문주의 오른 팔로 이 일대에서 악명이 자자한 귀천성도라.

오랜만의 대승에, 아직도 피비린내가 가득한 전장에서 정의맹 무인들이 그간의 분노를 토하듯 승리의 함성을 질렀다.

진화를 제외하고, 현오와 당혜군, 나하연은 온몸이 피로 젖었다.

현무단주는 본부에 오자마자, 그들에게 숙소로 먼저 갈 수 있도록 배려했다.

진화 일행이 숙소로 가는 길.

"와아아아아!"

"대단했습니다─!"

진화 일행을 향해 종남파 무인이나 그 휘하 문파의 무인들이 박수를 치거나 휘파람을 불었다.

벌써 많은 이들이 진화와 일행을 알아보고 있었다.

많은 이들이 죽거나 다쳤지만, 이곳의 무인들은 그저 당장의 승리를 만끽하고 싶어 하는 듯했다.

그때.

지나가는 진화 일행의 귀에 소란스러운 상황이 들어왔다.

"제발 제 동생이 있는지 확인만 하게 해 주세요!"

"어허, 여기서 이렇게 해서 될 게 아니라니까."

소란이 있는 장소에는 단정한 경장을 입은 젊은 여인이 본부를 지키는 현무단원에게 매달리고 있었다.

"무슨 일이지?"

"글쎄."

"제법 귀한 집안의 영애 같은데…… 부리는 하녀도 보이지 않는군요."

당혜군이 여인의 옷차림을 살피며 눈빛을 달리했다.

그녀의 말처럼 화려하진 않아도 제법 귀해 보이는 행색의 여인이 하녀도 하나 없이 종남파 본부에 있는 모습이 평범해 보이진 않았다.

게다가.

"익숙해 보이는군."

나하연이 주변을 돌아보며 말했다.

그녀의 말처럼 대부분의 사람들이 저 상황을 매우 익숙하게 넘기고 있었다.

진화는 본능적으로 느껴지는 이질감의 정체를 깨달았다.

모두가 자연스럽게 받아들이는 상황 속에 진화를 거스르

는 부적절함.

진화의 눈이 조용히 여인과 현무단원을 향했다.

한 달째 이곳을 찾고 있는 성가포목의 영애.

그녀의 안타까운 사연을 아는 이들이 혀를 차거나, 고개를 저으며 그녀를 지나치고 있었다.

동정하는 것은 쉬웠지만, 문제를 해결해 줄 수 없었다.

"제발요! 있었는지 여부만 확인해 주세요. 아니, 제가 할 게요!"

"큰일 날 소리! 참전 명단이라 함부로 보여 줄 수도 없는 거고, 볼 수도 없는 거라니까 그러네!"

"제 동생 이름만 확인하면 돼요! 그 아이가 없었다는 것만 확인하면 된다고요! 제발요!"

여인의 부탁에 현무단원이 펄쩍 뛰었다.

'명단에 이름이 없는 것만 확인하면 된다?'

진화의 눈매가 가늘어졌다.

'관계자가 아닌 사람에게 우리 전력을 보여 줄 순 없지. 결코 불가한 일을 거듭 부탁하는 여인…… 그런데도 짜증은커녕 곤란한 기색만 보일 뿐이라.'

진화의 시선이 여인을 상대하는 현무단원에게 닿았다.

그의 뒤쪽으로, 여인을 보자마자 조용히 등을 돌리는 현무단주가 보였다.

사람 좋게 웃던 그가 여인에게 보인 것은 차디찬 외면이었다.

"그렇게 죽을 아이가 아니에요! 대체 무공도 못 하는 아이가 전투에는 왜 나갔다는 거예요!"

결국 여인이 울음을 터뜨렸다.

현무단원은 안타까운 얼굴로 그것을 지켜볼 뿐이었다.

'현무단주조차 저걸 외면한다? ……이상하군.'

신경을 거스르는 부자연스러움의 정체를 파악한 진화가 스르륵 입꼬리를 말았다.

"저기, 선배님, 잠시만요."

웃음은 상대의 경계를 푸는 가장 쉬운 방법이라.

진화가 순진한 신입 무사의 얼굴을 하고, 길을 가던 종남파 무인을 붙잡았다.

현무단주에게 묻기 전에, 전후 사정을 파악하기 위해서였다.

그래야 현무단주의 거짓말을 알아챌 수 있을 테니까.

한때는 제국의 수도였던 곳이었다.

작은 소국에 버금가는 넓은 땅에, 많은 사람들.

외국 상인과 여러 민족이 섞여, 무림 또한 수없이 많은 중소 문파들이 있었다.

지금이야 도문인 종남파를 구심점으로 하여 전쟁을 치르고 있었지만, 그 모든 것을 종남파에서 통제할 수는 없는 일이었다.

"심지어 이곳은 따로 일국이나 다름없는 면족 부락이나 장족 부락도 있습니다. 해서 어느 문파, 어느 세가에서 참전했는지 각자가 명단을 만들어서 전투마다 기록하는데, 각 문파나 세가의 전력이나 다름없는 그것을 어떻게 보여 주겠습니까."

종남파 무인이 안타까운 눈으로 현무단원에게 매달리고 있는 여인을 보며 말했다.

"명단을 종남파에서 관리하고 있는 것 아닌가요?"

당혜군이 의아하다는 듯 물었다.

"종남파는 도문이지 않습니까. 여긴 검문도 있고 권문. 심지어 중원과는 다른 불문도 있습니다. 그런 문파들은 전쟁 때문에 협력하는 것이지, 결코 종남파의 아래로 들어온 것이 아닙니다."

종남파 무인이 어림도 없다는 듯 고개를 저었다.

"여기가 귀천성에 넘어가지 않은 것도, 그자들의 그 고집 덕이죠. 결코 다른 곳에 굽히는 법이 없습니다. 오죽하면 경조군이나 장안수비군도 장족과 면족 부락에는 군을 들일 수도 없는 것을요."

사천당문도 고집과 자존심이라면 어디 가서 빠지지 않겠으나, 이곳 서북쪽은 또 달랐다.

애착이 강하여 폐쇄적인 것이 아니라, 서로 다름을 인정하고 동등하게 생각하기에 위에 서려는 것을 용납하지 않는 것이라.

진화는 종남파 무인의 말에 고개를 끄덕였다.

그의 말이 이곳의 방식이자 질서라면, 새롭게 이곳에 온 진화 일행이 존중하고 적응해야 할 것이었다.

다만, 중요한 것은 저 여인의 사정이었다.

"그렇다면 저 여인은 왜 이곳에서 동생을 찾는 것입니까?"

"아, 성가포목이라고 큰 상회의 큰 영애입니다. 동생은 얼마 전 면족 장로의 아들과 약혼하면서 그 집으로 들어갔고요. 그런데 면족 장로의 아들이 전사하는 날, 동생도 사라졌답니다."

"약혼자가 전사한 날, 사라졌다고요?"

종남파 무인의 말에 진화 일행의 표정이 조금 미묘해졌다.

"사랑하는 이가 죽었으니, 따라 죽은 것이 아닙니까?"

나하연의 말에, 당혜군과 현오가 무의식적으로 고개를 끄덕였다.

종남파 무인의 말과 전후 사정을 듣자면, 누구나 그렇게 추리할 것이었다.

"그게 좀…… 누군가 백열문도들이 성가 둘째 영애를 끌고 간 것을 본 적이 있다는 말도 하고……."

"만약 사랑하는 사람을 따라간 것이라면, 굳이 시체조차 찾지 못할 곳에서 죽을 이유가 없겠지요. 오히려 함께 묻히길 원했을 테니, 그 집 안에서 목을 매는 것이 더 합당했을 겁니다."

진화의 말에 종남파 무인이 흥분하며 동의했다.

"그겁니다! 그 성가 둘째 영애가 그렇게 없어질 사람이 아니거든요. 유명했습니다. 면족 장로의 아들과 그 영애…… 그러니 언니가 환장을 하는 게지요. 못된 인간들이 둘째 영애가 도망갔다는 소문도 퍼뜨리고, 면족에서는 도망갔을지도 모를 사람의 위패를 사당에 올려 줄 수 없다 하고. 그 와중에 둘째 영애를 본 사람이 있고, 면족 장로 아들도 그 영애를 구하려다 죽었다는 말까지 나오니…… 어휴."

"그럼 면족에서 명단을 보여 주면 되는 거 아닌가요?"

"그게 힘들게 되었습니다. 면족 부락 전체가 쑥대밭이 되어서, 명단도 없어졌거든요. 방법이라곤 그때 전투를 했던 한수문의 명단을 보는 것인데, 확실치도 않은 것 가지고 한수문에서 명단을 공개하겠습니까?"

종남파 무인의 말을 들어 보면, 쉽게 해결될 일이 아닐 듯하긴 했다.

한수문에서 양보를 해 주면 좋겠지만, 이렇게 위험한 때에 함부로 '하라, 마라' 할 수도 없는 노릇이었다.

"명단에 없는 죽음이나 실종이 근래에 크게 늘었습니다. 그런데…… 솔직히 그거 일일이 찾아 주느니, 안쪽에서 사람을 죽이고 다니는 배신자를 찾는 게 더 빠를 겁니다!"

"배신자요?"

종남파 무인이 흥분해서 한 말에, 진화 일행이 눈을 크게 떴다.

그것을 본 종남파 무인도 '아차' 싶었는지 말을 더듬었다.

"그, 그런 말이 있다는 것뿐입니다! 안쪽에서 하도 수상쩍게 사라지는 사람들이 많아서……. 허, 참. 말이 너무 많았네요. 숙소는 저쪽입니다."

종남파 무인이 발걸음을 급히 하며 일행을 이끌었다.

그리고 얼마 걷지 않아서, 소담한 별채가 앞에 멈춰 섰다.

"저곳입니다. 그럼 편히 쉬다 저녁에 식당으로 오십시오."

종남파 무인이 꾸벅 인사를 사고 돌아갔다.

진화 일행은 곧바로 별채로 가지 않고, 잠시 종남파 무인의 뒷모습을 보았다.

"허어, 참으로 이상하지요?"

"성안에서 수상쩍게 사라지는 사람이 많다니…… 역시, 귀천성 놈들이 제물을 납치한 것이 아닐까요?"

"백열문 놈들이, 아니 성안의 흑사문 같은 무리가 제물을 납치해서 귀천성에 넘기는 것일 수도 있겠지."

종남파 무인의 말을 들으며, 현오와 당혜군, 나하연 모두 비슷한 생각을 한 모양이었다.

진화 또한 그들과 같은 생각을 했다.

다만 한 가지 더.

'왜 이 당연한 생각을 종남파 무인이 안 하고 있는 걸까? 정의맹에선 귀천성이 제물을 납치하고 부활하려는 걸 사전에 저지하는 데에 전력을 기울이기로 했는데……. 설마, 종남파에서는 모르고 있는 건가?'

진화가 날카로운 눈으로, 그들이 지나왔던 본부 쪽을 보았다.

숙소는 방 두 개와 응접실, 식당, 작은 연무장이 있는 알찬 장원이었다.

각각의 방은 침대만 다섯 개씩 놓여 있어서, 마치 정의무학관의 숙소와 흡사했다.

"순간 모든 여정이 꿈이고, 지금 숙청관인가 했네."

"그렇게 소림이 싫은가?"

"어허! 아무리 진실 된 생각인들, 입으로 나오는 순간 경망스러워질 수 있음이네!"

결국 싫다는 말이었다.

아니, 싫은데, 싫어하는 것을 말로 시키진 말라는 건가?

"으아아아ㅡ. 바글바글한 사형제들이 없으니 침상 두어 개를 붙여도 되는군!"

진화는 벌써 침상에서 뒹굴거리고 있는 현오를 보며 고개를 저었다.

그때, 불현듯 어떤 생각이 떠올랐다.

"……만약, 본래 누구인지 찾아서 스님을 하지 않아도 된다면, 그러면 소림을 떠날 건가?"

진화의 말에 현오가 뒹굴거리던 그대로 뚝ㅡ 멈췄다.

그리고 잠시, 침묵이 흘렀다.

"……너는?"

"나는 상관없잖아."

"하긴. 넌 지금도 남궁세가니까. 남궁세가보다 대단한 집안은 찾기 힘들지."

듣기에 따라 비꼬는 듯 들리기도 했다.

하지만 진화는 가만히 현오의 말을 기다렸다.

잠시 후, 현오가 뚝ㅡ 하고 말을 던졌다.

"나는 어차피 천살지체잖아."

진화의 눈이 커졌다.

진화는 설마 이 말이 나올 줄은 몰랐다.

소림이 어떻다거나 앞으로 스님으로 사는 것 혹은 진짜 부모님이나 형제에 대한 말이 먼저 나올 줄 알았던 것이다.

"어릴 적 살욕이 끓어올라 광증이 터지면, 장문인이 나를 품에 끌어안고 주무셨어. 그다음에는 사형제들이 나를 포개 듯 붙어서 자 주었지. 평생 소림 밖으로 나가신 적 없는 숙수님이 먹어 보지도 않은 만두를 그렇게 잘 만드는 건 어떻고."

"……."

"원래 불행한 게 있어야 조금 행복해도 크게 느끼는 법이야. 불자의 몸으로 육식을 하고 만두를 먹으니까 더 맛있는 거라고. 귀하게 자란 너는 모를 맛이지."

현오가 고개를 들고 개구지게 씨익 웃어 보였다.

그 모습에 진화도 마주 웃었다.

"결국 소림이 불행하다는 거군."

"아니, 그게 왜 그렇게 돼!"

현오가 자리에서 벌떡 일어나며 반발했다.

진화는 그런 현오를 무시하듯 밖으로 나갔다.

"현무단주를 뵙고 오지. 그동안 좀 씻도록."

"그래. ……헉!"

진화의 말에 가볍게 대답하던 현오가 낭패한 듯 제 침상을 보았다.

한차례 전투로 피투성이가 되었다는 걸 잊고 침상에 뒹굴었던 것을 그제야 떠올린 것이다.

현오가 품에 안았던 베개는 벌써 피투성이가 되어 있었다.

"으허허헉! 내 베개!"

현오의 비명을 들으며, 진화가 입가에 작게 미소를 달고 숙소를 나왔다.

'한 번도 친부모나 형제에 대해서는 이야기를 꺼내지 않는군.'

진화의 얼굴이 서서히 식어 갔다.

"들어가겠습니다."

진화가 현무단주의 집무실로 들어갔다.

"왜, 쉬지 않고?"

현무단주 운해가 일어나서 진화를 맞으면서 의아한 듯 물었다.

긴 여정에 종남산까지 갔다가 전투까지 참여했으니, 아무리 젊은 후기지수들이라도 지칠 것이었다. 해서 일부러 배려한 것이었는데, 곧장 찾아올 줄은 몰랐던 것이다.

"앞으로도 이렇게 갑자기 전투가 벌어질 텐데, 한시라도 빨리 어떻게 해야 할지 알아 둬야겠다 싶어서 말입니다."

진화가 덤덤한 얼굴로 대답했다.

"하하하, 요즘 기수들은 책임감이 강하군. 좋은 마음가짐일세!"

진화의 말에 운해가 웃으면서 칭찬했다.

그런 운해를 보며, 진화가 덤덤한 얼굴 그대로 눈을 마주쳤다.

"아까 그 여인의 일도 궁금해서요."

"음? 그 여인? 아, 그 성가의 영애 말인가?"

진화의 눈이 현무단주의 얼굴을 집요하게 따라갔다.

안타까운 듯 일그러진 눈썹, 처진 입꼬리. 그리고 괴로운 듯한 눈빛까지.

표정과 눈빛에 실린 감정은 일치했고, 상황과도 맞아떨어졌다.

어떤 사적인 감정이나 뭔가를 숨기고자 하는 기색은 보이지 않았다.

"안타까운 일이지. 영문을 알 수 없는 실종이 늘었는데, 그걸 도와줄 수는 없으니. 전쟁 중에 함부로 무사들을 뺄 수는 없지 않은가. 혹여, 여인이 안타까워서 나서고 싶은 것이라면 삼가게."

현무단주가 엄한 목소리로 진화에게 경고했다.

'삼가라?'

진화의 눈빛이 이채를 발했다.

"아까도 보았지만 언제 어느 때에 놈들이 습격해 올지 모르네. 그때를 놓치면, 그때마다 한 일가가 몰락하거나 문파가 멸문에 가까운 피해를 입네. 게다가 자네들은 겨우 넷뿐이네. 실력은 아까 확인했지만, 그런 무력일수록 개인적인 안타까움보다는 중요한 일에 써야 할 것이네."

현무단주가 단호하게 말했다.

여인의 일을 안타까워하면서도 공과 사는 구분해야 한다는 말. 진화의 눈엔 그 외에 어떤 의도로 읽히지 않았다.

아까 여인을 외면했을 때와 달리 어떤 의심도 가지 않는 현무단주의 모습에, 진화가 슬쩍 운을 떼듯 말했다.

"중원 전체에 그런 일이 늘었습니다."

"중원 전체에? 그런 일이라니?"

"실종 말입니다."

"중원 전체에 실종이 늘었다고?"

현무단주가 고개를 갸웃거렸다.

진화는 중요한 단어를 하나씩 추가하며, 현무단주의 반응을 살폈다.

"귀천성에서 제물을 모으기 시작했거든요."

"제물이라고?"

진화의 말에 현무단주가 크게 놀랐다.

하지만 현무단주의 반응에 진화가 더 놀랐다.

"모르……셨습니까? 현무단에서?"

"몰랐네!"

현무단주가 단호하게 말했다.

"그간의 실종에 대해선, 정의맹에 보고하셨습니까?"

"늘 있어 왔던 일이네. 보고를 안 했을 리가 없지 않나?"

현무단주의 말에 진화의 얼굴이 빳빳하게 굳었다.

물론 귀천성이 제물을 모으기 시작한 것은 정의맹도 최근에야 진화가 넘긴 장부를 보고 확신했다.

그 이전까지는 단지 추측만 해 왔을 뿐이었다.

하지만 정의맹 육 대 무단 중 하나인 현무단주가 그걸 모르고 있는 것은 이상했다.

아니, 현무단주는 그렇다 쳐도, 정의맹이라면…… 정의맹의 군사부라면, 귀천성이 제물을 모으기 시작한 것과 현무단주의 보고의 연관성을 알아차렸어야 할 일이었다.

"중간에 보고가 누락되거나, 전서가 누락된 것이 아니라면요."

진화의 말에 현무단주의 눈이 커졌다.

심각하게 굳은 얼굴이, 진화가 하고자 하는 말을 알아차린 모양이었다.

"정의맹과의 연락이나 보고는 종남파에서 하고 있는 것이 아닙니까?"

"본산에 있는 종남파 수뇌부에서 담당하고 있는 것이지."

"현무단이 따로 하는 보고는요?"

"현무단의 주요 업무가 이곳 전투를 지원하는 것이라. 결국 종남을 통해서 하고 있네."

진화와 현무단주의 눈이 마주쳤다.

심각한 얼굴과 흔들리는 눈빛.

진화는 현무단주가 정의맹의 일을 모르고 있다는 생각이
들었으나, 확신할 수는 없었다.

확신할 수 없다면…….

"확인해 보면 되겠군요. 정의맹으로 따로 그간의 보고를
확인하는 전서를 보내시죠. 그리고 종남파에도 똑같이 보고
하시죠. 정의맹에서 직접 날아온 답과 종남파에서 전달해 주
는 명이 같은지, 비교해 볼 필요가 있을 듯합니다."

진화의 말에 현무단주의 얼굴이 심각하게 일그러졌다.

오자마자 종남파 수뇌부를 의심하는 것을 꾸짖을 수도 없
는 것이, 바보같이 배신자에게 이용당하고 있었던 것은 아닌
가 하는 의심이 더 강하게 들었기 때문이라.

"따로 전서를 보내겠네."

현무단주가 힘겹게 말했다.

괴로워 보이는 현무단주를 두고 나오면서, 진화는 별채가
아니라 장안 저자로 나갔다.

'나도 확인해 봐야지. 저자가 눈앞에서 나를 기만하는 것
은 아닌지.'

진화는 조용히 천담상회로 들어갔다.

"천풍을 날려야겠네."

당혜군이 그렇게 좋아하는 옥색 비단을 살피며 툭 던지는
말에, 천담상회의 점원이 조용히 진화의 곁으로 다가왔다.

"옥색 비단은 가공도 특별하지만 누에부터 특별한 것을 먹

여서 만드는 것이지요."

"양주 합비 옥구룡차를 먹인다지?"

"⋯⋯매응으로 보내겠습니다."

진화가 점원에게 작은 쪽지를 건넸다.

피----잉!

파다다닥! 파다다닥!

하늘을 날던 작은 새의 위로 나타난 그림자.

놀란 새가 파닥거리지만, 어느새 커다란 독수리가 날카로운 발톱으로 새를 잡아챘다.

펄럭, 펄럭!

검갈색 독수리가 사냥한 새를 가지고 주인의 곁으로 갔다.

삐익-!

소리와 함께, 독수리가 웬 중년인의 팔뚝으로 가서 새를 내놓았다.

"옳지, 옳지."

중년인이 독수리를 칭찬하며, 새의 발에 달린 쪽지를 꺼냈다.

"또 남궁이라 어쩐지 불길하다 했더니만."

중년인이 혀를 차며 쪽지를 품 안에 넣었다.

그리고 독수리는 다시 상공으로 날려 보냈다.

감히 독수리의 영역에서 함부로 날 수 있는 작은 새는 없었다.

휘이이이————!

푸른빛이 도는 재색 매가 저를 향해 달려드는 검갈색 독수리를 보았다.

저의 뒤를 쫓아오는 검갈색 독수리와 아슬아슬할 정도의 거리에서.

삐이이익———!

매가 팍– 하고, 물을 차고 오르는 고기처럼 위로 튀어 올랐다.

그러고는 매라고 생각도 할 수 없는 방식으로 한 바퀴를 돌아, 검갈색 독수리의 위로 올라탔다.

파닥다다닥–!

검갈색 독수리가 날개를 퍼덕거렸지만, 매는 날개를 빳빳하게 펴고 발톱에 힘을 주었다.

꽈아악!

순식간에 독수리의 목줄기에서 피가 터져 나오고, 매의 동공이 좁아졌다.

짙은 혈향이 매의 본능을 자극하는 동시에, 매는 정확하게 부리로 검갈색 독수리의 눈을 찍었다.

까아아아악---!

검갈색 독수리가 비명과 함께 땅으로 추락을 시작했다.

공중에서 피가 뿌려졌다.

하지만 매는 떨어지는 검갈색 독수리를 박차고 다시 바람을 타고 날아올랐다.

매응(魅鷹).

남궁세가의 전서를 전달하는 매 중 하나로, 매응의 매(魅)는 도깨비라는 의미였다.

매응은 천리호정단에서 오랜 시간 특별한 먹이와 훈련으로 키워 낸 새였다.

매응의 가장 큰 특징은 중원 전역을 이틀 밤낮이면 돌 수 있는 비행 능력과 하늘의 그 어떤 것도 죽일 수 있는 공격 능력이라.

상공을 나는 매응을 방해할 수 있는 것은 존재하지 않는다 해도 과언이 아니었다.

거기다 독수리에 비해 체구도 작아, 매응은 순식간에 누구의 눈에도 띄지 않고 어느 장원의 나무로 들어갔다.

"옳지. 부리에 피가 있구나. 하늘에 적이 있었구나. 수고했다. 풍족하게 먹고 푹 쉬거라."

사내가 매응의 부리를 닦고, 다리에서 전서를 뺐다.

그리고 특별한 약재를 넣은 먹이를 앞에 놓아두고, 바쁘게 걸음을 옮겼다.

탕-!

진화가 현무단주의 책상을 내리치듯 전서를 내려놓았다.

"이건 뭔가?"

"뭐겠습니까."

진화의 날카로운 눈빛에, 현무단주가 한숨을 푹 쉬었다.

"결국…… 그렇군."

"정의맹에 계신 진휘 형님의 전서입니다. 종남파에서 올라온 보고 중 지금처럼 비정상적인 양상이나 성안에서 일어나는 실종에 대해 적은 것은 없었다더군요. 게다가 저희가 오기 며칠 전에 이미, 귀천성의 납치에 대해 경고를 내려보냈다 하고요. 자세한 조사를 위해 무인들을 파견하겠다고 합니다."

갔어야 할 보고도 가지 않았고, 왔어야 할 명령도 오지 않았다.

"……종남파 장문인밖에 없겠군."

현무단주가 슬픈 눈빛으로 말했다.

"이전에 종남파 장문인과 함께 싸운 적이 있었지. 날 위해 한쪽 팔을 잃을 뻔하셨네."

"그래서 지금도 그가 배신할 리 없다고 생각하시는 겁니까?"

"아니, 믿기 힘들어서…… 아니, 그래. 여전히 믿기가 힘들군."

현무단주는 여전히 혼란스러운 듯했다.

전쟁터에 있으면서도 여전히 정에 무르고 사람에 대한 신뢰가 깊은 사람.

그런 현무단주를 보며 진화가 살짝 한숨을 쉬었다.

"사람의 타락에는 여러 이유가 있죠. 그중 가장 큰 이유는, 자신이 아직 타락하지 않았다고 생각하는 겁니다."

그릇된 신념과 자기합리화보다 무서운 배신은 없었다.

겉으로 보이엔 너무 정당해 보여서, 선뜻 의심하기 힘들기 때문이다.

이전 삶의 무수히 많은 배신이 그러했었다.

진화의 말에 현무단주가 안타까운 표정으로 고개를 끄덕였다.

그리고 책상 한쪽에 있던 문서를 보여 주었다.

"실종자는 물론 전사자들까지, 하나에서 열까지 다시 조사했네. 적어도 현무단에 남아 있는 기록과 명단에 대해서는 말일세."

현무단주의 말에, 진화가 놀란 눈으로 그를 보았다.

눈 밑이 거뭇하고 피곤한 기색이 역력한 것이, 그때 이후 한잠도 자지 않고 뭔가를 조사한 모양이었다.

"귀천성 제물이라는 것이 걸리더군. 그래서 자네가 말한 것을 기준으로 달리 조사를 해 보았네."

"달리 조사라면……?"

"보통 전사자는 상대와 날짜, 소속 사문에 따라 나누었는데, 그것을 다시 보았지. 동남동녀 혹은 같은 사주를 가진 자."

"뭔가 있었습니까?"

"실종된 이들 중 신미년 기미월 계신일을 가진 자가 일곱이었네."

"……!"

남궁금영과는 또 다른 조건.

하지만 같은 사주를 가진 이들이 무려 일곱이나 실종된 것이 적다고는 할 수 없었다.

'다른 마제로군!'

진화의 눈빛이 이채를 발했다.

이것으로 혼현마제와 광마제, 사패천이 쫓는 권마제 외에 새로운 제물을 원하는 마제가 또 나타난 것이었다.

"그 외에도 이상한 점이 있었네."

"그게 뭡니까?"

"십 년 전부터, 전체 전사자는 줄었는데 약관도 되지 않은 전사자들은 오히려 늘었더군. 이상하지 않은가? 전사자가 눈에 띄게 줄었는데, 가장 보호를 받았을 어린 무인들의 죽음은 더 늘어난 것이. 특히 남녀에 상관없이 혼전 순결을 중시한 면족 전사자들은 대부분 시체를 찾지 못했네."

"누군가 전쟁을 이용해서 제물을 빼돌렸군요."

진화는 가만히 현무단주를 보았다.

현무단주는 본인이 알아낸 사실에 적지 않은 충격을 받은 듯했다.

설명하는 내내 입꼬리가 떨리고, 눈빛에는 살기가 맴돌았으니까.

"허! 그냥 봤을 때는 면족의 원한 관계를 의심할 뻔했네. 지독한 놈들! 순박한 사람들을 잔인하게 이용했어!"

현무단주가 귀천성과 그에 협조한 누군가를 향해 분노를 쏟아 냈다.

하지만 진화는 덤덤하게 그런 현무단주를 볼 뿐이었다.

사실 진화는 누가 죽든, 누가 제물이 되었든 상관없었다.

진화에게 중요한 것은 남궁세가의 안위뿐.

진화에게 종남과 영역의 전쟁이 중요한 것은, 이곳의 패배가 곧 정의맹의 패배로 연결되었기 때문이었다.

"종남산으로 가시겠습니까?"

진화가 조용한 목소리로 물었다.

결심이 섰느냐 묻는 것이었다.

현무단주가 대답 대신, 검을 쥐고 일어섰다.

"단원들을 많이 뺄 수는 없네. 몇몇 이들만 데리고 조용히 처리하지."

"종남파에서 가만히 있을까요?"

"……종남파가 직접 처리하는 것이 옳겠지. 하지만 지금처럼 전쟁 중에 종남파가 혼란스럽도록 둘 순 없네."

다른 누구도 아닌 종남파 장문인이었다.

종남파의 내규를 살피고, 회의를 열어 징계를 결정하기까지 많은 과정과 시간을 소요될 것이다.

하지만 현무단주의 말처럼 도문의 구심점이라 할 수 있는 종남파가 그렇게 오래 혼란스럽도록 둘 수는 없었다.

"혼란을 최소화하는 것이 좋네."

사람이 좋긴 하지만 우유부단한 것은 아닌지, 결심을 한 현무단주는 종남파의 반발을 힘으로 누를 생각까지 한 듯했다.

"자네가 초절정을 넘었다지? 같이 가겠나?"

현무단주가 의미심장한 눈으로 진화를 보았다.

진화가 고개를 끄덕였다.

아직 화사하게 단풍이 만개한 종남산.

첫날과 달리, 오늘은 이 아름다운 정취를 즐길 수 없었다.

진화는 현무단주와 현무단원 다섯 명, 그리고 현오와 함께 종남산을 오르고 있었다.

"당혜군과 나하연 속에 나만 두고 갈 셈이었나? 차라리 산으로 갈 것이네!"

현오는 숭산을 제외한 산은 제 발로 오르지 않겠다고 했는데, 아무래도 산보다 싫은 것이 있었던 모양이다.

현무단주는 든든한 전력이 하나 더 추가되는 것을 반겼다.

종남파 문 앞에는 전과 같은 무인이 지키고 있었다.

"현무단주님, 오셨습니까?"

"아아, 일문인가?"

종남파 무인, 일문의 인사에 현무단주가 어색한 표정으로 알은척을 했다.

"오늘은 오시는 날도 아닌데, 어인 일이십니까?"

"아, 그게…… 정의무학관에서 오신 손님들이 보낼 것이 있다 하셔서……."

"아……."

현무단주의 말에 일문이 진화와 현오를 살폈다.

남궁진혜가 혼자 적진을 헤쳐 놓는 사고를 치고 간 이후로 오랜만에 받는 손님이었다.

그런데 그 손님이 중원에 명성이 자자한 남궁세가의 직계와 소림의 제자라.

일문의 눈초리가 조심스러웠다.

"안으로 드시지요. 안내하겠습니다."

"아니네, 모르는 것도 아니고. 내가 함께 갈 것이니 신경 쓰지 않아도 되네."

"아, 그렇지요? 하하하."

"그럼, 가 보겠네. 수고하게."

"예!"

일상적인 대화를 끝으로, 진화 일행은 안으로 들어갔다.

태평전 장문인의 집무실.

현무단원들은 문 앞에 대기하고, 안으로는 현무단주와 진화, 현오가 들어갔다.

종남파 장문인 산수일권 견원이 놀란 듯 진화 일행을 맞았다.

"아니, 운해. 오늘은 오는 날이 아니지 않나?"

"긴히 보고드릴 것이 있어서 왔습니다."

"음?"

종남파 장문인은 평소와 달리 딱딱한 현무단주의 말투와 표정을 보고 의아함을 느꼈다.

"무슨 일이 있는 겐가? 왜 이리 심각한가?"

"전쟁 중이니, 심각하지 않은 일이 있겠습니까?"

"아, 그거야 그렇기만……."

확실히 평소와 달랐다.

공격적인 반문에, 종남파 장문인이 말꼬리를 흐리며 현무단주와 일행의 눈치를 살폈다.

"음, 그래. 무슨 일인지 들어 보지."

종남파 장문인이 먼저 자리에 앉았다.

그리고 현무단주와 진화, 현오에게도 자리를 권했지만, 현무단주는 선뜻 자리에 앉지 않았다.

"그보다 먼저, 지난번 보고드려 달라 부탁한 것은 어찌 되었습니까?"

"아, 그거? 안 그래도 답신이 왔네."

"……답신이 왔어요?"

당당한 종남파 장문인의 대답에 현무단주의 눈썹이 꿈틀거렸다.

"먼저 답신부터 보겠나?"

"그리하지요."

현무단주가 종남파 장문인이 건네는 전서를 받아 읽었다.

그리고 잠시 뒤.

"후우."

한숨을 쉰 현무단주가 갑자기 검을 빼 들었다.

챙-!

"운해!"

종남파 장문인이 깜짝 놀라 현무단주를 보았다.

그리고 처음 보는 듯한 무시무시한 눈빛으로 저를 보는 현무단주의 모습에 더 놀랐다.

"왜 이러는 것인가!"

"왜? 지금 왜라 물었소? 나는 분명 보고서에 성안에서 일어난 실종과 귀천성 제물의 관련성에 대해 썼소. 그리고 조사단에 요청했지. 그런데 지금 이 쓰레기는 뭐지?"

"무, 무슨…… 실종? 귀천성의 제물이라니?"

현무단주의 말에 종남파 장문인이 눈을 크게 뜨고 물었다.

"모르는 척 마시오! 보고서를 보지 않았소!"

"아, 아니네! 전에도 이야기했지만, 그대가 정의맹에 급비로 보내는 보고서는 손도 대지 않았네!"

"그럼 이건 뭡니까!"

현무단주가 종남파 장문인이 보여 준 정의맹 전서를 탁자위에 내려놓았다.

종남파 장문인이 당황스럽고 놀란 채로 급하게 전서를 들어 읽었다.

"'맹의 상황이 여의치 않아서 조사단은 불허한다.' ……이게 왜 문제인가?"

"왜 문제냐고? 군사부에 있는 남궁진휘는 벌써 조사단을 파견했다고 했으니까! 대체 무슨 의도로 이런 가짜 전서로 날 농락한 것이오! 이제까지 쭉 그래 왔던 게요?"

현무단주가 분노를 참지 못하고 종남파 장문인에게 소리를 질렀다.

홍분을 감추지 못하는 모습에서 그가 느낌 배신감이 묻어났다.

하지만 종남파 장문인은 여전히 상황 파악이 안 되는 모습이었다.

"가, 가짜라니! 이게 가짜라고?"

"아직도 모르는 척이오? 이것 보시오! 남궁진휘가 직접 보내온 것이오!"

현무단주가 이번에는 남궁진휘가 보내온 전서를 보여 주었다.

필체부터 인장까지, 무엇 하나 같은 것이 없었다.

"이, 이게……!"

이 자리에 남궁진화가 있었다.

그러니 어느 쪽이 진짜인지는 굳이 의심하지 않아도 될 터.

종남파 장문인이 전서를 들고 부들부들 떨었다.

"결단코 현무단주의 급비 보고서를 본 일이 없소. 그리고 이제까지 내가 받은 모든 정의맹 전서는 저것과 동일한 것이었소. 대체 내가 왜 현무단주를 속인단 말이오!"

"당신이 속이지 않았다고?"

"저길 보시오! 다른 정의맹 전서들이오!"

종남파 장문인 또한 홍분한 기색으로 자신의 책상을 가리켰다.

수북이 쌓인 전서와 장계.

진화와 현오가 먼저 움직여, 그가 정의맹의 것이라 한 전서들을 보았다.

"진짜잖아? 전부 같은 필체, 인장도 같은 것입니다!"

"진휘 형님의 필체와 인장이 아닙니다. 전부, 가짜입니다."

"뭐라? 전부…… 저것이 전부 가짜라고?"

진화의 말에 종남파 장문인이 경악을 금치 못했다.

그는 잠시 비틀거리더니 자리에 털썩 주저앉았다.

현무단주는 황당하다는 얼굴로 장문인과 책상에 있는 문서들을 번갈아 보았다.

"대체 어떻게 된 일이지?"

손에 든 검에 힘이 빠지고, 현무단주마저 당황스러움을 감추지 못했다.

"분명…… 전부 부군사 남궁진휘의 것이 아닌가?"

종남파 장문인이 기력을 다한 듯 힘없이 물었다.

"평생을 보아 온 필체입니다. 게다가 인장은 남궁세가 고유의 것으로, 흉내 내려 해도 할 수 없는 부분이 있습니다."

진화가 인장이 찍혀 있는 작은 부분을 가리켰다.

"안력을 키워 보십시오."

진화의 말에 종남파 장문인이 진화가 가리킨 곳을 보았다.

안력을 집중해서 보자 붉은 인주가 찍힌 부분에 매우 정교

한 수준으로 남궁(南宮)이 새겨져 있었다.

"남궁세가 직계들이 인장을 만들 때 각자가 누구도 흉내 내지 못하도록 만들어 놓은 장치입니다."

"……허! 그럼 저 많은 것은 정의맹이 아니라면 다 누구의 것이란 말인가?"

종남파 장문인이 허탈한 동시에 절망스러운 표정으로 책상 위에 있는 문서들을 가리켰다.

현무단주도 혼란스러운 눈으로 답을 찾았다.

그 모습을 보던 진화의 눈빛이 서늘하게 가라앉았다.

"지금, 이곳으로 오고 있는 자들에게 물어보면 되겠군요."

진화의 말에 놀란 종남파 장문인과 현무단주, 현오가 기감에 집중했다.

그러자 태평전 주변으로 수십 명의 사람들이 몰려오는 것이 느껴졌다.

"종남파 장문인이 모두를 속이신 것이 아니라면, 모두가 장문인을 속인 것이겠지요."

종남파 무인들이 태평전으로 몰려오고 있었다.

밖에서 소란이 들려왔다.

문 앞을 지키고 있던 현무단원들과 갑자기 몰려든 종남파 인원들이 맞닥뜨린 듯했다.

"허어……."

아직 충격이 가시지 않은 듯하던 종남파 장문인이 깊은 한숨을 쉬었다

차라리 눈을 감고 싶었다.

하지만 이대로 가만히 있는다고 사라질 일도 아니라.

진실을 확인해야만 했다.

"……나가지."

결국 종남파 장문인은 감은 눈을 뜨기로 했다.

"괜찮으시겠습니까?"

현무단주가 어렵게 물었다.

그 또한 여전히 혼란스러웠으나, 그게 종남파 장문인만 하겠는가.

자신은 종남파 장문인 한 명의 배신 정황만으로 그렇게 치를 떨었는데, 자신이 이끌던 사문 전체의 배신을 어찌 감당할까.

현무단주는 이 일을 어떻게 해결해야 할지 감도 잡히지 않았다.

그때, 종남파 장문인이 되레 고개를 저었다.

"저들이 저렇게 몰려온 것 자체가 뭔가 켕기는 것이 있다는 것 아니겠나. 나가서 저들의 말을 들어 봐야 할 것이네."

차마 입 밖으로 낼 수 없는 사실조차, 종남파 장문인이 먼저 받아들였다.

진화가 조용히 종남파 장문인을 보았다.

'강한 자로군.'

진화와 현오, 현무단주는 성큼성큼 걸어가는 종남파 장문인의 뒤를 따랐다.

아무리 강한 사람도 무너질 때가 있기 마련이다.

타의로 무너뜨릴 수 없는 사람도, 가끔은 스스로 무너지고 싶을 때가 있다.

사람은 언제 무너지고 싶을까.

전투 중에 기력이 다해 갈 때? 심각한 부상을 입었을 때? 아니면 소중한 사람이 죽었을 때?

진화가 생각하기에, 사람이 무너지고 싶은 때는 깊게 신뢰하던 것으로부터 배신당했을 때였다.

등 뒤에 소중한 것을 짊어졌을 때는, 온몸에 피를 흘리면서도 악착같이 검을 붙잡았다.

소중한 사람이 죽었을 땐, 이를 악물고 복수를 결심했다.

하지만 내 목숨도 줄 수 있었던 동료에 내 등에 칼을 박아 넣었을 땐, 그동안 살아왔던 모든 순간이 무너지는 느낌이었다.

버티고 싶어도, 발밑을 지탱할 땅이 없어진 느낌.

진화는 그런 순간에도 앞서서 당당하게 걸어 나가는 종남파 장문인의 등을 보며, 가슴이 뭉클해졌다.

이전 자신의 모습이 떠올라서였다.

'한 가지 다행이라면, 당신은 버텨 낸다는 것이다, 부서진 현판을 짊어지고 살아남았던 때처럼.'

진화는 종남파 장문인의 등을 향해 작은 응원을 보냈다.

하지만 전쟁은 또 다른 문제였다.

'유감이지만 남궁에 위험할 수 있는 건, 내 손으로 치워 버릴 것이오. 그게 종남파의 멸문이라 해도.'

진화는 종남파 장문인을 응원하는 것과 별대로, 날카로운 비수 하나를 그를 향해 겨눴다.

그때.

"이게 무슨 짓입니까!"

"장문인을 뵈러 왔소! 이건 우리 종남의 일이니, 현무단은 비켜서시오-!"

문 앞에서 현무단원과 종남파 장로로 여겨지는 누군가의 다툼이 들려왔다.

"안에 현무단주께서 들어 계신다 하지 않았습니까! 나오기 전까지 누구도 들이지 말라는 명이 있었습니다. 단주님의 볼일이 끝나거든 들어가시지요."

"갈-! 종남파 안에서 현무단이 종남 도인의 행사를 막는 건, 어디의 법도란 말이오!"

밖에서 들린 말에 현오가 비릿하게 한쪽 입꼬리를 비틀었다.

"종남 도인이라…… 돌멩이 십장생 같은 소리 하네."

현오의 비꼼을 들으며, 종남파 장문인의 얼굴이 무섭게 굳었다.

돌은 십장생이 맞았다.

하지만 돌이라고 전부 다 같은 돌이던가.

십장생의 돌은 굳건하고 건재한 바위를 말함이니, 여기저기 굴러다니는 돌멩이에 비할 바가 아니었다.

즉, 배신자 주제에 종남파 도인을 자처하는 꼴이 우습다는 말이었다.

종남파 장문인이 부끄러움을 참지 못하고 문을 활짝 열었다.

"웬 소란이냐-!"

갑작스러운 장문인의 등장에 누구보다 종남파 무인들이 놀란 얼굴이었다.

종남파 장문인이 눈을 부릅뜨고 몰려든 종남파 무인들 하나하나를 확인했다.

그리고 앞에 나서서 소란을 피우는 인물을 노려보았다.

"여긴 무슨 일로 이렇게 몰려온 것이오, 삼장로?"

"그, 그것이⋯⋯."

삼장로 등선이 차마 장문인과 눈을 마주치지 못했다.

그러자 그의 뒤에 있던 긴 수염이 인상적인 사내가 나섰다.

"우리는 태평전 안에서 참담한 소리들이 오간다는 말을 듣고 이렇게 달려온 것뿐입니다."

"허어, 안에서 참담한 소리들이 오간다? 허허……."

종남 장문인이 허탈한 듯 웃었다.

종남파 무인들 뒤로 보이는 하늘은 여느 때처럼 맑았지만, 이제는 그 맑은 종남이 아닌 것이라.

제 눈으로 확인하고 나니, 종남파 장문인도 더는 참을 수 없었다.

"갈———! 이놈 오낙헌! 네놈이 감히 태평전에서 나누는 일을 엿들었단 말이더냐—!"

"아, 아니, 엿들은 것이 아니라……."

궁색하다 못해 말도 안 되는 변명.

애초에 그들의 행동부터가 말이 안 되는 것이었기 때문이다.

"닥쳐라—! 불가해한 행동을 말로 설명하려니 설명이 될 리가 있나! 어떤 변명도 필요 없다! 이곳에 몰려온 것만으로, 네놈들이 죄인이라는 것을 드러낸 것이라!"

"죄인이라니요! 우리가 무슨 죄를 지었단 말이오!"

"장문인의 명도 없이 검을 들고 태평전을 오르고도 그런 말이 나오더냐! 애초에 네놈들도 모든 것이 밝혀질 것이 두려워 달려온 것이 아니더냐! 정의맹으로 가는 문서를 위조하고 사문을 농락한 죄! 당장 무릎을 꿇고 죄를 빌지 못할까-!"

종남파 장문인이 호통을 쳤다.

잔뜩 붉어진 얼굴과 노기에 찬 목소리에 종남파 무인들이 슬금슬금 눈치를 보았다.

하지만 그들이 장문인을 따를 생각이 있었다면 곧바로 명을 받들었을 것이다.

눈치를 살피는 것은 그저 이 상황을 어찌 모면할지 고민하는 것뿐이었다.

앞에 있던 삼장로 등선과 사장로 오낙헌이 눈을 마주쳤다.

그리고 서로 얼굴을 마주 보고 고개를 끄덕이는 모습이, 뭔가 결론을 내린 듯했다.

"우리가 왜 죄인이란 말이오!"

삼장로 등선이 당당하게 소리쳤다.

'결국 저렇게 나오기로 한 것인가. 하긴 이 시점에서는 달리 방법도 없기도 하지.'

진화는 너무 예상대로라 웃음이 나올 뻔했다.

하지만 종남파 장문인은 그들의 뻔뻔함에 충격을 받은 듯했고, 현무단주와 단원들도 놀란 눈으로 그들을 보았다.

진화와 현오만이 덤덤하게 양쪽을 지켜보았다.

"우리가 왜 사문을 농락했단 말이오! 이 전쟁은 정의맹이 아니라 우리 종남인이 죽어 가는 전쟁이오! 저놈들이 대체

한 것이 뭐가 있단 말이오! 우리는 모두가 죽을 전쟁에서, 우리 종남이 살아남을 방법을 찾은 것뿐이오!"

"그렇소! 사실 우리가 하기 전에 장문인이 나서야 했을 일인데, 장문인이 하지 않으니 우리가 대신 한 것뿐이오!"

삼장로 등선과 사장로 오낙헌은 당당하게 소리쳤다.

"이기지 못할 전쟁에, 정의맹의 등쌀 때문에 왜 우리만 죽어나야 한단 말이오!"

"죄인은 당신이지! 종남의 장문인으로서 종남의 죽음을 지켜만 보고 있었으니까!"

삼장로와 사장로의 말에, 결국 종남파 장문인의 신형이 흔들렸다.

"장문인!"

"허어. ……죽어서 조사들의 얼굴을 어찌 본단 말인가!"

현무단주가 급히 비틀거리는 종남파 장문인을 부축했다.

종남파 장문인은 하늘이 무너지는 절망감에 피눈물을 쏟았다.

종남파 장문인은 장로들의 말뿐 아니라, 그들과 말에 동조하며 검을 든 종남파의 모습 그 자체에 충격을 받았다.

하지만 삼장로 등선과 사장로 오낙헌은, 작정을 한 듯 목소리를 높였다.

"사문의 죄인은 장문인이오! 장문인이야말로 죽어 간 종남파 무인들에게 죄를 고하시오! 뭐 하는가! 장문인을 붙잡고,

저놈들을 죽여라-!"

"충-!"

결국 그런 것이다.

모든 것이 명명백백한 바, 죄를 빌지 않을 거라면 죄를 덮어야 할 것이니.

종남파 무인들은 장문인을 사로잡고 현무단과 진화, 현오를 죽여 일을 덮기로 한 것이다.

그들의 결정을 지켜보던 진화의 입가에 싸늘하게 미소가 걸렸다.

그리고.

쉐에에엑-!

기다렸다는 듯 푸른 강기가 종남파 무인들을 때렸다.

퍼-엉!

"으악!"

"크아아악-!"

종남파 장문인과 진화 일행의 앞에 검을 들이밀고 있던 종남파 무인 대여섯 명이 그대로 쓰러졌다.

"제 입으로 제 죄를 밝혔고, 그러고도 감히 사문과 정의맹에 반기를 들었으니. 이제, 죽어도 그 입으론 억울하다고 하지 못할 것이다!"

채---앵!

진화가 검을 뽑았다.

진화의 검에서 새파란 강기와 함께 뇌전이 일렁였다.

생전 처음 보는 광경에 놀랄 새도 없이, 새파란 강기가 종남파 무인들을 때렸다.

"삼장로-!"

퍼-엉!

사장로가 간발의 차이로 삼장로를 잡아당겨 물러섰다.

그리고 그 자리에 있던 종남파 무인들이 가슴에서 피를 뿜으며 쓰러졌다.

파지지지직----!

더는 망설일 것도, 시간을 지체할 것도 없다는 듯.

진화가 종남파 무인들 사이로 뛰어들었다.

"저, 저런!"

현무단주가 놀라서 손부터 뻗어 보았다.

하지만 말릴 새도 없이 진화를 중심으로 피 보라가 일었다.

그 모습을 보며 현오가 이를 드러내며 웃었다.

"흐흐흐, 어째 오래 참는다 했다. 그럼 저도 가 보겠습니다."

"자, 잠깐 멈추게!"

현오까지 손바닥을 비비며 나서자, 현무단주가 급하게 현오를 잡았다.

"이렇게 한다고 될 일이 아니야! 우리 쪽 수가 너무 부족

하네! 지금은 최대한 빨린 본 문을 내려가는 것이……."

몹시 당황스러워 보이는 현무단주.

그의 모습을 보며 현오가 되레 차분하게 물었다.

"단주님, 지금 저 모습이 불리해 보입니까?"

"음? 아…… 허!"

현오의 눈짓을 따라 시선을 돌린 곳엔, 종남파 무인들이 진화의 주변에서 주춤거리고 있었다.

잔뜩 겁에 질린 눈으로, 검은 들었지만 언제 도망쳐도 이상하지 않은 얼굴들이었다.

그럴 수밖에.

수년째, 자잘한 상처만 입으면서 싸우는 척만 해 왔던 이들이었다.

그런데 순식간에 팔다리를 날리고, 내장을 끊고, 심장을 태우는 잔인한 손 속에, 제대로 된 저항을 할 수 있을 리 없었다.

"저, 저놈을 막아! 놈은 한 놈이다!"

삼장로 등선이 아무리 소리쳐도 진화를 향해 달려드는 무인이 없었다.

그들은 이미 겁을 먹고 꼬리를 만 개라.

한번 꺾인 용기와 신념을 무엇으로 다시 세우겠는가.

"여긴 남궁이 없습니다. 그러니…… 저 친구를 막을 사람도 없군요."

"......!"

현오의 말에 현무단주가 눈을 크게 떴다.

'창천화룡 남궁진화. 무위만으로는 남궁진휘를 넘어서 경지를 밟은 지 오래라던…… 그 소문이 진짜였단 말인가!'

현무단주가 경악을 금치 못한 얼굴로, 진화가 벌이는 살육을 지켜보았다.

"장문인께서…… 만약 저들을 살리고 싶으시다면, 어서 결정을 내리셔야 할 겁니다. 아미타불 관세음보살."

충격으로 넋을 놓은 듯한 종남파 장문인을 보며, 현오가 충고와 같은 말을 남겼다.

그리고 곧장 진화의 곁으로 뛰어들었다.

은하수처럼 빛나는 흑발이 둥실 떠올랐다 내려앉는 사이로.

파지지지직————!

"크아아아악—!"

고통에 찬 비명과 함께 살이 타는 냄새가 코끝을 스쳤다.

천뢰제왕검법 낙엽(落葉)—!

푸른 검기가 번쩍번쩍하면서, 비릿하게 퍼지는 혈향에 머리가 어지러울 정도였다.

"으으……."

선녀처럼 고운 얼굴이 무섭도록 시리고 찬 눈으로 그들을 보았다.

그리고 인정사정없이 죽음을 내렸다.

그 모습이, 마치 하늘을 대신하여 천벌을 내리러 온 천군처럼 보였다.

자신들이 벌인 일이 나쁘다는 것 정도는 모두 알고 있었으니, 잊고 있던 죄책감이 공포로 바뀌는 순간이었다.

"흐으으……. 으윽……."

진화의 주변을 둘러싼 종남파 무인들이 주춤주춤 물러났다.

"사, 상대는 한 놈이다! 단 한 명이란 말이다! 종남 도인들은 검을 들어라! 전부 함께 덤비면 된다!"

삼장로 등선과 사장로 오낙헌이 사방으로 소리를 질렀다.

하지만 그조차도 현오의 목소리에 눌렸다.

"틀렸소! 상대는 둘이오. 그리고 그대들은…… 감히 도를 말하지 말라. 부처도 용서치 못할 기만이니!"

"다, 닥쳐라―! 네가 뭘 안다고 그따위 망발이냐! 뭣들 하느냐!"

날카로운 현오의 반박에, 실제로 삼장로와 사장로가 비수에 찔린 듯 창백해졌다.

하지만 어차피 돌아갈 길은 없어졌다.

"주, 죽여라-! 놈들을 죽이면 전부 끝날 일이다--!"

수치심으로 붉어진 얼굴 위로, 시커먼 살의가 떠올랐다.

사장로의 외침이 종남파 무인들에게 면죄부는 아니지만 쥐구멍은 되어 준 듯했다.

하지만 그건 그들의 착각이었다.

사방으로 끓어오르는 악의와 살의.

도가 본산이라는 종남파 무인들이 내뿜는 것을 보며 진화가 환하게 웃었다.

"망설일 것이 없어 좋구나. 타락한 자들의 지옥이로구나."

진화의 눈동자에 푸른 번개가 내리쳤다.

콰과광---쾅-!

진화의 왼손에 있던 천뢰기가 종남파 무인의 가슴을 쥐어뜯고, 진화의 검이, 기운의 끝에 닿은 모든 것을 태웠다.

진화가 두려워할 것은 아무것도 없었다.

쉐에에에엑---!

"크아아아악!"

"지옥이라. 흐흐흐흐!"

잔뜩 붉어진 눈을 한 현오의 금강권이 바닥의 석판을 터뜨렸다.

퍼———엉!

퍽! 퍽!

"으아악!"

파편에 맞은 종남파 무인들의 살이 터져 나갔다.

그리고…….

'붉은 눈!'

오싹한 그것과 마주한 종남파 무인의 머리가 터져 나갔다.

억수처럼 쏟아지는 피를 맞으며, 현오가 슬쩍 혀끝에서 느껴지는 피 맛을 보았다.

"부처님한테 혼나겠는데……."

진화의 검에 조각조각 잘려 나간 종남파 무인들의 시체를 밟고, 진화는 차근차근 앞으로 나갔다.

"괴, 괴물……!"

삼장로와 사장로는 검을 쥔 손을 덜덜덜 떨고 있었다.

"도망가도 소용없어."

종남파의 패배는 정의맹 전체에 영향을 미쳤다.

팽팽하던 전세가 급격하게 기운 계기가 되었으니.

정의맹이 패했다면 종남파의 탓이라.

귀천성이 강성해진 것도 종남파의 탓이라.

남궁세가의 영역으로 귀천성 들어올 수 있었던 것도 모두 종남파의 탓이라!

"너희는 모두 죽는다."

"히에에에엑–!"

쉐에에에엑––––!

진화의 목소리가 귓가에서 울리자, 삼장로 등선과 사장로 오낙헌이 기겁을 하며 검을 휘둘렀다.

하지만 막무가내로 휘두른 그것에서 공기가 찢기는 소리가 날 리 만무하니.

그들이 들은 소리는 진화가 그들의 목을 베는 소리였다.

"컥! 이, 이⋯⋯!"

삼장로의 목이 떨어지는 것을 보며, 사장로가 피가 흐르는 목으로 손을 뻗었다.

물론 그의 몸이 바닥에 허물어지는 것이 먼저였다.

"으허허헉! 안 돼! 저리 가––!"

"살려 줘! 살려 주십시오!"

장로들이 죽자 남은 이들이 검을 던지고 무릎을 꿇었다.

이미 실전 경험이 많은 고수나 종남파의 전력이라 할 수 있는 이들은 산 아래 장안 본부에 있었으니. 본산에서 서류나 옮기고 산문이나 지키고 있던 이들이 진화와 현오의 상대가 될 리 없었다.

게다가 살아남은 이들은 채 몇 명 되지 않았다.

검을 멈춘 진화가 고민스러운 눈으로 남은 종남파 무인과 넋을 잃은 듯한 종남파 장문을 번갈아 보았다.

"이제, 남은 이들은 어찌할 겁니까?"

진화가 종남파 장문에게 물었다.

종남파 장문인은 진화가 말한 '남은 이'가 바닥에 엎드리고 있는 몇몇을 말하는 것이 아님을 알 수 있었다.

권위를 떨칠 진震 따를 화化 : 남궁이 없다는 건

"살려 주십시오, 장문인!"

"살려 주십시오! 저희는 그저 시키는 대로 했을 뿐입니다!"

몇 남지 않은 종남파 무인들이 바닥에 엎드려 빌었다.

그들은 바닥에 흐르는 핏물이 전신을 적시는 것에도 아랑 곳하지 않았다.

종남파 장문인은 눈 깜짝할 사이에 일어난 참극을 도무지 믿을 수 없었다.

'정녕, 정녕……!'

종남파 장문인의 눈에서 눈물이 뚝뚝 떨어졌다.

모두에게 배신당한 슬픔보다 그들의 죽음에 대한 슬픔이 더 큰 것일까.

"허!"

현무단주와 현무단원들도 살려 달라 빌고 있는 저들에게 어떤 말도 할 수 없었다.

그 옆에서 현오가 경멸이 가득한 눈빛으로 그들을 보았다.

"저렇게 묻힐 피였으면 싸우다 묻힐 것을. 쑥떡 같은 인간들! 쯧."

현오의 욕지거리도 들리지 않는 듯, 종남파 무인들은 그저 장문인에게 매달렸다.

가만히 널브러진 주검들을 보던 종남파 장문인의 지선이 그들에게 닿자, 종남파 무림들의 목소리도 커졌다.

쿵. 쿵.

"장문인, 살려 주십시오!"

쿵.

"살려 주십시오!"

종남파 무인들이 목에서 피가 날 정도로 소리치고, 머리를 땅에 찧었다.

현무단주와 현무단원들이 눈살을 찌푸렸다.

"장문인, 살려…… 헉!"

소리치던 자의 목에 서늘한 칼날이 닿았다.

"장문인-!"

그 옆에 있던 자가 곧 죽을 듯이 악을 질렀다.

하지만 곧 그자에게도 칼날보다 서늘한 시선이 닿았다.

"자격 없는 자들은 떠들지 마라."

진화가 여전히 검을 빼 들고 그들을 위협하고 있었다.

"그건 장문인도 마찬가지입니다."

진화가 조용히 고개를 들어 종남파 장문인에게도 말했다.

"……!"

이 자리에 자격이 없는 자는 이들만이 아니다.

진화의 말에 종남파 장문인이 조용히 시선을 내리깔았다.

현무단주 또한 진화에게 달리 말하지 못했다.

장안 정의맹 본부.

정의무학관 관도생들이 머물고 있는 별채에 사람이 찾아왔다.

벌써 두 번째였다.

"아직 오지 않습니다. 급한 일입니까?"

"아, 아닙니다!"

당혜군의 날카로운 반응에 종남파 무인이 당황한 듯 손을 내저었다.

"그저 식사 준비를 어떻게 할까 해서 물어본 것입니다."

"식사? 흥, 챙겨 주지 않아도 찾아 먹을 인간들이니, 그 인간들 식사는 신경 쓰지 않아도 됩니다!"

식사라는 말에 당혜군이 부쩍 신경질적으로 소리쳤다.

"히익! 방해해서 죄송합니다!"

종남파 무인이 도망치듯 나가자, 그 모습을 보며 당혜군이 혀를 찼다.

"뭐 저렇게 겁이 많아?"

"네가 짓는 걸 보면 누구라도 겁을 먹을 거다."

"닥쳐!"

내내 신경질적인 당혜군을 보며, 결국 나하연도 표정이 굳었다.

"그날인가?"

팟-!

나하연이 어깨를 으쓱하며 찻잔을 잡았다.

찻잔은 던지되 소리는 지르지 않은 것을 보면, 그날은 아닌 듯싶었다.

"대체 이 인간들은 왜 아침부터 말도 없이 사라져?"

"찾는 사람이 많군."

"그러니까…… 자꾸 이상하게."

당혜군이 창밖을 힐끗 보며 목소리를 내리깔았다.

"전투가 있는 것도 아니고, 고작 식사 때문에 두 번이나 찾아와?"

심지어 식사 시간도 아니었다.

변명이 너무 궁색하지 않은가.

게다가 밖에서 느껴지는 시선도 이상했다.

당혜군이 좀 전의 종남파 무인에게는 일부러 신경질을 내어 쫓아 보낸 것이었다.

감시받는 기분이 들어 영 찝찝했기 때문이다.

"우리가 밖에 나갔을 때, 자꾸 우릴 살피고. 계속 별채 주변을 사람들이 어슬렁거리고 있어. ……이상하지?"

당혜군이 눈매를 날카롭게 좁히며 물었다.

그에 나하연이 진지한 얼굴로 고개를 끄덕였다.

"음. 그렇군. ……내가 이제 남성도 경계해야 한다고 생각하나?"

"……후우, 닥쳐."

당혜군은 나하연과 뭔가 의논하기를 그만두기로 했다.

그때, 갑자기 나하연이 자리에서 벌떡 일어섰다.

"왔군."

놀란 당혜군이 고개를 돌리자, 정말로 진화와 현오가 돌아오고 있었다.

현오가 반갑게 손을 흔들고, 두 사람이 방으로 들어갔다.

"네가 개냐? 남궁진화의 개라도 되게?"

당혜군은 황당하다는 듯 나하연을 나무랐다.

그런데 나하연의 표정이 평소와 달랐다.

무섭도록 냉정하게 굳은 얼굴.

"왜, 왜 그래?"

"피 냄새다. 어떤 버러지들이 남궁 공자에게 덤벼들었군."

나하연이 살벌한 표정으로 이를 드러냈다.

업무차 들른 김에 슬—쩍.

"오늘도 본 산에 갔다고?"

종남파 도복을 입은 장년인이 지나가는 말인 듯 물었다.

그에 현무단주가 사람 좋게 웃었다.

"아, 정의무학관 관도생들이 온 김에 정식으로 인사차 갔습니다. 앞으로 그들도 정의무학관으로 보고를 올려야 할 텐데, 아무래도 한꺼번에 처리하면 좋지 않겠습니까."

현무단주가 정의맹에 보내는 보고를 종남파에 맡긴 것과 같은 이유였다.

절차적인 번거로움을 해결해 주겠다는 것.

저들이 현무단주에게 한 말이었다.

'괭이 새끼에게 고기를 맡긴 것도 모르고……!'

그동안 제가 얼마나 호구 같았을까.

현무단주는 제 가슴을 후려치고 싶은 심정이었다.

하지만 속에서 끓는 분노를 가라앉히고, 다시 호구처럼 웃었다.

"그건 그렇지요. 단주님께서 세심하게 신경을 써 주시는

구려.”

“하하하! 이번에 온 사람들이 다들 보통이라야 말이죠. 남
궁진휘가 정의맹의 부군사로 있으니, 지원이라도 받으려면
잘 지내 둬야지요.”

남궁세가의 위세가 대단하니, 정의맹 육 대 무단의 단주인
자신조차 벌벌 떨어야 한다는 듯.

현무단주가 익살스럽게 눈을 찡긋해 보였다.

“오, 남궁…… 그렇겠구려. 단주께서 이 지역을 위해 애써
주시니 참으로 고맙소.”

“뭘요. 우리 모두 같이 싸우는 동료가 아닙니까.”

“허허허! 맞는 말이오. 그러나 고마운 말이오. 내 서북 사
람들을 대표해서 내내 현무단주에게 감사하오.”

“별말씀을요. 이곳이 하루하루 잘 버텨 주는 것에 정의맹
에서도 감사하고 있습니다.”

현무단주가 진지한 눈빛으로 종남파 도인에게 말했다.

어색하리만큼 강렬한 감사에, 종남파 도인이 자애롭게 웃
어 보였다.

“그럼 나는 이만 가 보겠소.”

“멀리 나가지 않겠습니다.”

“허허허, 뭘, 우리 사이에…….”

종남파 도인이 현무단주의 집무실을 나갔다.

도인이 나가고.

탕—!

현무단주가 책상을 내리치며 부들부들 주먹을 떨었다.

"종남파 일장로, 건복검(建福劍) 장류…… 네놈이 기만자렷다!"

현무단주가 살기를 피워 올리며, 일장로 장류가 나간 자리를 노려보았다.

그리고 조용히 기척을 숨기고 있던 현무단원에게 말했다.

"이 시간부로, 저놈들의 일거수일투족을 감시해라."

—충.

짧은 명과 함께 현무단원들이 순식간에 사라졌다.

그들 하나하나 정의무학관을 거쳐 정의맹이 중원 전역에서 선발한 실력자들이었다.

각자의 특성에 맞게 육 대 무단으로 나뉘며, 현무단에 온유한 성품의 도문 출신 무인들이 많았다.

그래서 장안과 종남파 영역을 지원하는 데에 누구보다 협조적이었고, 잡음 없이 섞일 수 있었던 것도 사실.

그러나 이제까지 모든 일에 일방적으로 이용당했다는 것이 밝혀진 지금, 누가 계속해서 온유할 수 있겠는가.

현무단의 마음은 이미 우습게 보였을지언정, 그들의 실력마저 우스워질 이유는 없었으니.

분노한 현무단이 소리 없이 움직이기 시작했다.

현무단주를 만나고 돌아온 일장로 장류가 지친 듯 자리에 앉았다.

"왜 그러십니까? 뭐, 뭔가 아는 눈치였습니까?"

기다리고 있던 이장로 허애일과 육장로 장건이 불안한 듯 물었다.

그에 일장로 장류가 고개를 저었다.

"아닐세. 뭔가 아는 눈치는 아니고, 그저 인사차 다녀왔다는군."

"인사요?"

일장로의 설명에도 이장로와 육장로는 불안감이 사라지지 않은 듯 표정을 찌푸렸다.

"인사는 첫날에도 하고 오지 않았습니까?"

"아니, 그땐 정말 인사만 했고, 이제는 업무를 시작하니까."

일장로가 짜증스러운 듯하다가, 순간 비릿하게 입꼬리를 올렸다.

"우리가 알려 준 대로, 종남파의 전서구를 사용하는 법을 알려 줬다는군."

일장로는 그들이 여전히 잘 속고 있다는 것에, 웃음을 참지 못했다.

그의 설명을 들은 이장로와 육장로도, 완전히 안심한 얼굴로 웃어 보였다.

"허허, 괜히 걱정했지 않습니까."

"사람이 이래서 죄짓고는 편하게…… 흠, 흠, 그냥 말이 그렇다는 겁니다."

말실수를 할 뻔했던 육장로가 급히 말을 마쳤다.

일장로와 이장로가 육장로를 노려보았다.

"쯧! 사람이 경박하긴. 늘 말조심을 하라지 않았더냐."

"송구합니다."

일장로의 타박에, 육장로가 눈치를 보며 입을 닫았다.

하지만 이미 분위기를 불편해진 후였다.

"별일은 아니지만, 거슬리는군."

일장로가 굳은 얼굴로 말했다.

사실 이 불편함은 비단 육장로의 말실수 때문이 아니었다.

"놈이 괜히 성가포목 계집과 이야기를 나누는 바람에 그렇습니다."

그들은 자신들의 불편함을 모두 진화의 탓으로 돌렸다.

"남궁이라고 할 때부터 불길하지 않았습니까. 그놈들은 여기가 제집 안방인 양 날뛰니, 쯧! 건방져서 그렇습니다! 건방져서!"

육장로가 방금의 말실수를 만회하려는 듯 열심히 불만을 토했다.

이장로도 심각한 듯 목소리를 낮췄다.

"자꾸 뒤지기 시작하면, 사람들이 이상하게 생각할 겁니다. 안 그래도 면족 부락 사람들이 오장로를 찾는다는데……저렇게 마음껏 뒤지도록 두면 안 됩니다. 작은 의문이 소문을 만들고, 결국엔 이상한 의심을 만들어 낼 겁니다."

이장로의 말에 일장로가 심각한 얼굴로 고개를 끄덕였다.

"천지 분간 못 하게 계속 둘 수는 없지."

"그 성가포목의 계집도 조만간 처리하는 것이 좋겠습니다. 애초에 그 계집이 캐고 다니는 바람이 그렇지 않습니까."

"그렇긴 하지."

일장로의 말에 이장로가 눈빛을 번뜩이고, 육장로는 살짝 겁을 집어먹었다.

"두, 둘 다 죽일 겁니까?"

"둘이 한꺼번에 사라지는 건 안 돼. 다른 건 몰라도 그놈은 남궁이니까."

육장로의 말에 일장로가 고개를 저었다.

그때, 이장로가 슬쩍 목소리를 낮추었다.

"본래 전쟁 중에는 천지 분간 못 하고 날뛰는 놈들이 가장 먼저 죽지 않습니까."

"전쟁이라……."

"남궁진혜도 그렇게 거의 없앨 뻔하지 않았습니까."

"그년이 성화문도 사십 명의 목을 따고 살아남을 줄은 몰랐지만."

일장로가 아직도 기가 차다는 듯 혀를 찼다.

그 모습에 이장로가 슬쩍 미소를 지었다.

"설마 이번에도 그러려고요. 게다가 남궁진혜 때에도 뒤탈은 없었지 않습니까. 놈이 쌍적파를 죽였습니다. 백열문 놈들이 이를 갈고 있을 겁니다."

이장로의 말에 일장로가 스르륵 입꼬리를 말았다.

"백열문이 그리 만만한 적은 아니지."

"흐흐흐, 백열문에 전갈을 넣어 두겠습니다."

"……다음 격전지는 성은곡으로 하지. 지난번의 복수라면, 거기가 딱이지 않나."

"이런, 성가포목에 연이은 불행이 닥치겠군요."

일장로의 말에 이장로와 육장로가 교활한 얼굴로 웃었다.

현무단주가 진화를 찾았다.

"놈들이 움직였습니까?"

진화의 물음에 현무단주가 무겁게 고개를 끄덕였다.

"장문인이 아프다는 말을 믿은 모양이군요. 그 종남파 제자들이 의심을 사지 않고 잘한 모양입니다."

"현무단이 감시하고 있는 것을 알았을 테니까. 조금이라도 허튼 말을 하거나 수작을 부린다면, 거기 있는 사람 전부를 죽이라고 했거든."

"……."

현무단주의 말에 진화가 말없이 현무단주를 보았다.

"자네가 갈 것인가?"

이번에는 현무단주가 먼저 물었다.

진화가 조용히 고개를 끄덕이자, 현무단주가 진화와 눈을 마주쳤다.

그리고 진지한 눈빛으로 고개를 숙였다.

"나도 함께 가게 해 주게."

현무단주의 부탁에 진화가 눈을 크게 떴다.

일전에 진화가 '자격'을 운운하긴 했지만, 현무단주가 진화의 명을 듣거나 부탁할 위치는 아니지 않은가.

하지만 현무단주의 행동에는 수치심이나 가식 따윈 한 톨도 없었다.

그는 진심으로 진화에게 부탁을 하고 있었다.

"그간의 잘못을 이것으로 만회하려는 것이라면, 틀렸습니다. 이 일이 그에 대한 속죄가 되진 않을 겁니다."

진화가 현무단주에게 고개를 저었다.

하지만 현무단주 또한 단호하게 고개를 저었다.

"만회나 속죄가 아니네."

"그럼요?"

"복수이자 분풀이일세."

"예? ……허!"

현무단주가 그런 말을 할 줄은 몰랐던 듯.

잠시 할 말을 잃었던 진화가 웃음을 터뜨렸다.

현무단주를 보면서, 적호단주 팽치를 떠올린 적이 있었다.

이런 사람이 그 적호단주와 같은 반열이라고?

믿을 수가 없었다.

팽치였다면 이렇게 허술하게 사람을 믿지 않았을 것이고,
이렇게 당하지도 않았을 것이라 생각했었다.

하지만 이렇게 웃고 있는 현무단주를 보자니, 또 생각이
달라지는 듯도 했다.

"그런 것을 원하신 거라면, 마음에 쏙 드실 겁니다."

진화가 현무단주에게 손을 내밀었다.

무당파 출신, 청수검 이전의 무당제일검이자 현 현무단주.

"고맙네."

그가 살기를 번들거리며 진화의 손을 잡았다.

"어찌할 셈인가?"

"적은 모조리 죽이고, 배신자들도 모두 죽일 겁니다. 특별
히 배신자들에겐 싸우다 죽을 기회도 주지 않을 작정입니다."

"명예와 목숨, 모조리 잃게 만들 작정이군."

"그게 전쟁 아니겠습니까."

전쟁은 본래 모든 존재를 걸고 싸우는 것이다.

진화가 당연하다는 듯 말했다.

진화의 말에 현무단주가 슬픈 듯 웃었다.

어쩌면 자신도 전쟁의 참혹함에 겁을 먹고, 종남파 기만자들이 만들어 낸 가짜 전쟁에 안주한 것은 아닐까.

'세상에 소중하지 않은 목숨이 없듯, 최소한의 희생 따위 존재하지 않는 것을.'

현무단주가 스스로를 자책했다.

그리고 잊었던 참혹함을 떠올리며 물었다.

"백열문부터인가?"

"예. 지금 갈 참인데, 가시겠습니까?"

마치 좋은 곳에 마실 가자는 듯 묻는 말에, 현무단주가 피식 웃음을 터뜨렸다.

"감사하게 따르지."

현무단주가 오랜만에 떨리는 손으로 검을 쥐고 일어섰다.

장안은 거대한 도시였다.

한때 사람들은 이곳이 세상에서 가장 큰 도시임을 믿어 의심치 않았다.

하지만 미치광이 황제가 세워 놓은 성벽은 높디높아서, 성 안의 도시와 성 밖의 도시는 또 다른 세계라.

백열문이 있는 곳도 분명 장안에 속한 작은 마을이었지만, 마치 다른 세상처럼 정의맹 본부가 있는 성안과는 공기부터 달랐다.

성문을 나와 고갯길 하나를 지나는 가까운 거리.

인적이 시작되는 마을 입구에 들어서자마자, 구걸하는 사람이 길바닥에 엎어져 있었다.

"한 푼만 주세요. 한 푼만…… 제발 한 푼만 주세요."

희끗희끗한 머리칼과 수염에 가려 얼굴이 보이지 않는 사이로, 사내는 세상에 소리칠 힘조차 꺼져 가고 있었다.

그 사내의 뒤로는 붉은 홍등이 걸려 있었다.

붉은 홍등은 성안이나 밖이나, 미색 고운 여인이 술과 몸을 판다는 신호였다.

대낮부터 붉게 켜진 등.

아니나 다를까.

훤히 열린 대문 안을 화려한 무늬의 성긴 주렴만이 겨우 가린 사이로, 대낮부터 높은 웃음소리가 새어 나오고 있었다.

"호호호호ㅡ! 나리, 여기예요. 여기ㅡ!"

"으하하ㅡ! 고년! 낭창낭창 다람쥐처럼 빠르구나!"

"꺄아, 호호호호!"

술에 취한 목소리와 교태스러운 웃음소리가 들리자, 당혜군이 와락 인상을 찌푸렸다.

사방에 구걸하거나 그냥 널브러진 사람들이 수두룩한 가운데, 대낮부터 들리는 사치스러운 취객의 고성방가, 기녀의 교태 소리가 그렇게 거슬릴 수가 없었다.

"천박하긴!"

그에 현무단주가 눈살을 찌푸리며 말했다.

"이것이, 귀천성이 말하는 질서라네. 가진 자는 자비와 배려를 잃고도 부끄러운 줄을 모르고, 약한 자는 생존마저 위협받는 것이 당연한!"

현무단주의 말이 끝나기도 전에, 노랫소리 들리는 옆으로 비명이 울렸다.

"안 돼요! 제발!"

"닥쳐! 누구 덕에 여기서 장사를 한다고 생각하는 거야? 이리 내놔!"

왈패들이 가게에서 돈을 빼앗고 있었다.

왈패들은 울부짖는 여주인에게 당당하게 큰소리를 내고, 주변 사람들 모두 시선을 피하기 바빴다.

그 모습을 보며 현무단주가 노여운 기색을 감추지 못했다.

"여기 어디 질서가 있단 말인가! 말도 안 되는 개소리지! 금수의 세상을 만들고자 함이야!"

아무리 무림이 약육강식의 세계라 불리지만, 그 속에서 정파가 명분을 포기하지 않는 것은 힘 있는 자들이 갖추는 최소한의 도덕성 때문이었다.

짐승과 인간을 구분하는 것이 바로 도(道)와 덕(德)이라 믿는 현무단주는, 그조차도 저버린 귀천성을 도저히 용납할 수 없는 듯했다.

　"과연 이런 세상을 환영하는 사람이 있을까요?"

　당혜군이 믿기지 않는 듯 주변을 둘러보며 말했다.

　그때, 나하연이 당혜군의 어깨를 톡톡 두드렸다.

　"……저기 있네."

　나하연이 가리킨 곳엔 현오와 진화가 있었다.

　현오는 방금 돈을 빼앗은 왈패에게 다시 돈을 빼앗고 있었다.

　"으아아악! 놔! 놔!"

　"이 돈만큼 만두 두 봉지 부탁합니다."

　현오가 빼앗은 돈을 여주인에게 건네고, 진화가 여주인에게 만두 두 봉지를 받았다.

　"어어? 그거 하나는 내 것이네!"

　빠각.

　"끄아아아악!"

　현오가 만두 봉지를 챙기기 위해, 급히 왈패의 팔을 꺾었다.

　왈패의 비명이 울렸지만, 사람들은 이전처럼 고개를 돌리기 바빴다.

　"저, 저……!"

"빌어먹을 땡중! 소림의 수치!"

현무단주가 입을 벌린 채 차마 말을 잇지 못하는 동안, 당혜군이 그를 대신해서 욕지거리를 뱉었다.

진화와 현오, 당혜군, 나하연. 그리고 현무단주.

성 밖 마을로 온 사람은 단 다섯 명뿐이었다.

종남파 무인들이 사방에 있어서, 현무단원들은 단 한 명도 대동하지 않았다.

그러니 적의 눈에는 얼마나 먹음직스러운 사냥감으로 보였겠는가.

진화 일행이 마을에 들어서자마자 진득한 시선이 따라붙었다.

처음에는 숨은 지원은 없는지 경계하고 숨어 있었다.

하지만 정말로 진화 일행뿐인 듯하자, 시선들은 하나둘 수를 늘이더니 진화 일행을 위협할 정도로 대범해졌다.

마침내 진화 일행이 마을 안쪽, 가장 큰 장원 앞에 다다르자.

백의를 입은 백열문 무인들이 문밖까지 나와 진화 일행을 기다리고 있었다.

"허! 설마설마했거늘. 미친놈들이로구나!"

백의 무인들 사이에 있던 중년인이 어이가 없다는 듯 진화 일행을 보고 있었다.

"저자는 현무단주가 아닌가!"

중년인은 현무단주를 알아보며 눈을 비볐다.

하지만 이내 현주단주 주변의 빈약한 인원들을 보며 비릿하게 웃었다.

"무슨 생각으로 현무단주가 예까지 왔는지는 모르겠지만……."

중년인이야말로 무슨 생각을 한 것일까.

현무단주가 소수만 데리고 항복이라도 하러 왔다고 여긴 것일까.

앞에 나서서 큰소리를 치는 중년인을 보며, 당혜군이 가소롭다는 듯 코웃음을 쳤다.

진화는 중년인이 무슨 말을 하든, 처음부터 들을 생각이 없었다.

"시작하죠."

진화가 백열문 무인들을 향해 파란 불꽃을 피워 올렸다.

백열문이 생긴 것은 귀천성이 등장하고부터였다.

하지만 백열문도들 대부분은 오래전부터 이 마을에 있었던 왈패들이라.

그런 이들이 갑자기 나타난 백열문주와 그 일당의 휘하로

들어간 것이다.

작은 마을에 귀천성 출신 고수인 백열문주를 막을 수 있는 고수는 존재하지 않았다.

그러니 왈패들은 백열문을 믿고 마음껏 행패를 부렸고, 이를 막을 수 있는 사람은 백열문의 고수들이 모두 죽였다.

결국 귀천성의 질서를 따르느니 하면서, 마을 전체가 그들의 손에 떨어진 것이다.

장안성 밖으로 그런 문파들이 수십여 개였다.

하나.

쉐에에에엑----!

공기를 찢으며 날아드는 푸른 검기는, 고작 작은 마을 왈패들 따위가 막을 수 있는 것이 아니었다.

타고난 힘으로 세상을 제 마음대로 살려던 이들은, 차원이 다른 힘을 가진 이들을 만나 혹독한 대가를 치르는 중이었다.

"크아아아악---!"

"사, 살려 줘!"

퍽-! 퍽!

나하연과 현오의 주먹 한 방에 뼈가 부서지고 살이 터져 나갔다.

"어허, 이런 것도 모르고 강호의 사바세계에 끼어들었단 말이오! 저승 가서 깊게 참회하시게!"

파삭-!

머리가 부서지는 소리와 함께, 피가 현오의 얼굴에 튀었다.

"이런, 허어! 나무, 아미타불, 관세음보살-!"

비릿한 혈향을 맡자 현오의 눈이 붉어졌다.

그때마다가 현오는 염불을 외워 이성을 잃는 것을 참으면서 주먹을 휘둘렀다.

힘든 일이었다.

심지어 현오의 귓가엔 방금 머리가 부서지는 것보다 더 섬뜩한 소리들이 울려 퍼지고 있었으니.

"내가 억울해서…… 누가 봐도 저 처자들이 천살지체 아니오?"

현오가 당혜군과 나하연의 가리키며 억울하다는 듯 물었다.

당혜군의 은화침에 맞은 이들은 코와 입에서 이상한 거품을 뿜으며 쓰러져 온몸을 비틀고 있었고, 나하연의 주먹에 가슴이 움푹 들어간 이들은 바닥에서 곧 숨이 멎을 듯 껵껵대고 있었다.

차라리 현오의 손에 한 방에 가는 것이 편안해 보일 지경이라.

현무단주는 아무 답도 못 한 채, 검을 휘두르며 자비를 베풀었다.

'그런데 천살지체는 뭐지?'

사실 정의맹과의 연락이 끊긴 거나 마찬가지였던 현무단주는 현오의 말을 잘 이해하지 못하고 있었다.

백열문이 자랑하던 이백 명의 문도들은 일방적으로 학살당하는 중이었다.

"안에 있는 놈들은 나오지 않을 생각인가 보군. 이쯤 하는 것이 어떤가."

현무단주가 도망치려는 백열문도들을 보며 검을 멈추었다.

약자를 죽인다는 거부감과 함께, 도망치는 적까지 죽일 필요는 없다는 생각이 들었기 때문이다.

그에 진화가 현무단주의 뒤로 접근하던 이를 향해 검을 찌르며 말했다.

"단주님의 말처럼, 귀천성이 말하는 새로운 질서는 개소리죠. 그저 짐승처럼, 본능대로 남을 짓밟고 살고 싶어서 선택한 헛소리일 뿐입니다. 그래서, 약한 짐승에게 짓밟히면 좀 덜 아픈 겁니까?"

파지지직————!

"끄아아아아악!"

뇌전의 힘이 검에 찔린 사내의 뼛속까지 까맣게 태웠다.

끔찍한 비명을 들으며, 진화가 덤덤한 얼굴로 현무단주와 눈을 마주쳤다.

"성안으로 들어온 적과 성 밖의 적, 모두 귀천성도일 뿐입니다."

"……."

진화의 말에 현무단주는 어떤 말도 하지 못했다.

진화뿐 아니라 나하연과 당혜군, 현오마저도 도망치는 적까지 모두 죽이고 있었다.

그들의 손 속에는 일말의 자비도 존재하지 않았다.

'그렇군. 내가 착각을 했군.'

현무단주는 이제 그의 무엇이 잘못되었는지 깨달았다.

적이 약해서 거부감이 들었던 것이 아니다.

성안을 습격한 적들은 최선을 다해 싸우지 않았던가.

문제는, 똑같이 귀천성을 위해 검을 든 적이었음에도 차별을 둔 것이다.

마치 성안의 사람들처럼.

'나와 현무단은 정의맹의 검이다. 성안을 지키는 것은, 성안 사람들의 일이건만…….'

성안의 사람들이 그들의 터전을 지키려는 것은 당연한 일이었다.

매번 성안으로 들어온 적을 성 밖까지만 쫓아내는 건, 그들의 전투 방식이었다.

그런데 그동안 정의맹과 고립된 채 그들과 함께 싸우며, 현무단주와 현무단이 그들의 가치관과 사고방식을 따라 하게 된 듯했다.

'이곳에 너무 오래 있었음이야. 아니, 모두 내 어리석음 탓이다!'

정의맹의 검이 겨눠야 하는 것은, 귀천성과 그들이 말하는 질서 그 자체라.

자신의 잘못은 깨달은 현무단주가 다시 검을 들었다.

"부끄럽군. 내 잘못은 스스로 정의맹에 고하겠네."

단단히 각오를 세운 듯 현무단주가 매섭게 검을 휘두르기 시작했다.

애초에 중원에서도 손에 꼽히는 강자였다.

그가 마음먹고 검을 휘두르자, 죽어 가는 이들이 현오나 나하연, 당혜군에 비할 바가 아니었다.

그 모습을 보며 진화가 눈을 돌렸다.

사실 진화는 현무단주가 정신을 차리건 말건 상관없었다.

이전 생에서 선의와 공감, 정의감으로 뭉친 이들이 전쟁의 이기심과 잔혹함에 흔들리고 이용당하는 것을 한두 번 보았던가.

다만, 이제라도 현무단주가 정신을 차리니 일이 한결 쉬워진 것은 사실이었다.

"너희들은 여기서 전부 죽는다."

"히에에에엑-!"

제일 처음 백열문도들 앞에 나섰던 중년인이, 구석에 숨어 있다 진화의 손에 잡혔다.

"문 열어."

"사, 살려 주십시오! 제발! 뭐든 시키는 대로 하겠습니다!"

중년인은 허리에 찬 검을 뽑을 생각도 않고, 벌벌 떨리는 몸으로 다급하게 문을 두드렸다.

쾅. 쾅. 쾅쾅쾅. 쾅!

약속된 박자대로 문을 두드리자, 안에서 문을 움직이는 기척이 들렸다.

진화와 눈이 마주친 중년인이 더 다급해졌다.

"무, 문을 열어라! 어서!"

"잠시만요, 총관님. 밖은 벌써 정리가 된 것입니까?"

"무, 무슨 말이 그리 많으냐? 어서 문부터 열거라!"

중년인이 백열문의 총관이었는지.

안에서 들리는 말에, 백열문 총관이 진화의 눈치를 보며 호통을 쳤다.

덜컹!

끼이이이이이!

문이 열리기 시작하자, 문을 열고 있던 백열문 무인 둘이 밖을 보고 눈을 크게 떴다.

총관이 다급하게 안으로 뛰어 들어가고 진화는 문을 여는 백열문 무인들에게 검을 휘둘렀다.

"컥!"

"뭐, 뭐야?"

갑자기 뛰어 들어온 총관과 쓰러지는 무사들.

그리고.

콰———앙!

문이 부서지며, 진화 일행이 천천히 걸어 들어왔다.

문을 걸어 잠그고 안에서 대기하고 있던 백열문 무인들이 놀란 눈으로 그들을 보았다.

"촉관경! 이 배신자!"

백열문 고수로 보이는 이가 총관을 향해 이를 갈았다.

하지만 문을 열고 뛰어 들어온 총관은 벌써 어디론가 몸을 숨기고 보이지 않았다.

"쥐 새끼처럼 숨어 있었군."

나하연이 주변을 둘러보며 말했다.

백여 명 가까이 되는 인원이 각자 무기를 들고 있었지만, 뒤에 보이는 광경 때문일까.

밑에서 부리는 수하들이었지만 모조리 떼죽음을 당한 처참한 광경.

상대는 단 다섯 명뿐이었지만, 백열문 무사들은 기에 눌린 듯 주춤주춤 물러났다.

물론 몇 명은 다른 백열문도들과 달랐다.

누군가를 기다리는 듯, 현관 앞에 선 네 명의 무인들은 험악한 눈으로 진화 일행을 노려보고 있었다.

그리고 그때, 그들이 자리를 비키며 백열문주로 보이는 자가 나타났다.

"현무단주…… 본인은 우리가 서로 꽤 잘 지내고 있다고 생각했는데 말이야."

백열문주는 새하얀 비단 옷을 입고, 천천히 걸어 나왔다.

그는 수염은 물론 눈썹까지 맨질맨질하게 밀어 버린 얼굴에 기녀들처럼 허연 분을 칠하고, 입술은 새빨갛게 물들이고 있었다.

거기에 뱀처럼 작고 가는 삼백안을 굴리며 한 자는 족히 넘는 손톱 장신구를 요염하게 흔드니, 그 모습이 살아 있는 도마뱀처럼 기이하기 짝이 없었다.

"잘 지내고 있었다? 허! 착각이 심하구나."

현무단주가 백열문주의 말에 코웃음을 쳤다.

그러자 백열문주가 갑자기 웃음을 터뜨렸다.

"오, 착각? 오호호호호! 그래, 내 착각이었다고? 호호호호!"

뭐가 그렇게 우스운지 한참을 웃던 백열문주가, 별안간 웃음을 뚝 그쳤다.

그리고 뱀처럼 가는 눈을 더 좁히며 현무단주를 노려보았다.

"내 나름 협정을 지킨다고 군침만 흘리고 있었는데. 이렇게 제 발로 먹잇감이 찾아왔으니…… 각오는 했겠지? 호호호호, 먹이들이 하나같이 고급스럽네."

백열문주가 진화와 현오, 당혜군, 나하연에게 차례로 눈길을 주며 혀를 날름거렸다.

그 모습을 보며 현무단주와 현오, 당혜군이 소름 끼친다는 듯 질색했다.

"저 도마뱀 새끼 혓바닥을 뽑아 버리고 싶군요."

그때, 진화가 덤덤하게 말했다.

"저건 제 겁니다."

진화의 말에 현무단주와 현오, 당혜군과 나하연이 진화를 보았다.

"단주님과 현오가 오른쪽에 두 명, 당 소저와 나 소저가 왼쪽의 두 명을 맡으십시오. 나머지는 그냥 죽여도 되겠군요."

"후, 좋아요. 남궁 공자 쪽이 조금 더 아플 테니, 제가 양보하죠."

좀 전처럼.

상대가 백열문의 총관이든 백열문주든.

진화는 적이 뭐라 떠들든 전혀 듣지 않고 있었다.

진화의 말에 당혜군이 동의하는 것을 시작으로, 다시 푸른 검기가 백열문주를 향해 날아갔다.

천뢰제왕검법 천뢰우전—!

번쩍이는 섬광이 앞을 가로막은 무인들을 밀치고 백열문주를 향했다.

백열문주가 황급히 몸을 굴려 그것을 피했지만, 다 피해내진 못했다.

그의 왼쪽 어깨가 까맣게 타들어 가 있었다.

"뭐, 뭐야!"

백열문주가 당황스러움과 함께 경악을 금치 못했다.

하지만 그런 그의 귓가에 바로 혀를 차는 소리가 들렸다.

"같잖긴."

놀란 백열문주가 급히 손톱을 휘둘렀지만, 커다란 충격이 그의 등을 때리는 것이 먼저였다.

"아아악—!"

정신이 아득할 정도의 고통에, 백열문주는 제 몸이 삼 장을 날아 바닥을 뒹굴었다는 것조차 알지 못하는 듯했다.

그런 백열문주의 위로 칼날이 떨어졌다.

"헉!"

채—앵!

순식간에 손톱을 들어 검을 막았다.

동시에 무저갱처럼 검은 눈과 마주하며 정신이 번쩍 들었다.

"짐승처럼 살고 싶어 택한 길이 아니더냐. 짐승처럼 진창을 뒹굴게 해 주마!"

검은 하늘에 번개가 번쩍였다.

그것이 백열문주가 본 천벌의 모습이었다.

"크아아아아악————!"

곧 전신의 핏줄이 터져 나가며, 견딜 수 없는 고통이 찾아왔다.

"죽어라—!"

휘—잉.

살이 피둥피둥 찐 거대한 덩치의 사내가 양쪽에 가시가 박힌 철구를 사슬로 연결한 유성추를 힘차게 휘둘렀다.

하지만 현무단주는 눈 하나 깜짝 않고 칼을 돌려 유성추를 쳐 냈다.

스스슷—!

현무단주가 순식간에 거리를 좁히고 검을 휘둘렀다.

쉐에에엑———!

유성추를 휘두르던 상대의 왼팔이 피를 뿜으며 떨어져 나갔다.

현무단주 정도의 고수가 유성추 한쪽이 바닥에 처박힌 후 돌아오는 틈을 놓칠 리 없었으니.

어깨부터 붉은 피와 허연 뼈, 누런 지방이 깔끔하게 도려

내졌다.

"끄아아아아아악———!"

사내가 돼지 멱을 따는 듯 괴성을 지르며 비틀거렸다.

백열문주의 최측근으로, 백열사문(白悅四門)이라 불리며 사람을 사냥하고 다니던 공포의 대상도, 결국 고통과 죽음의 공포 앞에선 눈물을 흘릴 수밖에 없었다.

"으아아악! 내 팔! 내 팔이!"

사내가 이성을 잃고 떨어진 팔을 주우려는 듯 바닥을 기었다.

팔을 찾으려 목을 빼고 있는 위로, 순백의 검기가 지났다.

퉁. 퉁. 퉁.

현무단주는 입을 벌리고 혀끝을 내밀고 있던 사내의 머리를 그대로 땅에 떨어뜨렸다.

그때.

방금 떨어진 사내의 머리 위로, 웬 여인이 날아왔다.

퍼—억!

밑에서 뭔가가 박살 나는 소리와 함께, 진득한 핏물이 여인의 엉덩이 사이로 흘러나왔다.

"저런, 치질이라고 오해받겠군."

현오가 안타깝다는 듯 혀를 찼다.

하지만 과연 저 여인이 치질이라 오해받은 걸 유감이라 생각할 겨를이 있을까.

"……."

얼굴과 몸통 군데군데, 뼈와 함께 완전히 함몰된 자국이 선명한 여인을 보며, 현무단주는 어떤 말도 할 수 없었다.

그리고.

콰아아아악———————!

"우아아악!"

"으악!"

한쪽에서 거대한 용트림이 지나며, 십수 명의 백열문도들을 한 번에 쓸고 지났다.

그 뒤로 곧장 나하연이 따라붙었다.

"하하하하! 덤비지 않겠다면 내가 가지! 아무리 적이라도 그 정도 친절은 베풀 수 있다네!"

다가오는 나하연을 보는 백열문도들의 얼굴은 사색이 되었다.

나하연이 그들 속에 뛰어들어 웃으면서 주먹을 휘둘렀다.

용수권이 작렬할 때마다 뼈와 살이 터져서 여기저기 뿌려졌다.

그 뒤에선 당혜군이 굳어 있는 상대의 관자놀이에 여섯 치가량 되는 대침을 천천히 돌려 넣고 있었다.

전신이 마비되어 비명을 지를 수도 없는 상대는 눈알을 허옇게 뒤집은 채 거품을 뿜고 있었다.

현무단주는 이제 저들에 대해 뭔가를 말하거나 생각하느

니, 차라리 백열문도들에게 검을 휘두르는 편이 쉽다는 걸
알아차렸다.

하지만 아무리 모르는 척하려 해도 그게 쉽지 않은 것
이……

"크아아아아아───!"

처음 들어 보는 고성의 비명에 저절로 눈이 돌아갔다.

진화의 검에 꽂힌 백열문주가 지르는 비명이었다.

비명을 질러라.

네가 남들에게 들었던 비명만큼.

누군가를 짓밟고 싶다면.

너 또한 짓밟힐 운명을 받아들여라.

내 삶, 희망, 사람과 사랑까지 모든 것을 앗아 갔으니.

나 또한 네놈들의 모든 것을 빼앗아야 마땅하지 않겠느냐!

쉐에에에엑─!

"아악!"

까마귀 울음 같은 비명과 함께, 백열문주의 강철 손톱이
바닥으로 흩어졌다.

붉게 물든 손가락과 함께였다.

하얗게 칠한 분은 이미 피와 땀에 절어 창백한 민낯을 드러냈고, 뻘건 입술보다 더 붉은 피가 턱까지 흘러내리고 있었다.

덜컹! 덜컹덜컹!

"으으…… 으아아아–!"

백열문주는 손가락이 없는 손으로 문을 긁으며, 도망치기 위해 안달이었다.

하지만 어느새 그를 쫓아온 천벌이 그의 등에 검을 꽂아 넣었다.

"크헉!"

백열문주가 피를 토하는 것과 동시에, 진화가 그의 귓가에 물었다.

"이제 다 도망간 것인가?"

"으어어어…… 으아아아악–!"

덜컹! 덜컹덜컹덜컹–!

백열문주가 귀신을 본 듯 공포에 질려 비명을 질렀다.

그리고 온몸을 퉁기며 제 몸과 문에 꽂힌 검을 빼서 도망쳤다.

진화는 일부러 검에서 빠져나가는 백열문주를 놓쳐 주었다.

"분칠을 하고 뱀처럼 기분 나쁜 기세를 풍기면 뭔가 달라질 것 같았나? 그래 봐야 귀천성이 흘린 부스러기 주제에.

바닥을 파닥거리는 꼴이 이제 좀 어울리는군.”

“으어어! 으어어어!”

눈살이 찌푸려질 정도로 잔인하고 비참한 광경이었다.

그러나 진화는 거의 기다시피 도망가는 백열문주를 천천히 따라갈 뿐이었다.

퍼억-!

“퀵!”

진화가 기어가는 백열문주의 등을 밟았다.

그리고 그의 몸을 돌려 제 얼굴을 보게 만든 후, 허벅지에 검을 찔러 넣었다.

푸욱-!

“겨우 이 정도 비참한 것으론 내 분이 풀리지 않지. ……나는 너희 귀천성 놈들을 보면 간이 뒤집힐 것 같아. 그 썩어빠진 힘자랑에 죽어 간 사람들을 생각하면, 갈기갈기 찢어서, 솜털 하나 남기지 않고 태워 버리고 싶다고.”

“으으. 꺼어어어…….”

진화가 점점 꺼져 가는 백열문주의 눈을 보며 조용히 말했다.

남궁세가 사람들과 떨어져서일까.

아니면 이전 생에 이 장안에서의 패배가 남궁세가의 몰락에 큰 영향을 미쳤기 때문일까.

진화는 제 속에 있는 증오와 악기가 스멀스멀 기어 나오는 것을 막을 수가 없었다.

확실한 것은, 이전 생에 남궁세가 사람들의 죽음은 크게 두 가지 때문이었다.

하나는 광마제, 다른 하나는 전쟁.

결국은 모두 귀천성 때문이라!

화르르르!

진화의 눈 속에서 새파란 불이 타올랐다.

"말해. 지금 말하면 이대로 죽여 주지. 그 협정에 관한 증거와 제물을 거래한 장부, 어디 있지?"

"……크아아아악———!"

백열문주의 눈이 고민하는 듯 보이자, 진화는 조금의 망설임도 없이 허벅지에 꽂혀 있는 검에 뇌기를 흘려보냈다.

백열문주의 비명과 함께, 누릿하게 고기가 타는 냄새가 코를 스쳤다.

"이제 마지막이다. 어디 있어?"

"……바, 방……."

반쯤 까맣게 탄 혀가 움직이는 듯하다, 결국 백열문주의 고개가 꺾였다.

진화가 소름 끼칠 정도로 덤덤하게 백열문주의 몸에서 검을 빼냈다.

근처에서 현무단주와 현오, 나하연이 진화를 보고 있었다.

특히 현무단주의 표정이 좋지 못했다.

그것을 아는지 모르는지, 진화는 천천히 눈을 돌려 그에게 도움이 될 만한 사람을 찾았다.

퍽―!

진화가 술통을 발로 찼다.

"으아아악!"

그 안에서 남은 술과 함께 백열문의 총관이 튀어나왔다.

술에 흠뻑 젖은 몸을 하고 숨까지 참고 있었던 모양이었지만, 애초에 밖으로 도망가지 않는 이상 진화의 기감을 속이고 숨을 수 있는 곳은 없었다.

"히이익! 사, 살려 주십시오! 살려 주십시오!"

진화의 검이 총관의 코끝에 닿자, 지레 겁을 먹은 총관이 펄쩍 뛰었다.

그 모습을 보며 진화가 작게 한숨을 쉬었다.

"너는 따로 할 일이 있다."

"뭐든지요! 뭐든지 시켜만 주십시오!"

"문주의 방으로 안내해라."

"예! 예, 예!"

진화의 말에 총관이 계속해서 허리를 숙이며, 급하게 문을 열었다.

다른 사람들이 아직 싸우고 있었지만, 진화는 그들에 대한 걱정은 조금도 하지 않았다.

진화는 총관의 뒤를 따라 건물로 들어가, 다시 이 층 계단을 올랐다.

총관은 진화를 이 층 복도 제일 끝까지 안내했다.

"여, 여기입니다!"

"백열문주가 숨겨 놓은 장부를 찾아라."

"예! 예!"

진화의 말에 총관은 거의 튀어 나가듯, 방문을 열고 달려갔다.

천천히 뒤따라 들어간 진화는, 제일 먼저 방주인의 취향을 보며 눈살을 찌푸렸다.

하얀색에 어지간히 집착한 것인지.

백열문주의 방은 벽부터 가구와 침구, 휘장, 바닥까지, 모조리 흰 천으로 둘러싸여 있었던 것이다.

덜컹! 쿵! 쿵!

갑작스러운 소리에 진화가 고개를 돌리자.

"그, 그것이, 중요한 것은 모두 이 안에 있사온데……!"

쿵! 쿵!

진화의 시선에 총관이 부랴부랴 주먹으로 자물쇠를 내리쳤다.

그러나 급한 마음에 피가 나도록 주먹으로 때려 봤자, 쇠로 된 자물쇠가 열릴 리 없었다.

파—직!

"히엑!"

진화의 천뢰장이 절묘하게 자물쇠를 끊자, 총관이 놀라 두 걸음 물러섰다.

진화가 자연스럽게 총관이 비킨 자리로 가서 금고를 열었다.

안에는 흑사문 때 보았던 것과 같은 검은 책자와 몇 가지 문서들이 있었다.

"……."

진화가 그것들을 가지고 책상으로 왔다.

책상 위에도 치워 놓지 않은 전서들이 있었다.

진화가 제일 먼저 확인한 것은 역시, 검은 책자였다.

'경오년 을진월 계신일 해시. ……역시 흑사문의 것과는 다른 날짜. 또 다른 마제의 것이로군.'

그런데 진화의 신경을 거스르는 것은 또 있었다.

벌써 두 번째 검은 책자.

'우연일까?'

흑사문과 백열문.

이름은 흑백으로 연결이 되지만, 전혀 상관없는 문파였다.

흑사문주는 사패천 살각 출신이고, 백열문은 귀천성 본성 출신이었다.

'전혀 상관없는 두 문파가 같은 책자, 그것도 제물 거래에 대한 장부를 같은 것으로 들고 있다면. 역시…… 장부가 두 문파가 아닌 다른, 한 사람의 손에서 나왔다고 보는 것이 옳겠지. 귀천성에 제물 거래를 도맡아 하는 놈이 따로 있는 게로구나.'

진화의 눈에 살기가 스쳤다.

정의맹에 알린다면, 귀천성 마제 혹은 그들과 연결된 자를 찾는 데에 훨씬 수월할 터였다.

그 외에도 금고에 있는 문서들 중에는 곱게 접힌 협정서도 있었다.

거기엔 백열문과 거래를 하고 협정을 맺은 종남파 장로들의 인장이 고스란히 찍혀 있었다.

'절대 빠져나가지 못할 것이다.'

진화는 그것을 검은 책자와 함께 품에 넣었다.

그렇게 찾을 것을 다 찾았다고 생각하던 그때.

"이건……?"

"저, 저는 모르는 일입니다!"

진화가 처음부터 책상에 있었던 전서를 가리키자, 총관이 펄쩍 뛰었다.

그것을 가리키자마자 안색이 창백하게 질린 것이…….

어떤 내용인지는 몰라도, 그게 무엇인지는 확실히 아는 눈치였다.

"똑바로 말해라."

진화가 서늘한 칼날을 총관의 목 끝에 대었다.

그러자 기다렸다는 듯 총관이 술술 털어놓았다.

"조, 종남파 놈들과 주고받은 서신입니다! 공격 시기와 거, 거래 물품을 놈들과 의논하여 조율한 것으로 압니다!"

"허!"

총관의 말에 진화가 한쪽 입꼬리를 비틀며 헛웃음을 지었다.

"사전에 공격 시기와 장소, 물품까지 정해 놓으셨다? …… 다음 물품은 누구지? 이번에도 면족인가?"

"히에엑! 저는, 저는 정말로 모릅니다!"

스윽!

진화가 다시 칼날을 들이밀었다.

"저는 정말로, 문주님이 불러 주는 대로 글을 썼을 뿐입니다! 절대! 절대 이 일에 관여한 바는 없습니다!"

그러면 그렇지.

역시나, 또 대답이 달라졌다.

글을 전달하고도 전혀 관여한 바는 없다는…… 말 같지도 않은 변명은 애초에 들어 줄 생각도 없었다.

진화는 오히려 기가 막힌다는 듯 웃었다.

"허! 운이 좋으려니 한 번에 일이 끝나는구나."

진화가 스르륵 입꼬리를 말아 올렸다.

그리고 칼날을 총관의 목에 슬쩍 찔러 넣었다.

"히, 히익!"

총관이 시퍼렇게 실린 얼굴로 기겁했다.

진화는 칼날에 힘을 실어, 총관을 책상 앞에 앉혔다.

"종남파 장로에게 답을 써라. 이틀 뒤, 신(申)시 반각, 성은 곡을 친다고."

"예?"

진화의 말에 놀란 총관이 뒤를 돌아보았다.

그곳엔 백열문을 피로 물들인 악마가 가만히 미소를 짓고 있었다.

"써라. 그때 백열문 전체가 대대적으로 공격해서 남궁진화를 죽일 테니, 대충 급을 맞춰 종남파에 있는 '우리 편'은 모두 데리고 나오라고."

"……!"

진화가 '그' 남궁진화인 것을 모르는 총관은 그저 섬뜩하고 불길했다.

바지가 뜨듯하게 젖어 오는 것을 느끼며, 총관은 정신없이 진화가 불러 주는 대로 답신을 썼다.

"보내는 방법이 있을 텐데?"

서슬 퍼런 진화의 물음에, 총관은 목에 걸린 피리를 힘껏 불었다.

잠시 후, 검갈색 독수리가 이 층 창가로 날아왔다.

"허! 독수리? 가지가지 했군."

검갈색 독수리를 본 진화가 피식 웃고 말았다.

그 모습에, 총관은 덜덜 떨리는 손으로 검갈색 독수리의 다리에 전갈을 달아 보냈다.

독수리가 날아가는 모습을 보며, 진화가 조용히 검을 집어넣었다.

이틀 뒤, 신(申)시.

원숭이의 울음소리가 높은 때, 그자들의 비명이 울리리라.

사문을 기만한 짐승들이 죽기에 딱 좋은 시간이었다.

"커억! 왜, 왜……?"

진화의 옆으로, 총관이 피가 쏟아지는 목을 붙잡고 쓰러졌다.

원망스러운 듯 진화를 보던 눈빛은 금방 꺼졌다.

진화는 덤덤한 표정으로 죽은 총관의 시체를 밟고 나갔다.

밖의 상황도 전부 끝이 나 있었다.

삼백 명이 넘는 백열문도들이 모조리 죽었다.

커다란 연못 옆의 아담한 전각.

흑백의 도복을 입은 도인들이 그곳에서 술을 나누고 있었다.

순백의 가지런한 수염과 단정한 인상, 거기에 그림 같은 배경까지.

마치 도원경에서 풍류를 즐기는 신선과 같은 모습이라.

주변을 지나치다 그들을 본 사람들이 흐뭇하게 웃으면서 그 자리를 피해 주었다.

그런 사람들의 시선을 전혀 의식하지 않는 척.

이장로 허애일이 슬쩍 운을 뗐다.

"그들이 받아들였습니까?"

이장로의 물음에 일장로 장류가 눈썹을 꿈틀거렸다가, 곧 아무렇지 않은 척 수염에 묻은 술을 닦았다.

"물론이오. 그들로서도 일에 차질이 빚어지는 것이 싫겠지."

"하긴, 그놈 때문에 당분간 거래가 힘들 거라고까지 했는데, 제 놈들이 뭘 어쩌겠습니까? 흐흐흐, 흠흠!"

육장로 장결이 경박하게 웃음을 터뜨렸다, 급하게 주변의 눈치를 살폈다.

하지만 얼마 전 산임방 창고 습격으로 사람들은 장안 본부에 새로운 창고를 짓고 있었다.

한가롭게 풍류를 즐기는 도인들의 모습이야 보기에나 좋지, 오래도록 관심을 두기엔 일상이 너무 바빴다.

대낮부터 술잔을 기울이는 도인에게 관심을 쏟는 눈길은, 창고 공사를 감독하는 척 그들의 행적을 살피는 현무단원들 밖에 없었다.

"이틀 뒤, 신시 반각, 종남산의 성은곡을 친다는군."

"종남산이라…… 본문이 있는 곳이니, 제자들을 데리고 가기도 딱 좋군요."

종남파의 장로들이라는 세 사람은 적들에게 종남의 성산을 내주고도 태연했다.

오히려 본문이 있는 곳이라, 평소보다 제자들을 많이 끌고 가더라도 사람들의 의심을 사지 않겠다는 생각뿐인 듯했다.

"괜히 현청대의 견욱이 나서지 못하게, 산임방 경계를 맡기도록 하지."

"안 그래도 그리해 두었습니다. 종남파 대주라는 놈이 무슨 면족 수호자라도 되는 양 구니……. 쯧쯧쯧!"

일장로가 경계의 눈빛을 보내자, 육장로가 곧바로 입술을 삐죽이며 대답했다.

종남파에는 전진대와 현청대, 두 개의 무단이 있었다.

전진대는 일장로, 육장로와 같은 장족 출신의 십육절검 장섬이 맡아서, 주로 장족 출신이거나 가까운 제자들로만 대원들을 구성하고 있었다.

반면 현청대는 면족을 비롯해서 출신에 상관없이 고르게 제자를 선발했는데, 대주인 봉인비검 견욱부터가 서북의 소수민족 출신이었다.

장족이 압도적인 다수라 종남파에도 그 수가 많은 것은 어쩔 수 없었으나, 장로들은 종남파를 장족의 문파로 만들고자 했다.

같은 장족 출신인 전진대주는 이전부터 그런 장로들의 명을 따르고 있었다.

그런 와중에 꼬박꼬박 현무단주와 본문에 있는 장문인의 지시만 따르려는 현청대주 견욱과 현청대는 존재만으로도 장로들의 눈엣가시였으니.

장로들은 장문인의 전서를 조작하거나 소수민족이 많아 친근하다는 이유를 들어, 현청대를 외지 임무만 돌리는 중이었다.

"이참에 현청대까지 포함해서 한 번에 처리하면 어떻습니까?"

이장로가 목소리까지 맞춰 극히 조심하며 말했다.

눈엣가시이기는 하나, 같은 종남파 제자들을 죽이자니.

실로 위험한 발언에 육장로가 크게 놀라며 표정을 숨기지 못했다.

하지만 일장로는 심각하게 고민을 해 보는 듯 조용했다.

"일장로님?"

이장로의 거듭된 물음에, 결국 일장로가 조용히 술잔을 입에 댔다.

그리고 한 모금 삼키고 입을 떼자, 그의 눈이 섬뜩하게 빛났다.

"남궁세가의 직계가 죽는 전투에서 우리 종남파에 아무런 희생이 없는 것도 이상하겠지?"

"자, 장로님!"

"일을 확실히 하기 위해서도, 현청대를 전부 데려갈 수 없네. 현청대주와 절반만 데려가지."

"아! 역시, 현명하십니다."

일의 확실성을 위해 수적 우세까지 확보하겠다는 일장로에, 이장로가 감탄을 금치 못했다.

육장로는 여전히 겁을 먹은 얼굴로 말이 없었다.

하지만 늘 그렇듯 뒤에 있다가 승리만 챙길 것이었다.

"잘되었어. 남궁진화까지 죽으면, 정의무학관 관도생을 거부할 명분까지 쥘 수 있으니."

"좋군요. 현청대가 절반이나 줄고 나면…… 한 번쯤 본산이 위험해지는 것도 나쁘지 않겠습니다."

이장로의 말에 육장로의 눈이 찢어져라 커졌다.

일장로 또한 놀라진 않았으나, 파르르 눈매가 떨렸다.

"본산이라…… 전쟁이 격해지겠군."

남은 현청대를 처리하며 장문인까지 죽인다면, 자연스럽게 일장로가 장문인의 자리에 앉을 것이라.

그렇게 되면 그들의 계획은 자연스럽게 완성되는 것이었

다.

일장로도 그것만큼은 기대감을 숨기지 못했다.

연못 아래로 작게 파문이 일었다.

🪷

"큰일입니다! 백열문 놈들이 성운곡으로 향하고 있다 합니다!"

"뭐라! 놈들이 어디를 향해?"

사색이 된 누군가가 알려 온 말에, 종남파 무인들이 분노를 토하며 벌떡 일어섰다.

"모든 종남 제자들은 본문으로 간다-!"

"존명!"

일장로 건복검 장류의 명에, 충실한 종남파 무인들이 검을 들고 나섰다.

"이 일을 어찌합니까? 지금 현무단원들 태반이 산임방에 나가 있습니다."

"허어! 현무단주는 괘념치 마시오. 간악한 백열문 놈들에게서 본 문을 지키지 못한다면, 어찌 명문 대파 종남파라 하겠소. 본 문의 제자들이 모두 일심하여 나설 것이니, 걱정 마시오."

현무단주의 걱정에 일장로 장류가 다부진 얼굴로 자신감

을 보였다.

"최대한 빨리 단원들을 모아 성운곡으로 가겠습니다."

"허허, 산임방은 거리가 꽤 멀지 않소. 마음만이라도 받겠소."

일장로 장류는 현무단주의 말을 의미 없는 공수표 취급하면서도, 자애롭게 웃어 보였다.

"장로님, 현재 현청대도 대부분 면족 부락에 가 있습니다. 그들은 어찌하면 되겠습니까?"

현청대주 견욱이 걱정스러운 표정으로 물었다.

그러자 이번에는 일장로도 심각한 얼굴로 고민하는 듯했다.

"음. ……아무리 우리가 급하다 하나, 면족 부락보다 급할까. 상황이 좋지 않다고 어려운 이웃을 외면하는 것은 도리가 아닐세. 현청대는 그대로 두게."

일장로가 단호하게 고개를 저으며 말했다.

"예. 현명한 판단이십니다. 그럼 남은 인원을 준비시키겠습니다."

현청대주는 고개를 숙이며 일장로의 명을 받들었다.

모든 것이 급박한 가운데 착착- 준비가 되는 가운데, 일장로의 시선이 진화 일행에게 닿았다.

"정의무학관의 손님들께는 미안하네만, 손을 보태 주겠는가?"

일장로가 정말로 미안하다는 듯한 표정이었다.

그에 진화 일행이 손사래를 치며 그의 사과를 거부했다.

"그게 무슨 말씀이십니까? 당연히 저희가 해야 할 일입니다! 임무가 아니더라도, 당연히 같은 정파를 도와야지요!"

현오가 능청스럽게 피둥피둥한 팔뚝까지 자랑하며 나섰다.

그 모습을 보며 일장로가 유쾌하게 웃었다.

"허허허허! 종남을 대표하여 감사를 표하네."

"힘닿는 데까지 열심히 손을 보태겠습니다."

진화가 일장로를 마주 보고 웃어 보였다.

다급한 소식에 이어진 출전.

하지만 그동안 오래도록 전쟁을 해 와서인지, 아니면 다른 이유 때문인지.

종남파 무인들은 완벽한 상태로 출전 준비를 마치고 빠르게 달려갔다.

그 속에 진화 일행과 현무단주를 비롯한 현무단원이 있었으나, 삼백여 명의 종남파 정예에 비하면 눈에 띄지도 않았다.

사람들은 그저 오랜만에 보이는 종남파의 위용에 응원을 보낼 뿐이었다.

성운곡.

종남산의 서쪽에 있는 계곡이자 종남파 본문으로 향하는 길목 중 하나였다.

종남산에서도 산세가 험하고 협곡이 깊은 곳이지만, 경치가 수려하고 물이 맑아서 종남파를 찾는 수행자들이 일부러 찾는 명지이기도 했다.

하지만 무엇보다 성운곡이 중요하고 유명한 것은, 장안의 성 밖에서 종남파 본문으로 향하는 가장 빠른 길이라는 점 때문이었다.

"뭐지? 조용하군요."

전진대 대주 장섬이 경계하는 눈빛으로 사방을 돌아보았다.

삼백이 넘는 인원을 이끌고 온 일장로도 내심 당황하고 있었다.

그때, 이장로가 일장로의 곁으로 왔다.

"음, 아직 놈들이 도착하지 않은 듯합니다. 이곳에서 매복하고 놈들을 기다리는 것이 좋겠습니다."

이장로가 목소리를 죽이는 척했지만, 기실 현무단주의 귀에 들리도록 말했다.

그러자 전진대주가 고개를 끄덕이며 이장로의 말에 맞장

구를 쳤다.

"조금만 더 깊이 들어가면 매복하기 좋은 장소가 나옵니다. 협곡의 끝에서 대기하고 있으면, 협곡 깊은 곳까지 들어온 놈들이 쉬이 빠져나가지 못할 것입니다."

전진대주의 말에 이장로가 웃음기를 감추며 고개를 끄덕였다.

'얼씨구? 두 놈이 맞장구치고 고개 끄덕이고, 쿵 짝이 잘 맞는구먼.'

뒤에서 두 사람의 말을 들은 육장로가 남들 모르게 입을 삐죽거렸다.

하지만 그들이 협곡 끝에서 매복을 한다면, 가운데에 진화 일행과 몇 안 되는 현무단 그리고 현청대를 사이에 두고 백열문과 협공을 펼치기도 좋을 것이었다.

심지어 양쪽으로 길을 막아 좁은 협곡에서 도망을 치지도 못하리라.

일장로가 슬쩍 말려 올라가는 입꼬리를 숨기며 고개를 끄덕였다.

"전진대주의 말이 옳다. 안으로 들어가지."

일장로의 결정이 현청대주와 현무단주에게도 전해지고, 현무단주도 기꺼이 그들의 생각에 동의했다.

결국 그들의 계획대로 종남파 장로들과 전진대가 앞으로 나서고, 그사이에 진화 일행과 현무단이 보호를 받는 식으로

서고, 그 뒤를 현청대가 일행을 보호하며 따랐다.

일이 시작되면 현청대부터 제일 먼저 죽을 것이라.

전진대주 장섬이 맨 끝에서 따라오는 현청대주 견욱을 생각하며 비릿하게 입꼬리를 올렸다.

하지만 그때, 진화의 입꼬리도 슬쩍 올라갔다.

"으허허허헉———!"

앞에서 비명이 터졌다.

성운곡, 깊은 협곡의 좁은 길이 끝나는 지점.

그곳에 새까만 혀를 뽑아내고 죽은 백열문주의 머리가 매달려 있었던 것이다.

"이, 이게 무슨!"

놀란 일장로가 눈을 부릅뜨고, 이장로와 육장로는 경악을 금치 못했다.

전진대주는 놀란 마음에 검을 뽑아 들기까지 했다.

바로 그때.

"무엇 하는가! 종남파의 죄인들은 무릎을 꿇어라——!"

종남파 장문인, 산수일검 견원의 사자후가 성운곡을 흔들었다.

"자, 장문!"

일장로의 입에서 경악성이 터진 가운데, 이장로와 육장로의 얼굴이 사색이 되었다.

전진대주와 대원들은 어찌해야 할 바를 모르고 우왕좌왕

했다.

그사이, 뒤에 있던 현청대가 검을 빼 들었다.

"장문인이 말씀을 못 들었는가! 죄인들은 검을 버리고 무릎을 꿇어라!"

현청대주 봉인비검 견욱이 드디어 참고 있던 분노를 드러내며 소리쳤다.

현청대주의 노성에, 그의 옆에 있던 현청대원들은 물론이고, 면족 부락에 있어야 할 나머지 현청대원들도 종남파 장문인이 옆에서 검을 빼 들었다.

종남파 장문인의 옆에는 종남파 오장로 진건과 칠장로 견숙 외에도, 장안 본부나 서북의 다른 곳에 있어야 할 면족 무인들과 중소 문파의 무인들도 있었다.

그들은 하나같이 살벌한 표정으로 종남파 장로들과 전진대를 노려보고 있었다.

챙! 챙! 챙! 채-앵!

이제 앞뒤로 갇힌 쪽은 종남파 장로들과 전진대였다.

현무단주는 참담한 눈빛으로 종남파의 비사를 지켜보았고, 상대적으로 현오와 나하연, 당혜군의 눈빛은 서늘하기만 했다.

현오와 나하연, 당혜군은 진화가 움직이는 즉시 종남파 무인들을 공격할 기세였다.

진화가 조용히 앞으로 나섰다.

"백열문에 재밌는 것이 있더군."

진화의 손에 들린 것은, 백열문주와 종남파 장로들 사이에 주고받은 협정서였다.

일이 어찌 된 것인지 대번에 알아차린 장로들의 얼굴이 창백하게 질렸다.

"오, 오해요!"

이장로가 다급하게 외친 말은, 종남파 장문인의 분노만 키웠을 뿐이었다.

"닥쳐라―! 죄인들은 순순히 검을 버리고 죄를 고하지 못할까!"

장문인의 말에 일장로가 참담한 얼굴로 눈을 감았다.

모두 들킨 것이라.

일장로가 다시 눈을 떴을 때.

독기 가득한 눈으로 장문인을 노려보았다.

"모두를 위한 일이었소!"

일장로의 첫마디였다.

"장류, 그것을 변명이라고 하는 것이냐!"

장문인이 분노했지만, 이미 모든 일이 밝혀진 바.

일장로는 장문인의 말을 들을 이유가 전혀 없었다.

"장문인이 그렇게 답답한 사람이니 우리라도 나선 것이오! 이렇게 오래도록 우리가 안전했던 것이 누구 덕인 것 같소? 지금 그곳에 계신 분들 태반이 우리 덕에 산 것이오!"

"이놈, 장류———!"

"잘 생각하시오! 적당히! 아주 소수만 희생하면 우리는 지금의 이 평화를 계속 유지할 수 있소!"

일장로가 장문인의 옆에 선 다른 중소 문파 사람들을 향해 소리쳤다.

"답답한 정의 타령만 하다가 모든 것을 잃을 작정이오? 귀천성이오! 중원이 모두 나서도 이기지 못한 전쟁이오! 정녕 이대로 제일 앞에서 그 액을 다 맞을 작정이오? 모두를 위한 결단이었소! 그것만은 내 이름을 걸고 말할 수 있소!"

일장로가 피를 토하듯 소리치고, 그 모습이 몹시 당당하고 간절하여 일견 신념에 가득한 결정처럼 보이기도 했다.

종남파 장문인은 그래서 더 화가 났다.

"네 이놈-! 그게 도문을 따르는 이가 할 말이더냐? 누가 네게 그런 결정권을 주었더냐! 삿된 요설로 포장하나, 네가 한 일이 인신 공양과 무엇이 다른가! 네놈 손에 죽은 면족에게도 그리 말할 작정이냐!"

"겨우 면족이오! 면족 하나면 모두가 사는데 누군가는 결정을 해야 하지 않겠소? 나는 결단을 내렸던 것뿐이오! 내가 나서서 조금 더 가치 있는 쪽을 택했기에, 결론적으로 모두에게 이롭지 않았소!"

일장로가 당당하게 맞받아졌다.

그의 말에 이장로와 육장로, 전진대도 마음을 굳힌 듯 사방을 노려보았다.

그런데 그때.

번------쩍!

마치 깜박 잠이 들었다 깬 듯.

눈부신 햇빛에 잠시 눈을 감았다 뜬 것뿐이었다.

그런데 세상이 달라져 있었다.

입이 틀어막힌 듯, 누구 하나 비명을 지르는 사람도 없었다.

"……어, 어떻……!"

현무단주가 진화를 보고 말을 잇지 못했다.

순식간에 죽은 십여 명의 시체들 속에서, 진화가 손을 뻗고 있었다.

진화의 손에서 나온 푸른 뇌기가 바닥을 축축하게 적신 계곡물 위에서 번뜩이는 모습은, 모골이 송연할 정도로 섬뜩했다.

"잠깐……!"

전진대주가 진화에게 검을 겨눌 생각도 못 하고 손바닥을 뻗었는데, 다시 번뜩이는 눈부신 섬광을 마지막으로 눈을 감았다.

천뢰제왕검법 현천섬뢰-!

철퍽! 철퍽! 쿵!

번뜩이는 섬광이 전진대주를 비롯해서 진화의 앞에 일렬로 있던 전진대원 십수 명을 쓰러뜨렸다.

그들은 섬광을 보고 눈을 감은 뒤로, 다시 눈을 뜨지 못했다.

영원히.

진화가 그들의 시체 사이로 유유히 걸어 나왔다.

찰박, 찰박, 찰박.

졸졸졸 바닥에 찬 물을 밟고 나오는 소리가 고요한 정적을 메웠다.

그리고.

"빨리 정리하지. 더 중요한 일이 있어서. 조금 있으면 조사단이 온다 했거든."

진화는 시리도록 차가운 번개를 번뜩이며 기만자들을 향해 결단을 내렸다.

"무, 물을 밟지 마라! 놈을 죽여라!"

일장로의 외침을 들으며, 진화와 그의 뒤로 현오, 나하연, 당혜군이 달려 나갔다.

"현청대는 무얼 하는가! 조사의 대역죄인들을 벌하라!"

종남파 장문인의 명에 종남파 현청대와 다른 무인들도 전진대를 향해 뛰어들었다.

　진화는 달려드는 종남파 장로들과 전진대를 보며 웃음을 참지 못했다.

　이전 생에 귀천성이 그리 떠들었었다.

　뇌왕을 죽이려거든 사막에서 죽이라고.

　저들의 결단은 이번에도 현명치 못했다.

나아갈 진進 따를 화化 : 환마제 여시

장안 본부

얼마 전, 종남파에서 일어난 배신 사건은 서북 무림 전체에 큰 영향을 미쳤다.

종남파가 어떤 곳이던가.

서북 유일의 명문 대파로, 도문의 종주였으며, 서북 무림의 구심점이기도 했다.

그런 곳에서 뒤로 소수민족과 중소 문파의 희생을 바치고 본인들의 안위만을 위해 적과 거래를 하다니!

서북에서 일어난 실종과 면족 부락의 괴멸 배경에 종남파 배신자들이 있다는 것에, 많은 이들이 분노하고 들고일어났다.

하지만 들고일어나기도 전에, 배신자들은 이미 모두 죽어 있었다.

"이, 이게……!"

면족 부락 장로가 자리에 주저앉았다.

아직 살아 있는 게 아닌가 싶을 정도로, 생생한 모습의 시체를 보자니 어떤 말도 나오지 않았다.

"사문을 속이고, 정도 무림을 속인 기만자들은 모두 죽음으로 그 죄를 벌했으며, 죽어서도 그 시체가 도선계에 들지 못할 것입니다! 또한 모든 것은 장문인인 저의 불찰이라. 깊이 사죄드립니다."

징계나 감금 정도 할 것이라는 예상과 달리, 종남파는 제자의 절반 가까이 되는 배신자들을 모두 죽였다. 그리고 모두에게 그들의 시체를 내놓으며, 종남파 장문 산수일검 견원이 직접 나와 사죄했다.

"저, 저!"

"장문인이……!"

종남파 장문인은 천천히 허리를 숙이는가 싶더니, 모두가 경악하는 가운데 바닥에 무릎을 꿇고 오체투지 했다.

종남파의 다른 제자들도 모두, 장문인을 따라 오체투지 했다.

한때는, 아니 지금도 서북 무림의 자부심이라 할 수 있는 종남파였다.

그들의 오체투지를 보는 서북 무림인들의 심정이 복잡해졌다.

종남파의 도덕과 정의가 아직 살아 있음을 기뻐해야 할지.

기만자들로 인해 죽은 희생자들의 유가족은 누구를 원망해야 할지.

그에 대해 이 일의 해결에 결정적인 역할을 했던 남궁세가 공자의 해결책은 간단했다.

진화는 죽은 희생자들의 유가족에게 기만자들의 시체를 내주었다.

면족에게는 '대지에 피를 흘리지 않고 시신이 흙에 묻히지 않으면, 혼이 육체를 떠나지 못하고 영원히 죽음의 경계에서 떠돌게 된다.'는 전설이 있었으니.

어찌 보면 그들의 원수들은 이미 가장 처참하고 부정한 방법으로 죽은 터였다.

면족은 기만자들의 시체를 흙에 묻지 않고 조각조각 나누어 들짐승들의 먹이로 던졌다.

그 속에서 서북의 가장 큰 세력이었던 장족 부락은 어떤 발언도 하지 못했다.

이후 서북 지역은 크게 달라졌다.

우선, 모두를 기만한 평화를 깨고 그들은 중원 최대의 격전지로 돌아갔다.

진화 일행과 현무단주, 종남파는 매일매일 성 밖으로 나가 귀천성 소속의 중소 문파를 토벌하기 시작했다.

매일같이 수십수백의 사상자가 발생했고, 마을마다 곡소리가 끊이지 않았다.

"이번에는 곡선이라며?"

"또야? 죽겠군. 이게 진짜…… 종남파 배신자들이 죽고 뭐가 나아진 건지 모르겠네. 오히려 이전이 훨씬 살기 좋았던 것 같군!"

"어허, 그게 무슨 말인가!"

"그렇잖나! 매일 사람이 죽어 가고 있네. 이전에는 어쩌다한 번이던 전투가 매일이라고! 이전엔 어쩌다 한 번 나오던 죽은 이들이, 이제는 매일 나오고 있네! 이게 과연 좋은 것인가?"

매일 벌어지는 전투.

희생자들이 속출하자, 하나둘 불만이 나오기 시작했다.

문제는, 불만의 목소리가 커지는 만큼, 비난의 목소리도 커진다는 것이었다.

탕—!

"그럼 이번에는 네놈들이 죽을래?"

"뭐?"

"어, 어허, 왜들 이러나?"

"내가 틀린 말 했나? 이전에 네놈들이 죽지 않은 건, 우리면족의 목숨값이지 않나. 우리 면족은 이전에도 매일매일 죽었어. 네놈들 때문에! 그러니까 이번에는 모두의 평화를 위해 장족이 희생하지그래?"

"뭐, 뭐야?"

"이전이 더 좋다며! 더 죽일 면족도 안 남았는데, 네놈들 장족이 죽으면 되잖나? 남의 목숨은 안 아까운데, 제 목숨은 아까운가? 이 더러운 장족 놈들!"

"어허, 이 사람들, 왜 이러나?"

정답던 친구 간에 싸움이 일었다.

요 근래 이런 싸움이 잦아졌다.

없던 희생자가 생기기 시작하자 불만을 쏟는 장족.

그리고 그런 장족을 향해 비난을 퍼붓는 면족.

서북에서 가장 큰 두 부락의 관계가 전에 없이 악화되었다.

제대로 돌아온 종남파를 중심으로 똘똘 뭉칠 줄 알았던 서북 무림이, 혈족 간의 다툼으로 사분오열될 실정이었던 것이다.

그런데 이를 중재해야 할 현무단과 종남파는 이 사태를 방관하며, 무인들을 이끌고 성 밖으로 전투를 벌이러 나가기 바빴다.

"그만하게!"

"아, 이자가 먼저 말을 이상하게 하지 않았나!"

"내가 뭐 틀린 말 했나?"

"그만 좀…… 헛! 저기!"

친구들의 다툼을 말리던 사내가, 놀란 눈으로 한쪽을 가리켰다.

마침 장안 본부로, 이 모든 사태의 주인공이라 할 수 있는 이들이 들어서고 있었다.

장차 정의맹 간부가 될 것이 확실한 관도생들과 현무단주, 그리고 현청대주였다.

특히 창천화룡 남궁진화.

천하제일 세가라는 남궁세가의 직계로 눈이 휘둥그레질 정도의 미인이었으나, 저자의 손짓에 악 소리도 못하고 종남파 무인들 수십이 절명했다 했던가.

요즘 저자의 손에 귀천성 마두들의 비명과 살이 타는 냄새가 사방에서 울리다 하였다.

"어제 곡선부 적도사가 새까맣게 타서 형체도 알아볼 수 없게 되었단다."

"이야, 그 대단하던 곡선부도 곧 끝나겠는데."

"무림 고수부터 동네 왈패까지. 귀천성 휘하에 있던 건, 개미 새끼 한 마리 살려 두지 않는다는군."

방금까지 멱살을 잡고 싸우던 사내들이 어느새 머리를 맞대고 수군거렸다.

"다음엔 우리 정권방도 데려가시려나?"

"전투 참여의 기회는 공평하다고 했으니까. 이제 우리 차례겠지."

방금 전까지 희생자가 늘었다며 싸우던 사내들이, 이제는 기대감 어린 눈을 하고 진화를 보았다.

눈부신 검기를 날리며, 악당들 수십수백을 물리치고 쟁취하는 승리.

무림에 적을 둔 자들이라면 어린 시절 한 번씩 꿈꿔 보았던 것이 아니겠는가.

그 장면이 매일 눈앞에서 일어난다니.

스스로 주인공은 되지 못할지언정, 그 일원이 되고 싶지 않은 무림인은 없을 것이었다.

서북 무림이 큰 전력 손실과 사분오열 나뉘는 입장 차이와 다툼 속에서도, 계속해서 귀천성과의 전투에서 승전보를 올리는 비결이었다.

따르고 싶은 등.

진화 일행과 현무단주, 종남파 장문은 서북의 화합을 위해 어떤 일을 더하지 않았다.

그저 매일매일 전투에 나서고, 모든 문파에 골고루 협조를 구했을 뿐이었다.

그들은 매 전투를 승리로 이끌었고, 중소 문파들은 단 한 번도 협조 요청을 거절하지 않았다.

진화와 일행은 무림인들이 꿈꾸는 전투를 보여 주며, 서북 무림인들이 스스로 따르도록 만들고 있었던 것이다.

"이번 곡선부를 덮칠 때는, 꼭 나설 것이네. 장족의 명예 회복을 위해서라도!"

"우리 면족은 아픔에 굴하지 않는 민족이지. 우리도 전투에 빠지지 않을 거네!"

"허어, 참."

언제 싸웠냐는 듯 진화 일행의 뒷모습을 보며 다짐하는 친우들을 보며, 그들을 말리던 사내가 기가 막힌 듯 헛웃음을 지었다.

챙――!

챙챙!

사방에서 무기가 부딪히는 소리가 울리고, 현판에는 불이 붙었다.

"크아아아악!"

"아악!"

곡선부 무인들이 비명을 지르며 필사적으로 도망에 나섰다.

정의맹 무사들이 그 뒤를 쫓으며 검을 휘둘렀다.

그 아수라장 속에서 가장 눈에 띄는 이는, 단연코 진화였다.

쉐에에에엑---!

"크아아아악!"

"부주님-!"

쉐에에엑--!

진화의 검이 푸르게 빛나고, 앞을 가로막는 적들 사이를 지났다.

한없이 가벼운 몸놀림에 마치 춤을 추는 듯 착각할 정도라.

다만, 진화가 지날 때마다 피가 비처럼 내리고, 비명이 울렸다.

"소용없는 짓이다."

진화의 눈에 새파란 번개가 내리치고.

쉐에에엑---!

푸른 검기가 도망치는 적들을 단번에 쓰러뜨렸다.

그리고 훤하게 뚫린 앞으로 진화가 날듯이 뛰어올랐다.

"아, 안 돼!"

곡선부 부주 장길령은 코앞까지 다가온 검을 보며 사색이 되어 소리쳤다.

하지만 진화는 무심한 눈으로 그의 어깨에 슬쩍 검을 찔렀다.

"어헉!"

단번에 죽이지 않는 것에 안심했을까.

곡선부주가 참았던 숨을 토하는 순간.

파지지지직———!

"끄아아아악!"

곡선부주가 세상에 없는 고통을 겪는 듯 비명을 질렀다.

진화의 검에서 번뜩이던 뇌기가 곡선부주의 머리부터 발끝까지 흐르고 있었다.

"허억!"

"장부, 검은 책자, 어디 있지?"

"그, 그딴 건…… 으아아아악——!"

원하는 대답이 아니라면, 가차 없이 뇌기가 온몸에 작열했다.

한 번, 두 번.

그것이 인간이 견딜 수 있는 최선이라.

곡선부주는 결국 품에 있던 장부를 내놓고 편안한 죽음을 택했다.

푸—욱!

진화가 검으로 곡선부주의 심장을 꿰뚫고, 그의 손에 들렸던 검을 책자를 받았다.

오늘 전투도 이제 거의 끝이 날 무렵이라.

쉐에에엑—!

"헉. 헉. 다 끝났나?"

마지막으로 덤벼들던 적을 죽인 현무단주가 주변을 둘러보며 진화를 찾았다.

그의 곁으로 막 적을 죽이고 숨을 돌리던 현청대주가 다가왔다.

"상황이 끝났군요. 아직 파악하기 전이지만, 우리 쪽 피해는 크지 않을 듯합니다."

"허, 이게 진짜 되는군. 사흘에 한 문파. 한 달도 되기 전에 장안성 근교는 모두 정리했어, 정말로."

현청대주의 보고에, 현무단주가 기가 막힌다는 듯 주변을 보며 말했다.

그에 현청대주의 입가에 씁쓸한 미소가 맺혔다.

"후우. 그동안 우리가 얼마나 안일했는지 보여 주는 것이군요."

"아, 아니. 그건 결단코 아니야."

안일했던 우리란 종남파를 말함이라.

죄책감이 가득한 현청대주의 말에 현무단주가 손사래를 쳤다.

그리고 살짝 질린 눈으로 진화를 보았다.

"남궁 공자가 그동안 죽인 적들만 수백은 될 걸세. 과연 천하제일가라는 남궁의 직계라 할지, 그 남궁진혜의 동생이라 해야 할지⋯⋯."

"중원의 고수들은 다 그런가요? 아니면 정의무학관 관도생들이라?"

"그럴 리가! 현무단도 엄연히 정의무학관 출신들이 태반인데!"

현청대주는 경외감이 가득한 눈으로 진화를 보았다.

서북 무림에 남궁진혜는 전설의 팔모사 같은 중원의 괴수라.

무당 출신으로 정의무학관을 졸업했던 현무단주가 학을 떼며 고개를 저었다.

"역시 저분들이 특별한 것이겠죠?"

"……."

현청대주의 물음에 현무단주가 진화 일행을 찾았다.

맨주먹으로 곡선부 현판과 대문을 날려 버린 나하연 하며, 독연을 태워서 건물 안에 숨어 있던 곡선부주까지 모조리 튀어나오게 만든 당혜군.

심지어 현오는 이 지역의 장례 방식이 죽은 이의 피가 흙을 적셔야 저승길이 편안하다는 소리를 들은 후, 자비를 베푼다면서 적들의 온몸을 터뜨려 죽이고 있었다.

피에 흠뻑 젖은 저들을 보고 누가 명문 정파를 대표하는 후기지수라 할까.

"그냥…… 저들만 이상한 것으로 해 둠세."

"아, 하하하하하! 그러는 게 좋겠군요."

현무단주의 말에 현청대주가 웃음을 터뜨리며 동의했다.

"내일, 조사단이 도착한다고 하지 않았습니까? 정말로 조사단이 도착하기 전에 성 근방의 귀천성은 모두 정리했네요."

현청대주가 주변을 돌아보며 탄성을 내었다.

장안성 근방에서 가장 큰 귀천성 세력이었던 곡선부가 오늘부로 멸문했다는 게, 아직 실감이 나지 않았다.

"조사단으로 적호단이 온다고 하는데……."

"적호단의 누가 올지는 모르고요?"

"누가 올지 모르지만…… 제발! 남궁 공자가 멀리 원정을 가자고 하기 전에, 그를 말릴 수 있는 사람이 왔으면 좋겠군."

현무단주가 얼굴에서 사라질 날이 없는 핏자국을 닦으며, 작은 바람을 빌어 보았다.

닦아도 닦아도 피 냄새가 가시지 않는 것이.

어쩐지 느낌이 불길했다.

쨍그랑———!

"그걸 변명이라고 하는 게야!"

날카로운 고성이 방 안에 울렸다.

차르르르르르———.

가는 손목에 걸린 보석 팔찌들이 요동을 쳤다.

손목뿐 아니라 목과 발목에도 옷보다 많은 장신구와 화려한 장식이 있었다.

거기서 끝이 아니었다.

이마에는 검은 물방울 모양의 흑요석이, 콧구멍엔 금색 호박이 반짝이고, 입술에는 홍주로 된 꽃잎 점이 있었다.

전신을 장식한 듯 화려한 여인이 고운 아미를 찌푸렸다.

"일주일 전에 채워졌어야 했어! 그런데 아직 반도 못 채웠다는 게 말이 돼?"

하얀 얼굴에 가늘고 촉촉한 눈매, 요염한 입꼬리.

색기 가득한 얼굴이 다른 때와 달리 날카롭게 굳어 있었다.

그리고 전에 없이 사나운 눈빛으로 앞에 선 사내를 노려보았다.

사내는 여인의 목을 한 손에 잡을 정도로 거대해 보였지만, 어쩐 일인지 여인의 질책에 고개를 숙이고 몸을 덜덜 떨고 있었다.

"마성, 네가 말해 봐라! 왜 내 우물이 차지 않은 거냐!"

여인이 거대한 사내의 뒤에 있던 노인을 가리켰다.

날카로운 목소리에 노인의 얼굴이 창백하게 질렸다.

"주인님, 그건 정말 어쩔 수 없는 일이었습니다. 성에서 제물을 공급하던 수하들이 모조리 당했습니다. 저희들이 미처 손을 쓰기도 전이었습니다."

"닥쳐!"

노인이 필사적으로 변명했으나, 여인이 냉정하게 잘라 버렸다.

애초에 변명을 듣자고 물은 것이 아니었다.

여인이 노인과 눈을 마주치는 순간.

"허업!"

노인이 목을 붙잡고 눈을 부릅떴다.

노인은 숨이 막힌 듯 목을 붙잡고 끅끅댔다.

노인이 아무리 발버둥을 쳐도 숨을 쉬는 법을 잊어버린 듯 몸이 말이 듣지 않았다.

터질 듯 붉어지던 얼굴이 창백하게 식을 때쯤, 거대한 사내가 무릎을 꿇었다.

"주인님, 성안의 일을 알려면 마성이 필요합니다!"

"······."

거대한 사내의 외침에, 여인의 눈이 사내를 향했다.

하얗게 빛나던 눈동자가 다시 까맣게 돌아왔다.

그리고 노인의 몸이 힘없이 허물어졌다.

털─썩!

"파하─! 하!"

주저앉은 노인은 이제야 숨이 쉬어지는 듯 숨을 몰아쉬었다.

바닥에 무릎을 꿇은 사내와 쓰러질 듯한 노인의 위로, 여인의 차디찬 목소리가 떨어졌다.

"내 제물을 채워 놔! 일주일 내로!"

"존명."

"조, 존명······!"

사내와 노인이 머리를 바닥에 찧으며, 여인의 명을 받들었다.

진화에게 중요한 것은, 이곳 서북이 무너지지 않는 것이었다.

그것은 종남파의 기만자들을 정리하면서 어느 정도 이뤄졌다고 할 수 있었다.

하지만 그럼에도 진화가 장안성 밖을 정리하고 검은 책자를 찾는 것을 멈추지 않는 것은, 종남파의 기만자들이 성문을 열었을 때, 장안성 안으로 쳐들어온 귀천성 세력이 아직 남아 있었기 때문이다.

'장안성 외부에 있던 작은 문파들로는 어림도 없는 일이다. 놈들은 산발적인 기습으로 작은 이득을 탐하는 것 외에 그 이상을 할 수 있는 그릇들이 아니야. 그럼······ 이전 생에 현무단과 서북 무림을 전멸시킨 놈들은 누구지?'

진화의 시선이 책상 위를 향했다.

곡선부에서 얻은 검은 책자.

그곳엔 놈들이 지금까지 거래한 내용이 적혀 있었는데, 대부분 신원이 정확하지 않은 젊은 남녀였다.

그리고 그것이 노리는 바는 명확했다.

"이름 없는 남녀라니. 만년독수에 필요한 이천 명의 동남동녀를 모으는 중이군."

진화의 목소리에는 약간의 실망감이 실려 있었다.

사실 진화가 검은 책자에 적혀 있길 바란 것은 다른 마제의 제물에 대한 조건 혹은, 적이 노리는 제물의 구체적인 신상이었다.

하지만 백열문과 곡선부에서 얻은 두 장부는 제물의 조건만 적혀 있을 뿐, 그에 해당하는 목표는 있지 않았다.

그들의 장부는 대상의 나이가 젊다는 것 외에는, 흔히 볼 수 있는 노예 거래 장부와 같았다.

"어쩌면 아직 제물 후보의 소재를 다 파악하지 못했을 가능성도 있어."

그때, 앞에서 관심 없는 척 진화의 말을 듣고 있던 현오가 무심하게 물었다.

"그 성가포목의 둘째, 그 영애는 생년월일이 조건과 일치하지 않았나?"

"……!"

현오의 말에 진화의 눈이 커졌다.

"그랬어. 분명 현무단주가 따로 조사한 바에 의하면, 조건과 일치하는 실종자가 일곱이라고! 하지만 이 두 장부에는 그들에 대한 기록이 없군!"

진화의 말에 현오가 자세를 바로 하고 앉았다.

진화와 현오의 시선이, 백열문의 장부와 곡선부의 장부, 그리고 그다음 빈자리에 닿았다.

"또 다른 장부를 가진 놈이 있다는 소린가?"

"글쎄. 사실 제일 중요한 건 이 검은 책자를 돌리는 놈을 알아내는 건데……."

진화의 시선이 다시 백열문과 곡선부의 장부로 향했다.

"장부에 적힌 숫자는 이천이 안 된다."

"동남동녀라지 않나. 어디 절간을 털지 않는 이상, 쉽지 않은 숫자지."

현오가 진지한 얼굴로 주억거렸다.

"백열문과 곡선부도, 이걸 전부 납치해서 잡아 오진 않았 겠지?"

"……노예시장을 뒤져 볼 셈인가?"

현오가 금세 진화의 의도를 알아챘다.

그에 진화가 슬쩍 입꼬리를 말아 올렸다.

"산적, 수적, 마적, 온갖 잡놈들이 날뛰고 있다고 했어. 그 놈들이 과연 뭐로 돈벌이를 할까?"

귀천성에 밀려난 것은 정도 무림만이 아니라.

관이 유명무실해지고 생활이 어려워지면서, 서북 지역은

온갖 도적들이 날뛰고 있었다.

"노예 거래 장부 같다고 했지? 진짜 사 온 것도 있어. 세심하게 비용 처리를 해 놨더라고."

곡선부 총관의 꼼꼼함이 여기서도 빛을 발했다.

진화가 의미심장한 눈빛을 보내자, 현오도 눈을 번뜩였다.

"노예시장이야말로, 사람을 조건에 맞춰 거래하는 곳이지. 서북의 노예시장이 중원에서 제일 크다 했던가?"

"뒤질 곳이 많겠군."

"호오, 아미타불."

진화와 현오가 눈빛을 마주하고 입꼬리를 말아 올렸다.

현무단주가 알았다면 기겁했을 광경이었다.

아니, 실제로 현무단주는 기겁했다.

"뒤질 곳이 아니라 뒈질 곳이겠지! 그곳의 규모는 제대로 알고 하는 소리인가?"

현무단주가 펄쩍 뛰었다.

"연일 계속된 전투로 무사들도 지친 상태네. 게다가 오늘은 당장 정의맹 조사단이 오지 않나!"

현무단주의 말처럼 이제 곧 배에서 내린 조사단이 도착한다는 소식이 전해진 참이었다.

진화도 지금 당장은 물러날 수밖에 없었다.

그때, 밖에서 현무단원이 달려왔다.

"단주님, 지금 적호단이 도착했다고 합니다!"

"와아아아ㅡㅡ! 적호단이다ㅡㅡㅡ!"

정의맹 육 대 무단은 중원에서도 최정예라 불리는 무력 집단이라.

서북의 무림인들은 종남파의 전력이 약해진 것을 대신해서 적호단이 온 것을 무척이나 반겼다.

"와아. 저 덩치 봐. 저 사람이 적호단주님인가?"

"응? 에이, 덩치로 따지면 저 사람이 더 단주감이 아니겠나."

"그 옆에 있는 자를 보게. 근육이…… 곰인가, 사람인가? 와아!"

적호단주 경격권 팽치는 얼굴을 모르는 사람도 이름은 한 번씩 들어 본 적은 있을 만큼 유명한 정의맹 고수라.

서북 무림인들이 적색 무복을 입은 세 사람을 두고, 누가 적호단주인지를 두고 대화를 나누었다.

그걸 듣고 있던 진화와 현오, 나하연, 당혜군도 그들을 찾았다.

"호오. 부처님의 가호가 근육으로만 갔나 보군."

"다 큰 거라고 생각했는데, 더 클 여지가 있었다고? 저 괴물 같은 인간들!"

현오와 당혜군이 조금 질린 얼굴로 팽치의 뒤에 서 있는 두 사내를 보았다.

잠시 헤어진 동안 급격한 성장을 한 듯, 팽수와 팽신은 적호단주와 비교해 조금 더 큰 키와 체격을 하고 있었다.

"음, 체격이 저만큼 커졌다면, 언제 한번 다시 결전을 벌여도 재밌겠군."

나하연이 팽수, 팽신 형제를 보며 입맛을 다셨다.

그 옆에서 진화는 제가 찾아야 할 사람들을 찾았다.

"구, 교명!"

진화의 목소리를 들었는지, 남궁구와 남궁교명이 고개를 돌렸다.

남궁구와 남궁교명의 얼굴이 환하게 밝아졌다.

짧은 환영식을 마치고, 남궁구와 남궁교명, 팽수, 팽신과 진화 일행이 재회했다.

"공자님!"

"우리 도련님은 여전히 반짝반짝하구나! 뚱뚱땡중, 바빴다고 들었는데, 왜 살이 더 찐 거야?"

"오랜만이다."

"다시 보니 좋군."

겨우 한 달 남짓한 시간이었다.

진화 일행은 그때와 별로 달라진 것이 없었는데, 남궁구 일행은 신양에서 헤어졌을 때와 많이 달라진 모습이었다.

　가장 먼저 눈에 띈 것은 팽수와 팽신 형제의 성장이었다.

　"대체 뭘 먹은 거죠?"

　당혜군이 팽수, 팽신의 식단을 캐물었다.

　당혜군은 일행 중 자신의 성장이 가장 더딘 걸 신경 쓰고 있던 터라, 형제를 구석으로 끌고 가 집요하게 질문을 이어 갔다.

　하지만 남궁구 일행 중 가장 달라진 사람은 다른 누구도 아닌 남궁교명이었다.

　살이 빠진 데다, 안색마저 눈에 띄게 창백했다.

　진화마저 조심스럽게 물어볼 정도였다.

　"……고생이 많았던 건가?"

　"별……일은 없었습니다."

　진화의 물음에 말을 아끼는 남궁교명의 대답이 더 '별일' 있었던 것으로 보였다.

　"뭐야? 자네, 왜 그렇게 마른 멸치가 된 것인가! 혹시…… 급하게 체한 것인가?"

　현오가 걱정스럽게 남궁교명의 어깨를 두드렸다가 깜짝 놀랐다.

　"오오오! 이 뼈는 다 뭔가!"

　현오가 호들갑을 떨며 남궁교명에게서 떨어졌다.

그 모습에 남궁교명이 슬쩍 웃었는데, 그 모습마저 뭔가 사연이 있어 보일 정도였다.

그에 함께 있던 남궁구가 입술을 삐죽였다.

"뭔 소리야? 고생이라면 우리가 했지. 이 자식이 유난을 떠는 바람에, 우리랑 선배들 살이 쏙 빠질 정도였다고!"

남궁구의 말에 남궁교명이 발끈했다.

"유난이라니! 최소한의 위생 개념도 없는 미개인처럼 굴지 말자는 게 유난인가? 이 더럽고 불결한 인간들!"

"더럽긴 뭐가 그렇게 더럽다고……."

"뭐가 더러워? 사흘에 한 번 얼굴에 물 칠 하는 그것들도 인간이란 말인가! 그 손으로 밥이 넘어가?"

남궁교명의 비난에 남궁구가 입을 꾹 다물었다.

"하하하! 다들 이렇게 건강하게 다시 보니 좋군."

귀하게 자란 도련님이 사내들하고만 부대끼는 생활에서 가벼운 부침을 겪은 모양이라.

현오가 자애롭게 웃으며 동기들의 어깨를 두드렸다.

그때, 날카로운 삭풍이 불어 와 현오의 손을 스쳤다.

"땡중, 아까부터, 만두 먹고 손은 씻고 만지는 거냐?"

"……."

"손목대기 날려 버리기 전에 손 떼라."

남궁교명의 살벌한 경고에, 현오가 조용히 그의 등에서 손을 뗐다.

결론은, 평소에도 깔끔을 떨던 남궁교명이 적호단의 사내들 틈에서 생활하면서 결벽증에 걸려 돌아왔다는 이야기였을 뿐이었다.

"잘 왔어. 마침 여긴 할 일도 많은데."

진화가 남궁구 일행을 향해 웃어 보였다.

남궁교명이 어찌 변하든, 마침 필요할 때에 잘 왔다 싶었던 것이다.

진화의 미소에 남궁구 일행이 조용히 한 걸음 물러섰다.

"참, 구, 누님은?"

"그 마녀는 조금 늦을 거야, 아마."

진화의 물음에 남궁구가 고개를 저었다.

진화의 표정이 굳어지기 무섭게, 남궁구가 말을 이었다.

"멀미 때문에, 그게 아주 지독해서."

어쩐지 아련하게 떨어지는 남궁구의 말에, 진화는 일전에 배에 오르며 '나를 기절시켜라!'고 외치던 남궁경을 떠올렸다.

진화 일행이 회포를 푸는 동안, 현무단주와 적호단주도 조용히 따로 자리를 가졌다.

"면목 없습니다."

"아니야. 작정하고 속이는데 자네 같은 순진한 도사가 뭘 어쩌겠어. 종남 장문인까지 속았다며?"

"후우."

적호단주의 위로에도 현무단주의 무거운 표정은 나아지지 않았다.

사사로이는 마음 약한 정의무학관 후배라.

적호단주가 현무단주의 어깨를 두드리며 다시 한번 위로했다.

"이제 잘 처결하면 될 일이야. 그래서 놈들은 다 어떻게 됐지?"

"그게······."

현무단주의 안색이 더 어두워졌다.

차마 말을 잇지 못하던 현무단주가 내놓은 것은 아직 정의맹에 보내지 않은 보고서였다.

그것을 본 적호단주가 두 눈을 크게 떴다.

"전부 다 죽였다고?"

너무 놀란 나머지 목소리가 커졌다.

"자네가? 아니면 장문인이?"

"······."

현무단주의 대답이 없었다.

현무단과 종남파 무인들도 검은 휘둘렀으나, 상황을 그리 만든 사람은 따로 있었으니.

차마 그를 이름으로 말하기 곤욕스러웠던 현무단주는, 적호단주에게 또 다른 보고서를 내밀었다.

그건 그동안 진화 일행과 현무단이 성 밖 귀천성의 문파들을 정리한 것에 대한 보고서라.

부상자로 몇 없는 완벽한 승리들이었다.

"여기도 전부 다 죽였어? 대체…… 남궁진화?"

적호단주의 입에서 기어코 그 이름이 나오자, 현무단주가 기다렸다는 듯 고개를 끄덕였다.

"사실 종남파의 기만을 알아차린 것도 남궁 공자입니다. 이어서 장로들이나 백열문주, 곡선부주를 죽인 것도 남궁 공자이긴 한데……."

현무단주가 진화의 공로에 대해 먼저 말을 하며 조심스럽게 운을 뗐다.

"손 속이 조금 과격한 듯합니다. 그런데 남궁 공자의 판단이 맞는 것은 아닌지 제가 자신이 없어서 말리지도 못했습니다. 이곳 무인들도 처음에는 조금 반발했지만, 연이은 승리에 사기가 고조되고 있었고요."

현무단주가 자신 없는 말투로 말했다.

"결국 지은 죄가 있다 보니 네 녀석의 판단을 자신 있게 내세우지 못했다는 말이냐?"

"……예."

적호단주의 직접적인 말에 현무단주가 고개를 숙였다.

"전멸이라니…… 확실히 손 속이 과하군. 하지만 다른 놈들도 아니고 귀천성이다. 놈들의 전멸, 그것이 정의맹의 방침이기도 하고."

적호단주의 말에 현무단주가 더욱더 고개를 숙였다.

그 모습에 적호단주의 얼굴이 일그러졌다.

"약해 빠진 놈! 그래서 내가 뭐라고 했더냐. 네놈에게 전쟁터는 힘들다고 했지? 도문으로 돌아가라 하지 않았더냐!"

적호단주가 매섭게 현무단주를 다그쳤다.

그에 현무단주가 조금 힘이 빠진 얼굴로 한숨을 쉬었다.

"그러게 말입니다. 이곳에 편하게 있으면서, 마음까지 약해진 모양입니다."

"정신 단단히 잡아라."

"예. 그래야지요."

적호단주의 말에 현무단주가 웃으며 고개를 끄덕였다.

하지만 적호단주는 그것만으로는 부족했는지, 현무단주의 어깨를 붙잡았다.

"그냥 하는 말이 아니다. 이곳에 마제가 있다는 정보가 있다. 적호단이 이곳까지 온 이유도 그 때문이고."

"마, 마제요? 누구 말입니까?"

생각지도 않은 말에, 현무단주의 목소리가 흔들렸다.

"환마제 여시. 이곳 환락가에 숨어 있다는, 백매단 첩자를 통해 들어온 첩보다. 마음 단단히 먹어라."

적호단주의 말에, 현무단주가 마른침을 삼켰다.

한편.

적호단과 떨어져 산을 넘게 된 남궁진혜는, 얼떨떨한 표정으로 눈앞의 광경을 보았다.

챙-! 챙챙챙---!

"으아아악!"

"습격이다! 습격이다-!"

"으하하하하! 우리는 이 산의 주인인 웅골채다! 가진 것다 내놓아라! 네놈들의 목숨도-! 하하하하하!"

거대한 사내가 시원하게 대도를 휘두르고, 산을 넘어가는 상단 사람들이 혼비백산 수레로 숨었다.

상단을 호위하던 표사들이 산적들에 맞서 싸웠지만, 수적열세를 이기지 못하는 듯했다.

그게, 막 잠을 자던 남궁진혜가 잠에서 깨서 처음 본 광경이었다.

"어라……?"

"여자다!"

남궁진혜는 잠이 덜 깬 눈으로, 제게 다가오는 손을 붙잡고 꺾었다.

"으아아아악!"

사내의 비명에 남궁진혜가 눈살을 찌푸렸다.

"닥쳐, 새끼야. 네놈 아가리에서 똥 냄새 나."

퍼억――!

남궁진혜가 사내의 얼굴이 땅바닥에 내리꽂았다.

피가 좀 나는 듯했지만, 뭐 어떤가.

남궁진혜는 이제 좀 정신이 깨는 듯했다.

그때, 대도를 휘두르던 산적 두목이 남궁진혜를 보았다.

"허! 부채주, 저 계집을 잡아서 내 앞에 끌고 와라!"

남궁진혜의 미모를 본 산적 두목이 감탄을 하며 소리쳤다.

두목의 외침에 서너 명의 산적이 남궁진혜에게 달려들었다.

제게 다가오는 산적들을 보며, 남궁진혜가 웃음을 터뜨렸다.

"하하하하하하하!"

"부채주, 저년 웃는데요? 혹시, 미친 거 아닙니까?"

"미치면 좀 어때? 얼굴 보고 팔아먹으면 그만이지."

"미친년, 좋단다. 자, 곱게, 오라버니 품으로 오련? 흐흐흐흐!"

저열한 대화를 나누며 저를 둘러싸는 산적들을 보며 남궁진혜가 씨익 웃자, 산적들도 마주 웃었다.

그러다 싸악-! 남궁진혜가 정색하고 산적들을 보았다.

"다 쪼겠냐?"

동시에 양팔의 근육이 부풀어 오르고, 머리카락이 날릴 정도로 기세를 뿜어내기 시작했다.

"지금부터 강냉이 보인 새끼들은 다 죽는다."

심상치 않은 기세에 산적들이 멈칫하는 순간.

푸른 도깨비불 같은 것이 그들에게 날아들었다.

"가뜩이나 마차 멀미도 해서 죽겠는데, 오냐, 잘 걸렸다! 산, 적, 같은 새끼들아——!"

퍼—억!

쾅! 쾅!

"으아아아악—!"

"거기 강냉이, 새끼야—!"

남궁진혜가 이참에 화를 풀겠다는 듯, 날뛰기 시작했다.

장안 성문.

장안은 소국에 버금가는 큰 도시였고, 성은 외성과 내성이 따로 존재했다.

귀천성 고수들을 일반 관군들이 저지하기는 불가능한 바.

도시를 수비하는 외성은 황제의 군대가 지키고, 내성은 관과 무림이 협력하고 있었으니.

마침 성안의 무림인들이 관군과 함께 성문을 지키고 있던 차였다.

달그락, 달그락.

수레 소리가 들리자, 성문에 있던 무인들이 먼저 고개를 들었다.

"무슨 수레 소리가 이렇게 힘이 없지?"

"바퀴라도 빠진 거 아니야? 흐흐흐."

성문을 지키던 무인들이 농담을 주고받으며 길 저편을 보자, 곧 일련의 사람들이 모습을 드러냈다.

기다리듯 그들을 보고 있던 무임들의 눈이 점점 커졌다.

다 찢어진 가죽옷에 산발한 머리, 험악한 인상과 무시무시한 무기들.

모든 특징을 종합해 본 바, 결론은 하나였다.

"저거……!"

"산적! 산적이다---!"

성문에 있던 무인들의 외침에, 성벽 쪽에서 쉬고 있던 관군들이 일어섰다.

안쪽에서 종남파 무인들이 몰려나왔다.

점점 산적들이 성문으로 다가오고.

종남파 무인들이 긴장한 얼굴로 소리쳤다.

"누구냐-!"

그런데 묻고 나니, 뭔가 이상했다.

산적들의 걸음이 어딘지 비틀거리는 것 같고, 자세히 보니 전부 밧줄에 묶여 있었던 것이다.

게다가 하나같이 상태들이 좋지 못해 보였다.

"누, 누구시오?"

"어, 나다—!"

답이 산적들의 뒤에서 들려왔다.

단골집을 찾은 듯한 아저씨 말투에 시원한 목소리.

험악한, 아니 험한 일을 당한 듯한 산적들의 뒤로, 햇빛에 반질반질 윤이 나는 비단 옷의 붉은 윤곽이 보였다.

햇빛에 잘 익은 까무잡잡한 피부에 여자치고 큰 키와 체격.

덩치가 커서 둔해 보이기보다, 육감적이고 단단해 보였다.

게다가 날카로운 이목구비에 대비되게, 아이처럼 시원하게 웃는 모습이 몹시 인상적인 미인이라.

여인은 비싼 비단 옷의 팔 부분이 찢겨 나간 것에도 아랑곳 않고, 오히려 단단한 상지근을 드러내며 팔을 흔들고 있었다.

종남파 무인들의 눈이 휘둥그레지기만 할 뿐 말이 없자, 여인이 눈살을 찌푸렸다.

"뭐야? 벌써 날 잊어버렸어?"

"그으…… 남궁진혜—!"

남궁진혜를 알아본 종남파 무인이 저도 모르게 소리를 질렀다, 곧 제 손으로 입을 막았다.

"뭐야? 안 잊어먹었네. 어? 넌 종남파의…… 하여튼 종남파 맞지? 적호단은 본부에 있나?"

"그, 그렇습니다! 어, 어서 가십시오!"

남궁진혜가 자신을 알아보는 듯하자, 종남파 무인의 얼굴이 하얗게 질렸다.

종남파 무인들은 남궁진혜가 단 한 걸음도 지체하지 않도록, 성문을 활짝 열고 그녀를 안으로 안내했다.

"오오, 고마워."

신분패를 꺼낸다거나 귀찮은 확인 절차도 없이 통과되자, 남궁진혜가 기분 좋게 웃었다.

그러다 잠시, 남궁진혜가 뭔가 이상한 듯 고개를 갸웃거렸다.

"가만, '어서 가십시오.' ……뭔가 이상한데?"

아니나 다를까.

"으악! 남궁진혜다─!"

앞에 '으악!'이 붙었다.

"비상─! 남궁진혜다! 어서 안에 알려! 어서!"

비명과 함께 종남파 무인들은 물론 남궁진혜를 알아본 관군들의 목소리가 울려 퍼졌다.

그들의 목소리에 남궁진혜가 와락 얼굴을 구겼다.

"저 새끼들이…… 내가 지 친구야, 뭐야? 콱! 씨!"

남궁진혜가 돌아가서 한 대 쥐어박아 줄까 진지하게 고민했다.

하지만 그때, 남궁진혜의 눈에 환한 빛이 들어왔다.

"누님---!"

"진화야-!"

환하게 빛나는 동생의 얼굴을 보자니, 그깟 놈들이 대수랴.

남궁진혜가 앞에 있는 산적들을 밟고 진화를 향해 나는 듯 뛰어갔다.

남궁진혜가 도착하기 전.

진화는 현무단주, 적호단주, 종남파 장문인과 함께 회동을 가졌다.

그간 보여 준 실력과 일행 하나하나가 예사롭지 않은 출신 배경을 가진 절정 고수라는 점에서, 진화가 이 자리에 함께 하는 데에 이상할 것은 없었다.

"노예시장을 뒤져 보자고?"

"어차피 환락가나 노예시장이나, 한곳에 있다고 들었습니다. 곡선부의 검은 책자를 보시면, 놈들이 진짜로 노예시장에서 사 온 이들도 있더라고요."

진화의 말에 적호단주가 눈을 크게 떴다.

"노예를 사 온 돈까지 받아 낼 심산으로, 꼼꼼하게 비용 처리까지 해 두었더군요."

"허어!"

진화가 가리킨 곳을 확인한 적호단주는 기가 막힌 듯 헛웃음을 지었다.

현무단주와 종남파 장문인의 표정도 그와 다르지 않았다.

"노예시장을 뒤져 보면, 따로 순결한 젊은 노예만 사는 이들을 찾을 수 있을 것입니다."

"오!"

"음……."

진화의 말에 적호단주가 대번에 감탄을 한 것과 달리, 현무단주와 종남파 장문인의 반응은 그보다 더 신중했다.

"남궁 공자의 말이 틀리지 않으나, 한 가지 문제점이 있소."

"무엇입니까?"

조심스럽게 말하는 종남파 장문인의 말에, 진화와 적호단주가 의아한 눈으로 그를 보았다.

"적호단주와 남궁 공자는 그 노예시장에 대해 알고 있습니까?"

"경산 쪽에서 본 적이 있습니다."

"본인도, 중원에서 몇 번 보았습니다."

진화와 적호단주의 대답에, 종남파 장문인이 '그러면 그렇지.'라는 듯 천천히 고개를 끄덕였다.

"역시…… 두 분은 이곳 사정을 잘 모를 테니, 어쩔 수 없지요."

"무슨 문제라도 있는 것입니까?"

적호단주의 물음에, 현무단주가 눈살을 찌푸리며 먼저 입을 열었다.

"노예시장 하나가, 장안 외곽은 물론 경조와 백계를 걸치는, 어지간한 현보다 큰 규모입니다."

"뭐?"

현무단주의 말에 적호단주는 물론, 진화도 눈을 크게 떴다.

이에 종남파 장문인이 고개를 저으면 말했다.

"귀천성이 발호하기 이전부터 역적들이 들끓던 곳이오. 이쪽으로는 황군의 위용이 구석구석 미치지 못한 틈을 이용해 귀천성 무리가 차지했으니. 거대한 노예시장부터 환락가까지, 장안을 벗어나면 그야말로 무법천지나 다름이 없소."

"그럼……?"

"노예시장을 전부 뒤질 수도 없고, 뒤지려 한다면 필시 귀천성 놈들의 귀에도 들어갈 것이란 게지."

종남파 장문의 말에 진화와 적호단주의 얼굴이 무겁게 굳었다.

"차라리 일전을 벌이는 것이라면 모를까, 놈들이 숨으면 큰일이 아닙니까?"

"게다가 노예시장이나 환락가나 거기서 거기인데. 그러다 환마제를 놓치면 더욱 큰일이지."

"환마제라……."

실로 두려우면서도 무거운 이름이었다.

종남파 장문인은 한창 싸울 때 여시를 본 적 있었기에, 더 그러했다.

종남파 장문인이 걱정스러운 듯 물었다.

"환마제가 실제로 있는 것이 확실하다면, 우리만으로 잡을 수 있겠소?"

"그 부분은 십이좌회에서 도움을 주신다 하였습니다."

적호단주가 안심하라는 듯 말했다.

'십이좌회?'

십이좌회라는 말에 진화의 눈매가 꿈틀거렸다.

제왕검 남궁강 또한 십이좌회 중 한 사람이라.

이전 생에 진화가 뇌왕이라 불릴 때에도, 감히 그들의 명성에는 범접하지 못했던 살아 있는 전설들이었다.

살아 있는 십이좌회는 역천마제와의 혈전 이후 모두 칩거에 들었다 알려졌다.

그런 이들이 환마제를 잡기 위해 무림에 모습을 드러낸다니.

진화조차도 놀라움을 감추지 못했다.

"그럼 노예시장을 뒤지는 건, 손을 떼야 하는 겁니까?"

"아니, 그럴 수는 없지."

진화의 물음에 적호단주가 단호하게 고개를 저었다.

"환마제가 그곳에 있다면, 사라지거나 팔려 간 동남동녀 또한 그놈이 제물로 쓰기 위해 모으는 것이라 보는 것이 합당하다. 게다가 지금 당장 환마제를 찾을 뾰족한 수도 없는 이상, 제물을 좇아 환마제를 찾는 것이 제일 가능성이 높다."

적호단주의 말에, 현무단주와 종남파 장문도 동의했다.

"문제는 노예시장을 뒤질 방법인데……."

"백매단처럼 이제 와서 첩자를 심을 수도 없고, 방법이 안 보이는군요."

진화도 무슨 방법이 떠오르는 것은 아니라.

네 사람이 입을 꾹 다물고 고심했지만, 무거운 침묵만 길어질 뿐이었다.

그때, 밖에서 커다란 소란이 들려왔다.

"무슨 일이냐?"

"장문인, 남궁진혜가 떴답니다!"

"단주, 남궁진혜가 왔답니다!"

종남파 무인과 현무단원이 동시에 문밖에서 외쳤다.

진화는 화색을 하며 뛰어나가고, 종남파 장문인과 현무단주가 배신감 섞인 눈으로 적호단주를 노려보았다.

"남궁진혜가 온다는 말씀은 없으셨지 않습니까!"

"아니, 적호단원이 적호단 임무에 오는 게 당연하지! 그놈이 멀미가 심해서 따로 걸어오느라 늦은 것뿐인데, 내가 그거까지 설명해야 하나?"

순하디순한 후배가 도끼눈을 하고 따지는 모습에, 적호단주는 황당함을 감출 수 없었다.

경공까지 발휘해서 달려 나온 진화가 반갑게 남궁진혜를 맞았다.

그러나 남매가 얼싸안고 생각하던 감동스러운 재회를 이어 가기엔…….

"누님, 저건…… 다 뭡니까?"

"응. 아, 저놈들? 수레에서 낮잠을 자고 있는데, 저놈들이 '나는 곰 뼈다!' 하고 덤비지 뭐니. 나쁜 놈들 같아서 잡아 왔단다. 그건 그렇고, 우리 진화, 잘 있었니? 밥은 잘 챙겨 먹었고?"

남궁진혜가 대수롭지 않은 듯 산적들을 소개하고, 이어서 애틋한 손길로 진화의 얼굴을 쓰다듬었다.

다 커서 누님의 쓰다듬을 받는 것이 부끄럽지 않은 것은 아니나, 남궁진혜에게 차마 싫다 소리를 못 하는 진화였다.

게다가 지금 진화의 시선은 남궁진혜에게 밟혀 쓰러져 있는 산적들을 향해 있었으니.

저 정도면 전혀, 그건 그렇지가 않은 것 같은데…….

"허! 저놈들은, 웅골채 놈들 아니야?"

"맞네! 저놈들이 어떻게 저렇게 잡혀 왔지?"

"저기! 채주인 웅골기도(熊骨氣刀) 한석기도 있어!"

주변 종남파 무인들의 목소리를 들으며, 진화 또한 궁금하다는 듯 남궁진혜를 보았다.

"누님, 저건 어디서 잡으셨습니까?"

"음, 글쎄……. 왜 그러니?"

"개똥도 약에 쓴다더니…… 어쩌면 곰 뼈를 잘 쓸 수 있을 것 같습니다."

진화가 환하게 웃으며 말했다.

그에 남궁진혜가 그저 좋다는 듯 마주 웃었다.

"아구구, 내 동생, 곰 뼈가 필요했어? 이 누님이 싸그리 잡아서 고아다 주마!"

동남동녀 이천 명의 정기.

역천대법을 실행하는 데에 필요한 만년독수에 들어가는 제물이라.

환마제가 있는 곳에서 동남동녀를 모은다면, 결국 그들을 환마제의 제물로 쓰겠다는 말이 아닌가.

"노예로 잡혀 가면, 환마제 혹은 그놈의 소굴에는 들어갈 수 있겠지요."

"마침, 의심을 사지 않고 노예시장에 노예를 팔아 줄 나쁜 놈도 생겼고 말이지?"

진화와 적호단주의 말에, 모두의 시선이 한쪽을 향했다.

그곳엔 웅골채의 채주 웅골기도 한석기와 그 수하들이 오들오들 떨고 있었다.

"그런데 저놈들이 판다고 해도, 그 후가 문제입니다. 노예상들 대부분이 철저하고 의심 많은 놈들입니다. 그런 자들의 손에서 환마제의 소굴까지 들어가려면, 뭔가…… 누가 봐도 확실한, 절대 순결성을 의심받지 않을 만한 사람이 좋지 않겠습니까?"

현무단주의 말에 사람들의 시선이 움직였다.

사실 동정이 아닐까 짐작되는 젊은 사람은 많았다.

여관도생들에게 인기가 많은 남궁구나 남궁교명은 넘어가더라도…….

"어머, 뭘 봐요?"

당혜군의 성질머리에 누굴 사귀었다는 말을 들어 본 일이 없었고.

경쟁적으로 호두 껍질을 부숴서 알맹이만 진화의 접시에 놓고 있는 남궁진혜와 나하연의 힘이라면, 다가오는 남자의 척추를 부수고도 남았을 것이라.

게다가 밤낮 할 것 없이 수련에 빠져 사는 팽가 형제는 물론.

"흠, 흠."

"이 새끼들이 날 어떻게 보고. 눈깔 안 돌리냐? 내가 엄지에 침 발라서 손수 돌려 줘?"

현무단주와 적호단주도 짐작은 가나 함부로 말을 꺼낼 수는 없는 이들이었다.

하지만 누가 봐도 확신이 들 정도로 순결해 보이는 사람이라면 역시.

"다 뒈질래?"

진화에게 모여드는 시선에, 남궁진혜가 호두를 가루로 만들며 눈을 부라렸다.

그러자 시선이 자연스럽게 그 옆으로 향했다.

"음? 소승 말입니까?"

볼이 터져라 만두를 밀어 넣고 있는 현오를 보며, 일행이 눈을 마주쳤다.

불문이 보증하는 순결체.

누가 봐도 무해(無害)한 지방체라.

"하지만 현오는……."

진화가 현오의 천살지체를 떠올리며 반발하려 했지만, 적호단주와 모두가 이미 현오로 낙점했다.

"잠깐만 다녀오는 거다. 위치만 확인하고 바로 덮칠 테니,

걱정하지 않아도 된다."

적호단주가 현오의 등을 떠밀었다.

다음 날.

결국 현오는 수레에서 습격을 당했던 사람들과 함께 산적들의 손에 이끌려 노예시장으로 갔다.

상인들은 혹시나 한 사람뿐이면 의심을 살까 부탁한 이들로, 노예를 사는 척 인근 세가에서 빼내 올 작정이었다.

산적들의 주위로 적호단주와 현무단주가 무언가를 찾는 듯 무사들을 이끌고 기웃거리고, 진화와 일행은 손님인 척 사람들에 섞여서 주변으로 흩어졌다.

인림(人林).

사람으로 된 숲이라 불리는 거대한 마을.

거기엔 나무로 된 감옥부터 철로 된 사슬에 묶인 이들까지, 수십수백의 사람들이 노예상인들의 손에 붙잡혀 거래되고 있었다.

하지만 이 마을조차 거대한 노예시장을 이루는 무법지대의 일부에 지나지 않았으니.

진화와 남궁구, 남궁교명 그리고 팽가 형제는 노예시장 주변의 환락가를 찾은 손님인 척하고 있었다.

하지만 그 모습이 몹시 자연스러운 것이, 누가 봐도 이곳의 화려함에 놀란 기색을 숨지지 못하는 외지인이었다.

"화려한 불빛에 꺼지지 않는 천박함이라니."

"남의 피를 빨아서 이렇게 흥청망청하는 거지. 세상에 나쁜 놈들이 이렇게 많은 게 놀랍지도 않다."

얼굴을 가린 진화의 곁으로 남궁구와 남궁교명이 보호하고 나선 가운데, 일행은 현오가 있는 곳이 훤히 보이는 한 주루로 들어갔다.

그리고 맞은편에서, 한 중년인이 그 모습을 지켜보고 있었다.

"저치들이 남궁세가와 팽가의 공자라고?"

"예. 안에 한 사람을 빼고는 이번에 적호단과 함께 합류했다고 합니다."

"허허, 귀한 공자들이 험한 곳에 제 발로 찾아왔군."

중년인이 부채로 얼굴을 가리며, 이 층으로 올라오는 진화 일행을 향해 눈을 빛냈다.

주루에 앉아 밖을 바라보니 더 가관이었다.

노예를 사고파는 불빛이 끝도 없이 이어지고 있었던 것이다.

진화 일행의 뒤로도 셀 수 없이 많은 주루와 기방의 불빛
이 이어지는 차였다.

"이 시장이 이렇게 클 줄은 몰랐군."

"음……"

남궁구의 말에 누구 하나 입을 쉽게 떼지 못했다.

목숨이 오가는 위험한 수련도 마다않고 해 오며 험하게 살
아왔다 여겼건만, 어쩌면 자신들은 진짜 험한 것은 보지 않
고 살아온 것은 아닐까.

그때 진화가 무심한 듯 말했다.

"양주에는 노예시장이 없다."

"갑자기 자랑인가?"

"스스로를 지켜 낼 강한 힘이 없다면, 세상은 어디나 지옥
이 될 수 있다. 비참하게 짐승처럼 살고 싶은 이가 누가 있겠
나. 그저 어쩔 수 없이 몸이 꺾이고, 의지가 꺾이고…… 죽는
거다."

진화의 말에 일행은 다른 의미로 조용해졌다.

진화가 광마제의 제물실 출신이라는 걸 모르는 이들이 없
었기에, 진화의 말이 무겁게 다가오는 듯했다.

그때, 남궁구의 입이 실룩거렸다.

"현오 자식, 우리더러 오향육림 시켰냐고 묻는데?"

"그 냄새를 저기에서까지 맡다니, 대단한 놈."

남궁교명은 식탁 위의 오향육림을 보며 감탄을 금치 못했다.

아무리 지근거리라지만, 이렇게 사람과 주루가 많은 곳에서 일행이 시킨 음식 냄새를 정확하게 맡고 있다는 것이 놀라울 뿐이었다.

"그걸 듣는 놈이 더 대단하지 않나?"

팽가 형제가 놀랍다는 듯 남궁구를 보았다.

그때, 밖을 보고 있던 진화의 눈에 현무단과 적호단의 움직임이 달라진 것이 보였다.

진화의 얼굴이 심각해졌다.

진화뿐 아니라 일행도 현무단과 적호단을 보고 있었는지, 표정들이 굳었다.

"……뭔가 이상한데요?"

남궁교명 또한 날카롭게 눈을 빛내며 사방을 돌아보았다.

"내가 가서 알아보고 올까?"

남궁구가 조용히 물었다.

그러나 진화가 미처 결정을 내리기도 전에, 갑자기 현무단과 적호단이 노예시장을 빠져나가기 시작했다.

"내가……!"

놀란 남궁구가 일어나려는 것을, 진화가 급히 붙잡았다.

그리고 자연스럽게 남궁구를 잡고 그 앞의 술잔을 제 앞으로 당겨 왔다.

"주변에 눈이 너무 많아. 지금 움직이면 일행인 것이 알려진다. 조용히 기다려."

진화가 목소리를 낮게 깔고 하는 말에, 일행이 뻣뻣하게 굳었다.

잠시 후, 적호단주가 주루의 앞을 지나는 척 진화에게 전음을 보내왔다.

－장가 부락이 습격당했다.

진화가 놀란 듯 눈을 크게 떴다.

－숫자가 많아. 장가 부락의 피해가 더 커지기 전에 우리는 저쪽으로 이동한다. 너희들은 남아서 현오의 위치만 파악해 둬라. 곧바로 구하러 갈 거니까 걱정 말고!

적호단주의 전음에 진화가 미미하게 고개를 끄덕였다.

그리고 술잔을 따르는 척, 조용히 일행에게 들은 것을 전했다.

"뭐?"

"우리도 가 봐야 하는 거 아닌가?"

"현오는 어떻게 하고?"

"지금 당장이라도 현오를 꺼내 올 수 있다."

남궁구와 남궁교명이 깜짝 놀라는 동안, 팽가 형제가 현오를 가둔 감옥을 부수는 데 자신감을 보였다.

진화가 놀라서 팽가 형제를 만류했다.

"안 돼! 두 번은 시도하지 못하는 일이야. 지금도 사방에 감시하는 눈이 깔려 있으니까. 적호단주의 말처럼 조용히 현오의 행방만 파악한다. 절대 놓치면 안 돼."

말보다 주먹이 빠른 팽가 형제를 말리느라 말이 급해졌지만, 내용만은 단호했다.

안타까운 일이지만, 진화에겐 장가 부락의 일보다 이쪽이 더 중요했다.

정의맹 무단이야 동맹 세력을 구해야 할 의무가 있었지만, 진화는 아니었다.

물론 진화에게 그런 의무가 있더라도, 진화는 이쪽을 선택했을 거였다.

"환마제의 행방을 좇는 일이야. 저쪽은 적호단과 현무단이 갔으니 괜찮을 거다."

적호단과 현무단이 갔으니, 여기서 진화와 일행이 더 간들 크게 달라질 것은 없었다.

"하지만 현오와 우리의 정체를 들키는 날엔, 이 인림 자체가 소리 소문도 없이 사라질 거다. 그러면 우리는 환마제를 좇을 가장 확실한 방법을 잃는 거고. 그러니까 현오를 놓치지 마. 그게 우리가 할 일이야."

"우리만으로 괜찮을까? 이러다가 우리가 현오를 놓치면……."

"만약 현오가 저들의 손에 넘어간다면, 차라리 환마의 제물로 죽으면 다행이지만, 최악으로 천살지체가 저들의 손에 들어갈 수도 있지. 그땐 현오가 일찍 죽길 바라야지."

진화의 말에 잠깐, 침묵이 흘렀다.

그리고 곧 일행이 원성이 터져 나왔다.

"와, 인정사정없는 도련놈."

"악마."

"나쁘다."

"음……."

남궁구와 팽가 형제는 진화의 말을 농담으로 받아들인 듯 장난 섞인 비난이 쏟아 냈다.

남궁교명은 끝내 일을 열지 않았지만, 그건 온갖 비난과 험한 말이 담긴 소리 없는 아우성이었다.

"정신 차려. 누가 온다."

진화가 일행의 비난을 가차 없이 끊었다.

실제로 누군가 현오가 있는 감옥으로 접근하고 있었다.

'우리가 이곳에 나와 있는 걸 알고, 장가 부락을 대대적으로 공격한 건가? 그렇다면 아직 내부 첩자가 남아 있다는 말인데……'

진화의 눈빛이 서늘하게 가라앉았다.

홍등의 붉은 불빛이 활활 타오르는 듯 환한 방.

금포를 걸친 노인이 인림을 바라보고 섰다.

그때, 한 사내가 들어와 노인에게 고개를 숙였다.

"마상 어르신."

"무슨 일이더냐?"

"적호단과 현무단이 이곳에 나타났습니다."

진화의 예상대로, 이미 많은 이들이 정의맹 무사들의 움직임을 주시하고 있었다.

사내도 그중 한 사람이었다.

"그놈들이?"

사내의 말에, 노인이 눈을 크게 떴다.

노인은 마상 노인이라 불리는 이로, 이곳 인림을 비롯한 인근 노예시장의 대전주 중 하나였다.

이곳에서 장사를 하는 노예 상인들 태반이 노인의 새끼 상인들이라.

노예시장에서 일어나는 일이 노인의 귀에 들어가는 것은 당연한 일이었다.

마상 노인은 갑작스레 나타난 정의맹 무인들 소식에 더 말을 해 보라는 듯 손짓했다.

"곳곳에 적호단과 현무단 놈들이 보인다는 보고가 있습니다."

"이곳에서 뭘 하고 있다지?"

"그저 주변 시찰을 하고 있습니다. 그리고 은밀하게, 순결한 젊은 노예를 사 가는 사람을 물어보고 있다고 합니다."

새끼 상인들의 연락책을 맡은 사내가 공손하게 답하자, 마상 노인이 잠시 생각에 빠졌다.

그러다 곧 마상 노인이 크게 개의치 않는 듯 손을 저었다.

"흐음. 일단 알았으니 나가 보거라."

그러자 사내가 안절부절못하며 조심스럽게 말을 이었다.

"저, 그리 두어도 괜찮을는지요. 상인들이 동요하고 있습니다. 거래 상대를 묻지 않는 것은 이곳의 불문율인데, 정의맹이 그것을 침범하고 있다는 이들도 있습니다."

사내의 걱정스러운 말에, 마상 노인이 갑자기 웃음을 터뜨렸다.

"허허허허허허! 별걱정을 다 하는구나. 나라 군대도 어쩌지 못하는 밑바닥이다. 고작 정의맹 놈들이 뭘 할 수 있다고. 곧 사라질 인사들이니, 신경 쓰지 말고 답도 해 주지 말라 전해라."

마상 노인의 말투에는 정의맹에 대한 비웃음마저 실려 있었다.

곧 사라질 인사들이라니…….

사내는 주인의 말이 이상했지만, 깊게 생각하지 않았다.

앉은 자리에서도 세상을 내다보는 주인이 아니었던가.

모르는 것이 없는 주인이니, 주인의 말처럼 그들은 곧 사라지리라.

"예. 그럼 그리 전하겠습니다."

마상 노인이 전혀 동요하지 않자, 사내 또한 이내 안심하고 고개를 숙였다.

사내가 나가고.

마상 노인이 자신의 앞에 잔을 하나 더 놓았다.

마치 한 사람이 마주 앉은 듯, 잔에 차를 채우기까지 했다.

그리고 마상 노인의 눈빛이 차갑게 굳었다.

"놈들이 검은 책자를 얻었다더니, 그게 무엇인지 알아차린 모양이군."

그 순간.

"장부를 보고 그것도 모를 바보는 아니지요. 걱정하실 필요는 없을 겁니다."

기척도 없이, 노인이 잔을 놓은 자리에 웬 사내가 모습을 나타냈다.

마상 노인의 두 배는 족히 될 듯 거대한 사내였다.

"하필 이런 때에 정의맹 놈들까지 끼어들다니…… 이러다 제물을 구하는 데에 더 시간이 걸리면 큰일이네. 주인님의 인내심이 점점 한계에 달하고 있어."

"방해가 된다 싶으면, 놈들을 전부 죽이겠습니다."

사내가 시커먼 살기를 피워 올렸다.

그러자 마상 노인이 펄쩍 뛰었다.

"안 돼! 주인님의 대법이 완성될 때까지 자네가 아니면 누가 그 곁을 지킨단 말인가!"

"그것도 얼마 남지 않았습니다. 장족에 마침 새로 출산한 아이도 제법 있더군요. 마지막 일곱을 채울 수 있을 듯합니다."

"오오, 그거 정말 다행이군."

사내의 말에 마상 노인이 진심으로 반가운 얼굴을 했다.

제 주인의 인내심이 극에 달하면서, 점점 그를 상대하는 것이 힘들어지던 차였다.

가장 어려운 조건 하나를 넘었으니, 이렇게 되면 전 노예 시장을 쓸어서라도 동남동녀의 정기를 채워 넣으면 되리라.

"혼현마제께서 주인님의 최종 제물을 가지고 오신다니, 이제 곧 끝이 나겠구먼."

점점 대업의 끝이 보이고 있었다.

마상 노인이 감회에 젖었다.

그리고 곧 다시 사내에게 당부했다.

"그때까지, 한시도 여시 님의 곁을 비워선 안 되네."

"예."

마상 노인의 말에, 사내가 듬직한 얼굴로 고개를 끄덕였다.

사내는 오히려 마상 노인이 걱정스러운 듯했다.

"놈들은 어찌할 작정이십니까?"

사내의 물음에, 조금 생각을 하던 마상 노인이 싱긋이-
미소를 지었다.

"이거, 허허허! 일이 참 공교롭게 되었네."

"예?"

"마침 놈들이 이곳 인림에 왔더군, 우리가 장가 부락을 공
격하는 날에."

마상 노인의 말에 사내가 의아한 눈을 했다.

그에 마상 노인이 장난스러운 눈빛을 하며 말했다.

"놈들이 의심을 하지 않겠는가. '왜 하필 자신들이 없을 때
에 왔을까?' 하고!"

"아!"

그제야 마상 노인이 하는 말의 의미를 알아차린 듯, 사내
가 탄성을 터뜨렸다.

"허허허! 참 공교롭지만 재미있게 되었네. 당분간 정의맹
은 내가 맡을 테니, 자네는 여시 님의 보필에만 신경 쓰게."

마상 노인이 유쾌하다는 듯 웃었다.

곧 노인의 말처럼 노예시장에 적호단과 현무단이 썰물처
럼 빠져나가고, 그때부터 긴장이 풀린 듯 노예시장이 활발하
게 움직이기 시작했다.

"이참에, 술래가 없는 술래잡기나 시켜 볼까? 대법이 완성
되기 전까지, 당분간 재밌게 놀아 볼 수 있겠군!"

장안만큼이나 크고 넓게 퍼진 무법지대를 지배하는 노인

에게, 사람을 가지고 하는 놀이만큼 자신 있는 것은 없었다.

밖에서 들리는 울음소리와 원성 소리, 그와 상반된 웃음소리를 들으며, 마상 노인이 홍등보다 붉게 눈을 빛냈다.

"팔렸다!"

놀랍게도 현오가 팔렸다.

파르라니 깎은 머리에 낡았지만 단정한 승복, 피둥피둥 뽀얀 살집까지.

염불을 외거나 만두를 팔 게 아니라면 아무짝에도 쓸모없는 현오가 제일 먼저 팔려 나갔다는 사실에, 일행은 놀라움을 감추지 못했다.

"귀천성 놈들이 확실해."

"저놈이 동정 아니면 쓸모 있는 구석이 어디 있다고. 동정보고 데려가는 거지."

"진짜 장점이라곤 그거 하나뿐인데, 나쁜 놈들!"

점점 인색해지는 동료들의 말에, 진화는 어느 쪽이 더 나쁜지 구태여 따지지 않았다.

다만 현오가 갇혀 있는 감옥 수레가 움직이는 것을 보고있다, 천천히 몸을 일으켰다.

그때.

누군가 진화 일행에게 다가왔다.

"하하, 참 성격들도 급하십니다. 잠시 이곳에서 기다리시지요."

친근하게 다가온 중년인이 앞을 가로막자, 진화 일행이 날카로운 기세로 그를 경계했다.

"웬 놈들이지?"

남궁교명이 목소리를 낮추고 물었다.

"현오 님이라면 제 수하들이 쫓을 겁니다. 그편이 더 안전할 것이고요."

"음, 좋아."

중년인의 말에, 남궁교명이 고개를 끄덕이며 중년인에게 다가섰다.

그리고 중년인의 코앞에서 살기를 번뜩였다.

"이제는 진짜로 정체를 밝혀라. 안 그러면 죽는다."

서슬 퍼런 눈빛이 중년인을 찌를 듯 몰아붙였다.

그에 중년인의 뒤에 있던 호위무사로 보이는 이들이 나서려 했지만, 그들이 걸음을 떼기도 전에 팽가 형제의 주먹이 먼저 닿았다.

사람들의 눈에는 보이지 않게, 남궁교명의 검이 중년인의 허리를 향해 반쯤 나와 있었다.

그리고 시퍼런 단도 하나가 그 아래에 자리했다.

중년인의 시선이 단도와, 단도를 들고 있는 남궁구를 향했다.

"하하하. 그래서 우리 아저씨, 성함은?"

남궁구가 능청스럽게 웃으며 물었다.

"이거 참, 처음 당해 보는 무섭고 민망한 협박이군요. 명문 정파의 후기지수들이 이러실 줄은 몰랐습니다만?"

중년인이 아래에 있는 단도를 보며 손을 들었다.

그러자 호위무사들이 뒤로 물러났다.

"적호단주에게 들은 것 없으십니까? 그곳에서 나왔습니다."

"……그곳?"

"그분들 한 분, 한 분, 따르는 세력이 있지요. 제왕검께는 남궁세가가 있듯이 말입니다."

눈을 찡긋하는 중년인의 말에, 일행은 그제야 그가 누구인지 알아차렸다.

십이좌회.

환마제를 잡는 데에 십이좌회 중 하나가 나선다더니, 그 사람의 세력인 듯싶었다.

다만 십이좌회에는 세간에 진짜 이름과 배경이 알려지지 않은 고수들이 있어, 정확한 정체는 여전히 알 수 없었다.

"좀 더 위층으로 가서 이야기를 나누시겠습니까? 제가 초대하지요."

중년인이 자리를 청했다.

그러자 일행의 시선은 자연스럽게 진화에게 모여들었다.

중년인을 살피던 진화가 천천히 고개를 끄덕이고, 일행은 그제야 중년인에게서 한 걸음 물러섰다.

"허어, 이거 참. 제가 그렇게 신뢰가 가지 않는 얼굴인가요? 어딜 가도 제법 호남형이라는 소리를 듣는데 말입니다."

중년인의 능청에도, 일행은 경계를 풀지 않았다.

진화가 아무 말도 없이 걸음을 옮기자, 일행들도 말없이 그 뒤를 따를 뿐이었다.

남궁구는 단도를 넣지 않은 채, 중년인에게 씨익 웃어 보이기까지 했다.

"허허허!"

중년인이 그런 진화 일행을 보며 기가 찬 듯 웃었다.

그때, 호위무사로 있는 한 사람이 중년인의 곁으로 다가왔다.

─왜 말리신 겁니까? 회주님께 무례가 도를 넘었습니다. 아무리 명문 정파의 후기지수라지만, 너무 건방지지 않습니까!

─허허허, 이 사람아, 내가 처음 당해 보는 무섭고 민망한 협박이라 하지 않았나.

─그러니까요!

─그러니까. 무시무시한 뇌전이 자네들과 내 발밑에서 번뜩이더군.

─네?

호위무사의 놀란 전음을 들으며, 중년인이 조용히 입꼬리를 말아 올렸다.

—남궁세가의 소공자가 생각보다 훨씬 매섭군.

다음 권으로 이어집니다

0레벨 플레이어

플레이어

송치현 퓨전 판타지 장편소설

『검마왕』『1레벨 플레이어』의 작가 송치현
이번엔 0레벨이다!

힘겹게 마왕을 무찌르자마자
스킬을 카피한다는 이유로 배신당한 현수
최후의 스킬로 회귀하다!

배신자들의 기연과 스킬을 빼앗아
복수와 전쟁을 끝내고 지구로 돌아가겠다!
그러기 위해서는……

[레벨이 0으로 하락하였습니다.]
[스킬이 강화되었습니다.]
[스텟이 누적되었습니다.]

"이제 다시 레벨 업을 해 볼까?"

레벨은 필요 없다, 무한 성장으로 승부한다
쪼렙일수록 강해지는 0레벨 플레이어!

꿈의 도약, 로크에서 하십시오
(주)로크미디어에서 신인 작가를 모십니다

즐거운 세상, (주)로크미디어는 꿈을 사랑하고 도전을 두려워하지 않는 작가분들의 참신한 작품을 기다리고 있습니다. 21세기 장르 문학계를 이끌어 갈 차세대 선두 주자 (주)로크미디어에서 여러분의 나래를 활짝 펴 보시길 바랍니다.

모집 분야 판타지와 무협을 포함한 장르 문학

모집 대상 아마추어 작가, 인터넷 작가

모집 기한 수시 모집

작품 접수 시 유의 사항

1. 파일명은 작가명_작품명.hwp 형식을 갖춰 주십시오.
1. 파일에 들어갈 내용은 다음과 같습니다.
   - 성명(필명인 경우 실명을 밝혀 주세요), 연락처, 이메일 주소.
   - 제목, 기획 의도.
   - A4용지 1장 분량의 등장인물 소개.
   - A4용지 2장 분량의 전체 줄거리.
   - 본문.
1. 작품이 인터넷에 연재되고 있다면, 게시판명과 사이트의 구체적이고 정확한 주소를 기재해 주십시오.

선택된 작품은 정식 계약 후 출판물로 간행되어 전국 서점에 유통됩니다.

작가분은 (주)로크미디어의 전폭적인 지원하에 전속 작가로 활동하시게 됩니다.

※ 자세한 내용은 로크미디어 홈페이지(rokmedia.com)를 참조하세요.

(03920)서울시 마포구 성암로 330 DMC첨단산업센터 3층 318호
(주)로크미디어 편집부 신간 기획 담당자 앞
전화 : 02)3273-5135
www.rokmedia.com   이메일 : rokmedia@empas.com

만렙닥터
13월생 현대 판타지 장편소설
리턴즈

인생 2회 차 경력직 신입
칼솜씨도, 인성도 '만렙'인 의사가 돌아왔다!

만성 인력난에 시달리는 흉부외과에 들어온 인턴
메스도 잡아 본 적 없는 주제에
죽을 생명을 여럿 살려 내기 시작한다?

"이 새끼, 꼴통 맞네."
"죄송합니다."
"잘했어!"
"네?"

출세만을 좇으며 살았던 전생
이렇게 된 이상 인생도 재수술 한번 가자!

무데뽀(?) 정신으로 무장한 회귀 의사
이제부터 모든 상황은 내가 집도한다!

南魔喜帝 남궁마제

문운도 신무협 장편소설

회귀한 뇌왕, 가족을 지키기 위해
정파의 중심에서 제대로 흑화하다!

세상을 뒤집으려는 귀천성에 맞서 싸우다
가족을 모두 잃고 제물로 바쳐진 뇌왕 남궁진화
마지막 순간 원수의 뒤통수를 치고 죽으려 했으나
제물을 바치는 진법이 뒤틀리며 과거로 회귀하다!?

남궁세가의 양자가 된 어린 시절로 돌아온 후
귀천성이 노리는 자신의 체질을 연구하다 기연을 얻고
회귀 전과 다른 엄청난 미모와 함께
뇌전의 비밀마저 알아내 경지를 뛰어넘는데⋯⋯

가족들에게는 꽃처럼 사랑스러운 막내지만
적이라면 일단 패고 보는 패악질의 끝판왕!
귀천성 때려잡기에 나서다!